# Garota Online

**ZOE SUGG**

# Garota Online

Tradução
Débora Isidoro

5ª edição
Rio de Janeiro-RJ / Campinas-SP, 2017

VERUS
EDITORA

**Editora**
Raïssa Castro

**Coordenadora editorial**
Ana Paula Gomes

**Copidesque**
Maria Lúcia A. Maier

**Revisão**
Cleide Salme

**Projeto gráfico**
Eva Maria M. de Morais
André S. Tavares da Silva

**Capa**
Adaptação da original (Penguin Books Ltd)

**Fotos da capa**
Garota com milk shake (© Nagritsamon Ruksujjar/Shutterstock)
Janela do avião (© krayker/Rgbstock.com)
Carrossel (© Daisy Trodd)
Nuvens (© Melissa King/Shutterstock)
Fios com luzes (© Tom Merton/Getty Images)
Demais (acervo André S. Tavares da Silva)

**Título original**
*Girl Online*

ISBN: 978-85-7686-415-8



**Verus Editora Ltda.**
Rua Benedicto Aristides Ribeiro, 41, Jd. Santa Genebra II, Campinas/SP, 13084-753
Fone/Fax: (19) 3249-0001 | www.veruseditora.com.br

**CIP-BRASIL. CATALOGAÇÃO NA FONTE**
**SINDICATO NACIONAL DOS EDITORES DE LIVROS, RJ**

S944g

Sugg, Zoe, 1990-
Garota online / Zoe Sugg ; tradução Débora Isidoro. - 5. ed. - Campinas, SP : Verus, 2017.
23 cm.

Tradução de: Girl online
ISBN 978-85-7686-415-8

1. Romance infantojuvenil inglês. I. Isidoro, Débora. II. Título.

14-18853 CDD: 028.5
CDU: 087.5

Revisado conforme o novo acordo ortográfico

Impresso no Brasil pelo Sistema Cameron da Divisão Gráfica da
DISTRIBUIDORA RECORD DE SERVIÇOS DE IMPRENSA S.A.

Dedico este livro a todas as pessoas que o tornaram possível.
Pessoas que assinaram o meu canal, assistiram aos meus vídeos e
leram o meu blog, seja em 2009 ou no dia de ontem.
Seu apoio significa tudo para mim. Não tenho palavras para
expressar quanto eu amo cada um de vocês — sem vocês, este livro
não estaria agora em suas mãos.

# Um ano atrás...

**22 de novembro**

## Oi, Mundo!

Decidi começar um blog.

Este blog.

Por quê?, você pode me perguntar.

Sabe quando você sacode uma lata de Coca, depois abre e a Coca espirra para tudo que é lado? Então, é assim que eu me sinto agora. Tem muitas coisas fervilhando dentro de mim, mas fico insegura de falar delas em voz alta.

Uma vez meu pai me disse que eu devia começar a escrever um diário. Ele disse que ter um diário é um ótimo jeito de expressar nossos pensamentos mais íntimos. Também disse que seria legal eu ler o diário quando fosse mais velha, e que isso me faria "apreciar de verdade os anos da minha adolescência". Hum... Faz tanto tempo que ele foi adolescente que deve ter esquecido como é de verdade.

Mas eu tentei escrever um diário. Consegui escrever por três dias antes de desistir. A maioria dos registros era mais ou menos assim:

*Hoje choveu; meu sapato novo ficou detonado. A Jenny pensou em matar a aula de matemática. Mas não matou. O John Barry teve um sangramento nasal na aula de ciências porque enfiou o lápis no nariz. Eu ri muito. Ele não gostou. Ficou uma situação esquisita. Boa noite.*

Não é exatamente Bridget Jones, né? É mais tipo "não dou a mínima".

A ideia de escrever coisas para mim mesma em um diário parece meio inútil. Quero acreditar que alguém em algum lugar vai poder ler o que eu tenho para dizer.

Por isso decidi começar este blog, para ter um lugar onde eu possa dizer exatamente o que quero, quando quero e como quero, *para alguém*. E sem me preocupar se as coisas que vou dizer não são descoladas, ou me fazem parecer uma idiota, ou talvez me façam perder amigos.

Por isso este blog é anônimo.

Para que eu possa ser totalmente eu.

Meu melhor amigo, Wiki (*o nome dele não é esse; se eu usar seu nome verdadeiro, este blog vai deixar de ser anônimo*), diria que o fato de eu ter que ser anônima para ser eu mesma é uma "tragédia épica". Mas o que ele sabe? Ele não é uma adolescente com problemas de ansiedade. (*Ele é um adolescente com problemas com os pais, mas essa é outra história.*)

Às vezes me pergunto se tenho problemas de ansiedade por ser uma adolescente. Vamos encarar: tem muita coisa que provoca ansiedade.

**As dez principais causas para meninas adolescentes ficarem ansiosas**

1. Sua aparência tem que ser perfeita o tempo todo.

2. Isso coincide com seus hormônios, que decidiram enlouquecer.

3. O que leva à maior quantidade de espinhas de toda a sua vida (*e torna o número 1 totalmente impossível!*).

4. O que também coincide com a primeira vez que você tem liberdade para comprar chocolate quando quiser (*e piora ainda mais o número 3!*).

5. De repente todo mundo se importa com o que você veste.

6. E o que você veste também tem que ser perfeito.

7. Aí você precisa saber posar como uma supermodelo.

8. Para poder tirar uma selfie do seu look do dia.

9. Que você precisa postar em uma rede social para todos os seus amigos verem.

10. Você tem que ser absurdamente atraente para o sexo oposto (*enquanto cuida de tudo isso aí em cima!*).

Por favor, imagine aqui meu profundo e dramático suspiro.

Mas eu não posso ser a única adolescente que se sente assim, certo?

Eu tenho um sonho em que, secretamente, todas as meninas adolescentes se sentem exatamente como eu.

E talvez um dia, quando elas perceberem que todas nós sentimos a mesma coisa, vamos poder parar de fingir que somos alguma coisa que não somos.

Isso seria incrível.

Mas, até esse dia, eu serei de verdade neste blog. E continuarei sendo irreal na vida "real".

Vou dizer o que eu quero dizer, e seria muito legal se você (*seja quem for*) se juntasse a mim.

Este pode ser o nosso cantinho na internet, onde vamos poder conversar sobre como é realmente ser uma adolescente, sem ter que fingir ser alguma coisa que não somos.

Também adoro tirar fotos (*você não acha incrível como as fotos podem congelar momentos especiais para sempre? Um lindo pôr do sol, festas de aniversário, cupcakes de caramelo com muita cobertura...*), por isso vou postar muitas. Mas não vai ter selfies, é claro, por razões de anonimato.

Tudo bem, então, acho que isso é tudo por enquanto. Obrigada por ter lido (*se é que tem alguém lendo!*). E me conta o que achou nos comentários.

**Garota Online, saindo do ar xxx**

# 1

## *No presente...*

> Oi, Penny, sabia que William Shakespeare é um anagrama para "I am a weakish speller"?

Leio a mensagem de Elliot e suspiro. No tempo que passei assistindo ao ensaio de figurino de *Romeu e Julieta* (três horas da minha vida que *nunca* vou recuperar), Elliot me bombardeou com centenas de mensagens aleatórias sobre Shakespeare. Ele deve estar tentando aliviar meu tédio, mas, sério, alguém precisa saber que Shakespeare foi batizado em 1564? Ou que tinha sete irmãos?

— Penny, pode tirar uma foto da Julieta debruçada na janela do trailer?

Pego minha câmera rapidamente e assinto para o sr. Beaconsfield.

— Sim, senhor.

O sr. Beaconsfield é o professor de teatro do colégio. Ele é um desses professores que gostam de "se misturar com a moçada", todo cheio de gel no cabelo e dizendo "me chama de Jeff". Ele também é o motivo de nossa versão de *Romeu e Julieta* ter como cenário um gueto do Brooklyn e Julieta se debruçar em um trailer, não em uma sacada. Minha BFFE (melhor amiga da escola), Megan, adora o sr. Beaconsfield, mas ele sempre a escala para todos os papéis principais. Pessoalmente, acho que ele é um pouco esquisito. Professores não deviam querer socializar com adolescentes. Deviam querer indicar livros e se preocupar com inspeções na escola e outras coisas que eles fazem na sala dos professores.

Subo a escada na lateral do palco e me agacho embaixo de onde está Megan. Ela usa um boné de beisebol com a palavra SWAG estampada na frente e tem uma grossa corrente de ouro falso com um enorme cifrão de ouro falso pendurada no pescoço. Ela nunca apareceria com esse figurino em nenhum outro lugar, e isso mostra quanto a Megan adora o sr. Beaconsfield. Estou quase tirando a foto quando ela cochicha para mim:

— Cuidado pra não pegar a espinha.

— Quê? — cochicho de volta.

— A espinha do lado do meu nariz. Não quero que apareça na foto.

— Ah. Tudo bem. — Vou mais para o lado e uso o zoom. Desse ângulo a iluminação não é das melhores, mas pelo menos a espinha não aparece. Tiro a foto e me viro para sair do palco. É então que olho para o auditório. Além da cadeira do sr. Beaconsfield e dos dois assistentes de direção, todos os outros assentos estão vazios. Instintivamente, respiro aliviada. Dizer que não sou muito boa com multidões seria mais ou menos como dizer que Justin Bieber não é muito bom com os paparazzi. Não sei como as pessoas conseguem se apresentar num palco. Só preciso subir lá por dois segundos para tirar uma foto e já me sinto incomodada.

— Obrigado, Pen — diz o sr. Beaconsfield quando desço a escada correndo. Essa é outra coisa que ele faz para parecer legal: chama todos nós por um apelido. Fala sério! Minha família pode, mas meus professores não!

Quando volto ao cantinho seguro ao lado do palco, meu celular apita de novo.

Ai, meu Deus, a Julieta era representada por
um homem no tempo do Shakespeare! Vc

tem que contar pro Ollie — eu ia adorar ver
a cara dele! ☺

Olho para Ollie, que está olhando para Megan.

— Mas, silêncio! Que luz se escoa agora da janela? — ele diz com o pior sotaque nova-iorquino.

Não consigo evitar um suspiro. O figurino do Ollie é pior que o da Megan — uma mistura de convidado de talk show com Snoop Dogg —, mas, de algum jeito, ele continua fofo.

Elliot odeia Ollie. Ele acha que Ollie é muito vaidoso e o chama de Selfie Ambulante, mas, para ser sincera, ele nem o conhece de verdade. Elliot estuda em um colégio particular em Hove; só vê Ollie quando o encontramos por acaso na praia ou na cidade.

— A Penny não devia tirar uma foto minha nessa cena também? — Ollie pergunta quando finalmente termina sua fala. Ele insiste naquele sotaque falso americano, que tem usado desde que conseguiu o papel. Aparentemente, todos os bons atores fazem isso; chamam de "método de atuação".

— É claro, Ollie — diz o Me-Chama-de-Jeff. — Pen?

Largo o celular e subo a escada correndo.

— Pode pegar meu melhor lado? — Ollie cochicha para mim debaixo de seu boné. O dele tem a palavra STUD estampada na frente, em preto brilhante. Significa garanhão.

— É claro — respondo. — Ah... que lado é esse, mesmo?

Ele olha para mim como se eu fosse maluca.

— É que é difícil dizer — cochicho, e meu rosto fica vermelho.

Ele continua com a testa franzida.

— Porque os dois lados são bons — acrescento, meio desesperada. Ai, meu Deus! Qual é o meu problema? Quase posso ouvir Elliot gritando horrorizado. Felizmente, Ollie começa a sorrir. Agora ele parece mais menino e muito mais acessível.

— É o lado direito — ele diz e vira para olhar para o trailer.

— É o... hã... a sua direita ou a minha? — pergunto, querendo ter certeza absoluta.

— Vai, Pen. Não temos o dia todo! — lembra o sr. Beaconsfield.

— A minha direita, claro — Ollie fala irritado, olhando de novo para mim como se eu fosse maluca.

Até Megan olha para mim de cara feia. Com o rosto queimando, tiro a foto. Não faço nada do que costumo fazer, como verificar a luz, o ângulo ou qualquer outra coisa. Só aperto o botão e saio logo dali.

Quando o ensaio finalmente acaba — e eu já aprendi com Elliot que Shakespeare tinha só dezoito anos quando se casou e escreveu trinta e oito peças no total —, uma parte do grupo decide ir ao JB's Diner para tomar milk shake e comer batata frita.

Quando chegamos à orla, Ollie começa a andar ao meu lado.

— E aí? — ele pergunta com seu falso sotaque nova-iorquino.

— Ah, tudo bem, obrigada — respondo, e minha língua enrola imediatamente. Agora que tirou o figurino de Romeu da gangue, ele está ainda melhor. O cabelo loiro de surfista está perfeitamente despenteado, e os olhos azuis brilham como o mar sob o sol de inverno. Para ser franca, não tenho certeza absoluta de que ele é meu tipo, talvez seja uma mistura perfeita demais de boy band e atleta, mas é tão raro eu ter toda a atenção do galã da escola que não consigo evitar a vergonha.

— Eu estava pensando... — ele diz sorrindo para mim.

Minha voz interior se antecipa para terminar a frase: *O que você gosta de fazer no seu tempo livre? Por que nunca prestei atenção em você antes? Quer sair comigo?*

— ... se eu posso dar uma olhada na foto que você tirou de mim. Só pra ter certeza que ficou boa.

— Ah... sim, claro. Tudo bem. Eu te mostro quando a gente chegar no JB's. — E neste exato momento caio num buraco. Tudo bem não é tão grande, não desapareço dentro dele nem nada parecido, mas tropeço e dou um passo para frente, o que me faz parecer tão atraente e charmosa quanto um bêbado no sábado à noite. Essa é uma das coisas que odeio em Brighton, onde moro. O lugar parece cheio de buracos que só existem para me fazer cair! Saio da encrenca com elegância e, por sorte, Ollie parece não perceber.

Quando chegamos ao JB's, ele se senta ao meu lado no banco. Vejo Megan levantar as sobrancelhas e no mesmo instante me sinto como se tivesse feito algo errado. Megan é ótima em me fazer sentir assim. Viro e me concentro na decoração de Natal espalhada pela lanchonete — ramos verdes e brilhos vermelhos, e o Papai Noel que grita "ho, ho, ho!" cada vez que alguém passa por ele. O Natal é minha época preferida do ano. Tem algo nele que sempre me acalma. Depois de um tempo, viro para a mesa de novo. Felizmente, Megan está distraída com o celular.

Meus dedos formigam quando a inspiração para um post no blog aparece em minha cabeça. Às vezes é como se a escola fosse uma grande peça de teatro, e tivéssemos que representar nosso papel o tempo todo. Na peça da vida real, Ollie não devia se sentar ao meu lado; ele devia se sentar ao lado da Megan. Eles não estão saindo, nada disso, mas ocupam o mesmo nível na escala social, com certeza. E Megan *nunca* cai em buracos. Ela parece simplesmente deslizar pela vida, ela e seu cabelo castanho brilhante e o eterno biquinho. As gêmeas se sentam ao lado dela. As irmãs, Kira e Amara, não têm falas na peça, e é assim que Megan as trata na vida real: como figurantes que reforçam seu papel de protagonista.

— Querem beber alguma coisa? — a garçonete pergunta quando para ao lado da mesa com um bloquinho e um sorriso.

— Seria demais! — Ollie responde em voz alta com seu falso sotaque americano, e não consigo deixar de me contorcer.

Todos nós pedimos shakes — exceto Megan, que pede água mineral —, depois Ollie se vira para mim.

— Então, posso ver?

— O quê? Ah, sim. — Pego a câmera na bolsa e começo a olhar a sequência de fotos. Quando encontro a de Ollie, passo a máquina para ele. Prendo a respiração enquanto espero a resposta.

— Legal — ele diz. — Ficou muito boa.

— Ahhh, quero ver a minha — grita Megan, arrancando a câmera da mão dele e apertando os botões freneticamente. Meu corpo todo fica tenso. Normalmente, não me importo de dividir as coisas. Dei metade dos meus chocolates do calendário do Advento para o meu irmão, mas minha máquina fotográfica é diferente. É meu bem mais precioso. Minha rede de segurança.

— Ai. Meu. Deus. Penny! — Megan berra, estridente. — O que você fez? Parece que eu tenho um bigode! — E joga a câmera sobre a mesa.

— Cuidado! — eu falo.

Ela olha para mim de cara feia antes de pegar a máquina e apertar alguns botões.

— Como eu apago a minha foto?

Arranco a câmera da mão dela de um jeito meio brusco, e uma de suas unhas postiças se enrosca na alça.

— Ai! Você quebrou a minha unha!

— Você podia ter quebrado a minha câmera.

— É só com isso que você se importa? — Megan continua olhando feio para mim. — Não tenho culpa se você tirou uma foto horrível.

Uma resposta surge em minha cabeça: *E eu não tenho culpa se você me fez tirar a foto assim por causa da sua espinha*. Mas me controlo e não falo nada.

— Quero ver — Ollie diz e pega a câmera da minha mão.

Quando ele começa a rir, o olhar de Megan fica ainda mais duro, e sinto o conhecido aperto na garganta. Tento engolir, mas é impossível. Eu me sinto presa no banco. *Por favor, que isso não esteja acontecendo outra vez,* suplico em silêncio. Mas está. Uma onda de calor percorre meu corpo e mal consigo respirar. As fotografias dos astros de cinema que enfeitam as paredes parecem olhar para mim. A música da jukebox fica alta demais. As cadeiras vermelhas se tornam muito brilhantes. Não importa o que eu faça, não consigo controlar meu corpo. Minhas mãos suam e meu coração dispara.

— Ho, ho, ho! — grita o Papai Noel perto da porta. Mas a risada não é mais alegre. Agora ela soa ameaçadora.

— Tenho que ir — digo em voz baixa.

— Mas e a foto? — Megan choraminga, jogando o cabelo brilhante para trás de um ombro.

— Vou apagar.

— E o seu milk shake? — pergunta Kira.

Pego o dinheiro do bolso e deixo a nota em cima da mesa, esperando que ninguém perceba meus dedos tremendo.

— Um de vocês pode tomar. Acabei de lembrar que tenho que ajudar minha mãe com uma coisa. Preciso ir pra casa.

Ollie olha para mim e, por um segundo, parece desapontado.

— Você vai estar na cidade amanhã? — ele pergunta.

Megan o encara furiosa por cima da mesa.

— Acho que sim. — O calor é tão forte que minha visão fica turva. Preciso sair daqui agora. Se eu ficar presa neste banco por mais tempo, vou desmaiar. Tenho que fazer um esforço enorme para não berrar para Ollie sair do caminho.

— Legal. — Ele escorrega para fora do banco e me devolve a câmera. — Talvez eu veja você por lá, então.

— Tudo bem.

Uma das gêmeas, não sei dizer qual, começa a perguntar se estou bem, mas não paro para responder. Não sei como, consigo sair da lanchonete e chego à orla. Ouço o grasnido de uma gaivota, depois uma gargalhada. Um grupo de mulheres passa por mim, todas com aquele bronzeado artificial e salto alto. Elas usam camisetas rosa-Barbie, embora seja inverno, e uma delas usa um colar de plaquinhas com a letra A, de aprendiz. Gemo por dentro. Esta é outra coisa que odeio em Brighton — o jeito como o lugar é invadido por despedidas de solteiro de homens e mulheres toda sexta à noite. Atravesso a rua e vou para a praia. O vento é frio, mas é exatamente disso que preciso. Parada sobre as pedrinhas molhadas, olho para o mar e espero até que as ondas, que quebram na praia e voltam para o oceano, devolvam ao meu coração o ritmo normal.

# 2

Para a maioria das garotas, chegar em casa e encontrar a mãe posando na escada com um vestido de noiva seria uma coisa bizarra. Para mim, é comum.

— Oi, querida — diz minha mãe assim que passo pela porta. — Que tal?

Ela se apoia no corrimão e abre um braço, os longos cachos castanhos emoldurando o rosto. O vestido de casamento é marfim, tem corte império e acabamento de flores de renda no decote. É muito bonito, mas ainda estou tão abalada que só consigo balançar a cabeça num sim silencioso.

— É para o casamento com tema de Glastonbury — minha mãe explica e desce a escada para me dar um beijo. Como sempre, ela tem cheiro de rosa e patchuli. — Não é lindo? Totalmente hippie.

— Hum — digo. — É bonito.

— Bonito? — Ela olha para mim como se eu estivesse maluca. — Bonito? Esse vestido não é só bonito, é... maravilhoso... é... divino.

— É um vestido, querida — meu pai afirma aparecendo no corredor. Ele sorri para mim e levanta as sobrancelhas. Levanto as minhas de volta. Pareço com minha mãe fisicamente, mas, na personalidade, sou muito mais como meu pai, muito mais prática. — Bom dia? — ele pergunta ao me abraçar.

— Normal — respondo, e de repente quero ter cinco anos de idade outra vez, me encolher no colo dele e pedir que ele me leia uma história.

— Normal? — Meu pai dá um passo para trás e olha para mim com atenção. — Normal bom ou normal ruim?

— Bom — respondo, porque não quero criar mais drama.

Ele sorri.

— Que bom.

— Vai poder ajudar na loja amanhã, Pen? — minha mãe pergunta enquanto se olha no espelho do corredor.

— Claro. Que horas?

— Só por umas duas horas durante a tarde, enquanto eu estiver no casamento.

Meus pais são donos de uma empresa de organização de casamentos chamada Felizes para Sempre, e a loja fica no centro da cidade. Minha mãe abriu a empresa depois de desistir da carreira de atriz para ter meu irmão Tom e eu. Ela é especialista em temas peculiares. E também se especializou em experimentar todos os vestidos de casamento que tem no estoque. Acho que ela sente saudade dos figurinos dos tempos de atriz.

— A que horas vamos jantar? — pergunto.

— Em uma hora, mais ou menos — meu pai avisa. — Estou fazendo torta de carne.

— Ótimo. — Sorrio para ele e começo a me sentir um pouco mais humana. A torta de carne do meu pai é incrível. — Vou subir.

— Tudo bem — meus pais respondem ao mesmo tempo.

— Ah! Dá azar! — grita minha mãe e então beija meu pai no rosto.

Subo o primeiro lance de escada e passo pelo quarto dos meus pais. Quando me aproximo do quarto do Tom, ouço a batida cadenciada do hip-hop. Sempre odiei as músicas do meu irmão, mas desde que ele está na universidade eu gosto, porque significa que ele está em casa de férias. Eu sinto saudade do Tom, agora que ele não mora mais com a gente.

— Oi, Tom-Tom — chamo ao passar pela porta do quarto.

— Oi, Pen-Pen — ele responde.

Sigo até o fim do corredor e começo a subir outro lance de escada. Meu quarto fica no topo da casa. É muito menor que os outros quartos, mas eu adoro esse lugar. O teto inclinado e as vigas de madeira criam um clima aconchegante, e é tão alto que consigo ver a linha azul-escura do mar no horizonte. Mesmo quando é noite, saber que o mar está lá me faz sentir mais calma. Acendo o fio de luzinhas que contorna o espelho da penteadeira e duas velas com aroma de baunilha. Depois me sento na cama e respiro fundo.

Agora que estou em casa, finalmente sinto que é seguro pensar no que houve na lanchonete. É a terceira vez que isso acontece comigo, e sinto uma bola de medo crescendo no fundo do meu estômago. Na primeira vez, achei que não fosse se repetir. Na segunda vez, achei que fosse só azar. Mas agora aconteceu de novo... Sinto um arrepio e me enfio embaixo do edredom. Quando meu corpo começa a aquecer, tenho um flashback de quando eu era pequena e minha mãe fazia uma cabana de cobertores para eu brincar. Eu deitava dentro da cabana com uma pilha de livros e minha lanterna e passava horas lendo. Adorava ter um lugarzinho para me esconder do mundo. Estou encolhida embaixo do edredom e fechando os olhos quando escuto três batidas fortes na parede do meu quarto. Elliot. Jogo o edredom longe e respondo batendo duas vezes.

Elliot e eu somos vizinhos desde sempre. E não somos apenas vizinhos de casa, mas de *quarto* também, o que é muito legal. Inventamos nosso código de batidas na parede há anos. Três batidas significam "Posso ir aí?". Duas querem dizer "Sim, vem agora".

Tiro o uniforme da escola e visto meu macacão de leopardo-das-neves. Elliot odeia esses pijamas de macacão. Ele diz que a pessoa que os inventou devia ser pendurada de cabeça para baixo no Píer de Brighton pelos cadarços dos sapatos. Elliot é muito estiloso. Não no sentido de ser um escravo da moda; ele consegue juntar coisas aleatórias e fazer parecer incrível. Adoro tirar fotos dos modelos que ele inventa.

Quando escuto a porta da casa dele bater, dou uma olhada rápida no espelho da penteadeira e suspiro. Aliás, suspiro toda vez que olho para o espelho. É como um reflexo condicionado. *Olhar para o espelho — suspirar. Olhar para o espelho — suspirar*. Dessa vez não suspiro por causa das minhas sardas e de como elas cobrem o meu rosto feito pintinhas numa casca de banana. Não consigo vê-las com a luz da vela. Dessa vez o suspiro é por causa do meu cabelo. Por que, quando a brisa do mar bagunça o cabelo do Ollie, ele fica superfofo, mas, quando acontece a mesma coisa com o meu cabelo, parece que enfiei o dedo na tomada? Passo a escova rapidamente, mas isso só piora o frizz. Já é bem ruim ter cabelo vermelho. Elliot insiste em dizer que o meu é loiro-morango (definitivamente, é mais morango que loiro), mas, se fosse sempre liso como o da Megan, já seria um pouco melhor. Desisto da escova. Elliot não vai se importar. Ele me viu quando tive uma gripe forte e passei uma semana sem lavar o cabelo.

Ouço a campainha, depois minha mãe e Elliot conversando. Ele vai adorar o vestido de casamento. Elliot ama a minha mãe. E minha mãe ama o Elliot — minha família toda o ama. Ele foi praticamente adotado por nós, para ser sincera. Os pais do Elliot são advogados. Os dois trabalham muito, e, mesmo quando param em casa, estão sempre estudando um ou outro caso. Elliot está convencido de que foi trocado na maternidade e mandado para casa com os pais errados. Eles simplesmente não o entendem. Quando Elliot saiu do armário, o pai dele disse:

— Não se preocupe com isso, filho, tenho certeza que é só uma fase.

Como se ser gay fosse algo que a pessoa supera quando cresce!

Ouço os passos de Elliot na escada e a porta se abrindo.

— Lady Penelope! — ele grita. Está usando um terno vintage risca de giz e suspensórios com tênis Converse vermelho. Isso é ele num traje informal.

— Lorde Elliot! — grito de volta. (Passamos a maior parte do último fim de semana assistindo aos DVDs da caixa de *Downton Abbey*.)

Elliot olha para mim por trás dos óculos de armação preta.

— Tudo bem, o que aconteceu?

Balanço a cabeça e dou risada. Às vezes juro que ele consegue ler meus pensamentos.

— Como assim?

— Você está muito pálida. E com esse macacão horroroso. Você só usa essa coisa quando está deprimida. Ou quando tem lição de casa de física.

— É a mesma coisa — respondo rindo e me sento na cama.

Elliot senta ao meu lado com um ar preocupado.

— Eu... tive uma daquelas coisas esquisitas de pânico outra vez.

Ele passa um braço magro sobre os meus ombros.

— Mentira! Quando? Onde?

— No JB's.

A risada dele é sarcástica.

— Ah, não me surpreende. A decoração daquele lugar é horrível! Mas, falando sério, o que aconteceu?

Eu explico e me sinto mais envergonhada a cada palavra. Agora tudo soa muito trivial e bobo.

— Não sei por que você anda com a Megan e o Ollie — ele comenta quando termino minha história carregada de aflição.

— Eles não são tão ruins — digo sem muita segurança. — Sou eu. Por que eu fico tão estressada com as coisas? Tipo, eu até entendi da primeira vez, mas hoje...

Elliot inclina a cabeça para o lado, como sempre faz quando está pensando.

— Por que você não escreve sobre isso no blog?

Elliot é a única pessoa que sabe sobre o meu blog. Contei logo no início porque: a) posso confiar nele com qualquer assunto, e b) ele é a única pessoa com quem posso ser totalmente eu mesma, então não tem nada no blog que ele já não saiba.

— Você acha? — pergunto com a testa franzida. — Não é meio pesado?

Ele balança a cabeça.

— De jeito nenhum. Escrever sobre isso pode fazer você se sentir melhor. Talvez ajude a entender. Além do mais, um dos seus seguidores pode ter passado pela mesma coisa. Lembra daquela vez que você postou sobre ser desajeitada?

Balanço a cabeça para dizer que sim. Há cerca de seis meses escrevi no blog sobre cair de cabeça dentro de um latão e, em uma semana, passei de duzentos e dois para quase mil seguidores. Nunca tive tantos compartilhamentos. Ou comentários. Acontece que não sou a única adolescente que nasceu com o gene da falta de jeito.

— Acho que sim... — respondo.

Elliot me encara e sorri.

— Lady Penelope, eu *sei* que sim.

**15 de dezembro**

## Socorro!!

Oi, gente!

Muito obrigada por todos os comentários bacanas sobre as minhas fotos do Snoopers Paradise. É bom saber que vocês gostam daquelas coisas diferentes tanto quanto eu.

O post desta semana é muito difícil de escrever, porque fala de uma coisa assustadora que aconteceu comigo — *está* acontecendo comigo. Quando comecei a escrever este blog, eu disse que seria sempre totalmente sincera aqui, mas não imaginava que o **Garota Online** fosse decolar como decolou. Não acredito que agora tenho 5.432 seguidores — muito obrigada! Apesar de eu achar assustadora a ideia de contar a todos vocês sobre isso, Wiki acredita que desabafar pode me fazer sentir melhor, então aqui vai.

Há algum tempo, eu sofri um acidente de carro. Tudo bem, ninguém morreu nem nada parecido. Mesmo assim, foi uma das piores experiências da minha vida.

Meus pais e eu voltávamos para casa à noite, e chovia daquele jeito que parece que a água despenca em cima de você como uma onda. Mesmo com os limpadores de para-brisa ligados na velocidade máxima, não fazia diferença. Era como dirigir no meio de um tsunami. Havíamos acabado de entrar em uma pista de mão dupla, quando um carro atravessou na nossa frente. Não sei exatamente o que aconteceu em seguida, acho que meu pai tentou frear e desviar, mas a estrada estava molhada, escorregadia, e derrapamos até a faixa central. Depois o carro capotou!

Não sei vocês, mas eu só tinha visto isso acontecer nos filmes. E nos filmes, logo depois que o carro capota, ele normalmente explode ou é arrastado por uma carreta ou algo assim, e eu só conseguia pensar que íamos morrer. Fiquei gritando, chamando meu pai e minha mãe, sem saber se eles estavam bem, e eles me chamavam, mas eu não conseguia me aproximar deles. Estava presa no banco de trás, sozinha e de cabeça para baixo.

Felizmente, ninguém morreu. Um homem muito bom viu o que aconteceu e parou o carro para ajudar a gente. Depois, quando os serviços de emergência chegaram, todos foram muito legais também. Fomos levados para casa numa viatura da polícia e ficamos sentados no sofá, embaixo de cobertores, bebendo chá com açúcar até o sol nascer. E agora tudo voltou ao normal. Meus pais nem falam mais sobre o acidente, e temos um carro novo e inteiro na nossa garagem. Todo mundo vive dizendo: "Você teve muita sorte por não ter se machucado". E tive mesmo. Eu sei disso. Mas acontece que, mesmo sem nenhum corte ou hematoma do lado de fora, tenho a sensação de que alguma coisa se quebrou dentro de mim.

Não sei nem se um acidente como aquele pode provocar esse tipo de coisa, mas tenho momentos estranhos de pânico. Se alguma coisa me deixa nervosa e acho que não vou ter como escapar, começo a me sentir do mesmo jeito que me senti quando fiquei presa no carro. Sinto ondas de calor, fico tremendo e parece que não vou conseguir respirar. Já aconteceu três vezes, por isso tenho muito medo de que continue acontecendo. E não sei o que fazer.

Espero que vocês não se incomodem por eu escrever sobre isso. Prometo voltar ao normal na semana que vem. Prometo que haverá toneladas de fotos realmente deliciosas da Choccywoccydoodah! Mas, se algum de vocês já passou por coisa parecida com o que acabei de descrever, e se tem alguma dica de como fazer isso parar, por favooooor poste nos comentários. Já é bem ruim ser *A Pessoa Mais Desajeitada do Universo*. Não quero ser a mais em pânico também!!

Obrigada!

**Garota Online, saindo do ar xxx**

# 3

Na manhã seguinte acordo com o coro habitual de grasnidos de gaivotas. Dedos de luz fraca de inverno se esgueiram pelas frestas entre as cortinas. Isso é bom. Ultimamente, tenho acordado tão cedo que ainda está escuro lá fora.

Elliot tinha razão — escrever no blog realmente ajudou. Escrevi ontem à noite, depois que ele foi para casa. No início me senti um pouco desconfortável e acanhada, mas depois de algumas frases todos os pensamentos e sentimentos relacionados ao acidente e até então sufocados simplesmente fluíram. Depois de postar, não fiz aquela coisa de sempre de ficar esperando comentários ou compartilhamentos. Estava com tanto sono que fechei o laptop e fui dormir.

Enquanto meu corpo se adapta devagar ao fato de ter que acordar e enfrentar um novo dia, esfrego os olhos e observo em volta. Meus pais sempre brincam sobre não ser preciso pôr papel de parede no meu quarto, porque cada centímetro já está coberto de fotos. Quando fiquei sem espaço recentemente, comecei a prender as fotos num barbante e o estendi como um varal por cima da cama. Muitas dessas fotos são de Elliot na praia, bancando o figurinista com suas roupas vintage. Também tem a foto que mais gosto, de minha mãe, meu pai e Tom reunidos em torno da árvore na manhã do Natal passado, segurando canecas fumegantes de café. Adoro capturar esses momentos especiais. Essa foto também me lembra do momento seguinte, quando minha mãe me viu escondida no canto com a câmera e me chamou para ir sentar com eles no sofá, e cantamos juntos uma versão bem boba de "We Wish You a Merry Christmas". Essa é uma das coisas que mais amo nas fotos: o jeito como podem ajudar a capturar momentos de felicidade, para que sejam revividos eternamente.

Pego o celular em cima do criado-mudo e aperto o botão de ligar. Depois de alguns segundos de silêncio, ele começa a apitar loucamente com os alertas de e-mail. Entro em minha conta e vejo que a caixa de entrada está lotada de notificações do blog. Foram muitos comentários durante a noite. Pego o laptop do chão e o abro com o coração disparado. O Garota Online tem um ano, meus seguidores são adoráveis e sempre postam coisas muito positivas, mas ainda tenho esse medo de que algum dia isso possa dar errado. E se eles acharam que o meu post da noite passada foi demais, muito pesado?

Mas está tudo bem. Na verdade, melhor do que eu imaginava. Rolo a tela rapidamente para ler os comentários e encontro palavras como "obrigado", "coragem", "honestidade" e "amor" se repetindo muitas e muitas vezes. Respiro fundo e começo a ler de verdade cada um. E o que leio enche meus olhos de lágrimas.

Obrigado por compartilhar...

Parece que você está tendo ataques de pânico. Não se preocupe, eu também tenho...

Pensei que eu fosse a única...

Agora sei que não estou sozinho...

Era esperado que você ficasse abalada depois do acidente...

Obrigado pela honestidade...

Vai melhorar...

Já tentou técnicas de relaxamento?

Você é muito corajosa por compartilhar...

E assim por diante, até eu me sentir envolta por um quente cobertor de amor. De certa forma, é bom saber que "ataques de pânico" são uma coisa real e não só minha cabeça ficando maluca. Existem coisas que eu posso fazer para me sentir mais no controle. Decido que vou dar uma olhada nelas mais tarde.

Lá embaixo, escuto a porta do quarto dos meus pais se abrir e passos no corredor. Sorrio pensando em meu pai indo preparar o "Café da Manhã de Sábado". Elliot e eu sempre chamamos de "Café da Manhã de Sábado", com letras maiúsculas, porque é um grande evento. Acho que não sobra uma panela sequer limpa na casa enquanto ele prepara bacon, três tipos de linguiça, batatas hash browns e ovos de várias maneiras, tudo acompanhado de tomates grelhados com ervas e uma pilha das panquecas mais fofas. Pensar nisso é suficiente para fazer meu estômago roncar.

Bato na parede cinco vezes, código para "Está acordado?". Elliot responde imediatamente com três batidas. "Posso ir aí?" Bato duas vezes para dizer que sim. Agora todo o meu corpo parece sorrir. Tudo vai ficar bem. Meus ataques de pânico vão desaparecer quando o choque do acidente passar. Logo voltarei ao normal. Enquanto isso, temos o "Café da Manhã de Sábado"!

***

— Ovos poché ou mexidos, Elliot? — meu pai pergunta e espera. Ele está vestido com seu habitual traje de chef para o sábado de manhã: calça e blusa de moletom cinza e avental de listras azuis e brancas.

— Como você vai fazer os ovos mexidos? — Elliot quer saber. Em outro contexto essa pergunta seria ridícula, mas não quando é feita a meu pai. Ele é conhecido por fazer cerca de duzentos tipos diferentes de ovos mexidos.

— Com fatias bem finas de cebola e uma pitada de cebolinha — meu pai responde fingindo um sotaque francês. Ele usa muito esse sotaque quando está cozinhando. Acha que assim fica mais parecido com um chef.

— Toca aqui! — Elliot levanta a mão. Meu pai bate nela com a colher de pau. — Mexidos, por favor.

Elliot está de pijama e robe. O robe é de seda, com estampa paisley verde e vinho. Ele parece ter saído de um filme velho em preto e branco. Só falta um cachimbo. Estou me servindo de suco quando Tom entra na cozinha. Outra prova de que o "Café da Manhã de Sábado" do meu pai é incrível: Tom sai da cama antes das nove da manhã no fim de semana. Se está acordado ou não, é outra história.

— Bom dia — Elliot diz, só um pouco alto demais, em deferência a Tom.

— Hmm — meu irmão resmunga, se jogando em uma cadeira e descansando a cabeça sobre a mesa.

— Cafeína para o sr. Tom — Elliot anuncia e enche uma caneca com café forte da cafeteira.

Tom levanta a cabeça só para beber um gole.

— Hmm — repete de olhos fechados.

O cheiro de bacon no forno é incrível. Começo a passar manteiga em uma fatia de pão para me distrair da fome. Tenho a impressão de que vou começar a babar.

— Olá! Olá! — minha mãe exclama ao entrar na cozinha.

Ela é a única que se arrumou de verdade, porque vai sair para abrir a loja assim que terminar de comer. Como sempre, está linda. O vestido verde-esmeralda combina perfeitamente com o cabelo castanho. Sempre que uso verde, tenho a horrível sensação de parecer uma decoração de Natal ambulante, mas na minha mãe sempre fica bem. Ela contorna a mesa e beija o topo da cabeça de cada um de nós.

— Como estão todos nesta linda manhã de dezembro?

— Tudo na mais perfeita ordem, obrigado — Elliot responde com sua voz mais elegante.

— Esplêndido! — minha mãe adota um tom ainda mais chique. Ela se aproxima do meu pai e beija sua nuca. — O cheiro está incrível, querido.

Meu pai se vira e a abraça. Todos nós olhamos para outro lugar. Acho legal meus pais se darem tão bem, não passarem horas sentados num silêncio amargo, como fazem os pais de Elliot, mas as demonstrações físicas de afeto às vezes são um pouco constrangedoras.

— Vai mesmo ajudar a Andrea na loja hoje à tarde? — minha mãe pergunta quando senta ao meu lado.

— Claro. — Olho para Elliot. — Quer ir dar uma volta na Lanes agora de manhã?

Tom geme. Ele odeia tudo que tem a ver com roupas e compras, motivo provável para estar usando uma horrível camiseta cor de laranja de time de futebol e calça vermelha de pijama.

— Claro — Elliot responde. Definitivamente, ele é meu irmão de alma.

— E uma visita aos caça-níqueis no píer? — acrescento, esperançosa.

— Claro que *não* — Elliot reage com a testa franzida. Bato nele com o guardanapo. Minha mãe se levanta para pegar a calda de bordo no armário, e Elliot se inclina para mim e cochicha: — Caramba, seu blog foi incrível ontem à noite. Você viu todos os comentários?

Assinto e sorrio, me sentindo estupidamente orgulhosa.

— Eu disse que ia ser uma boa. Não tinha como uma coisa dessas afundar o blog — Elliot lembra, vaidoso.

— O que ia afundar? — minha mãe pergunta ao voltar para a mesa.

— Nada — respondo.

— O *Titanic* — diz Elliot.

***

Duas horas mais tarde, Elliot e eu estamos na ponta do píer jogando nos caça-níqueis.

— Desculpa — ele fala alto para ser ouvido no meio do ruído das máquinas —, mas não consigo ver graça nesse jogo idiota. Nenhuma graça.

Insiro outra ficha e junto as mãos enquanto vejo a bandeja de moedas deslizar para frente. As moedas na beirada da bandeja tremem, mas continuam lá. Deixo escapar um suspiro.

— Quer dizer, é meio como o Myspace, não é? Ou mingau de aveia? Não serve pra nada!

Insiro outra ficha e começo a cantar *la, la, la* mentalmente para abafar as reclamações de Elliot. A verdade é que ele ama odiar o caça-níqueis tanto quanto eu amo jogar. A bandeja desliza para frente, e a primeira impressão é de que perdi de novo. Mas uma das moedas na beirada cai, e isso provoca uma avalanche. Bato palmas de alegria quando um monte de moedas cai na bandeja, fazendo um barulho alto.

— *Yes!* — grito e abraço Elliot, só para irritá-lo ainda mais.

Ele olha para mim de cara feia, mas vejo o brilho em seus olhos atrás dos óculos de armação vermelha e sei que ele está se esforçando para não rir.

— Ganhei! — Recolho o dinheiro da bandeja.

— Ganhou. — Elliot olha para as moedas em minha mão. — Vinte centavos inteiros. O que você vai fazer com toda essa fortuna?

Inclino a cabeça para o lado.

— Bom, primeiro vou garantir o futuro da minha família. Depois vou comprar um Mini Cooper conversível pra mim. E acho que depois vou comprar para o meu amigo Elliot *um pouco de senso de humor*! — grito e desvio do soco de brincadeira. — Vem, vamos dar uma olhada na Lanes antes de eu ir trabalhar.

* * *

A Lanes é a minha parte favorita de Brighton — depois do mar, é claro. O labirinto de ruas de paralelepípedos e lojinhas exóticas faz você sentir que virou a esquina e voltou duzentos anos no tempo.

— Sabia que o Cricketer's Arms chamava Laste and Fishcart? — Elliot comenta quando passamos pelo velho pub.

— The Last Fishcart — digo distraída, observando uma garota que caminha em nossa direção. Ela usa um chapéu de feltro âmbar e uma jardineira longa e estampada. E está linda. Quero tirar uma foto, mas me atraso um segundo e ela desaparece além da esquina.

— Não, não é The Last Fishcart, é Laste *and* Fishcart — Elliot me corrige. — Um laste era a medida que usavam antigamente para dez mil arenques, quando Brighton era um vilarejo de pescadores.

— Tudo bem, Wiki — falo rindo.

Elliot é realmente uma Wikipédia ambulante. Não sei como ele consegue guardar na cabeça tanta informação aleatória. Seu cérebro deve ser equivalente a um disco rígido de seis terabytes. (Um disco rígido de seis terabytes é o maior que existe no mundo — mais um fato aleatório que aprendi com o Elliot.)

Sinto o celular vibrar no meu bolso. É uma mensagem da Megan. Penso imediatamente no que aconteceu ontem no JB's e minha boca fica seca. Mas a mensagem é surpreendentemente simpática.

Oi, está tudo certo p/ hoje à noite? Bjs

Eu tinha me esquecido completamente de hoje à noite. No começo da semana sugeri que ela fosse dormir em casa, como costumávamos fazer no passado. Era meio brincadeira, meio uma tentativa de levar nossa amizade de volta ao que era antes, quando tudo parecia tão maravilhosamente descomplicado.

— Quem é? — Elliot pergunta quando passamos por uma das várias joalherias da Lanes. A vitrine é convexa, como se estivesse literalmente inchada com as bandejas de colares, braceletes e anéis de prata.

— A Megan — resmungo, esperando que Elliot não escute... ou não se importe.

— O que ela quer?

Não deu certo.

— Ah, só saber se está tudo certo para hoje à noite.

Elliot olha para mim.

— O que vai acontecer hoje à noite?

Olho para os paralelepípedos no chão.

— Eu convidei a Megan para dormir em casa.

— Dormir na sua casa? Hello, estamos no ensino médio, sabia?

Olho para ele com o rosto vermelho.

— Eu sei. Não pensei que ela ia aceitar, pra dizer a verdade.

— Então por que convidou?

— Achei que ia ser divertido — respondo com um movimento de ombros.

— Hum... Tão divertido quanto passar a noite com os meus pais, que é o que eu vou fazer, pelo jeito.

— Desculpa. — Engancho o braço no dele. Elliot está usando seu casaco de lã vintage. É quente e aconchegante.

— Tudo bem — ele suspira. — Tenho um trabalho enorme de história para entregar na segunda-feira, é melhor ficar em casa mesmo. Ei, sabia que aquela casa era a Enfermaria de Sussex e Brighton para Doenças dos Olhos?

Essa é uma das coisas que mais amo em Elliot — ele nunca consegue ficar irritado por mais de dez segundos. Seria ótimo se todos os meus amigos fossem assim!

Passamos pela Choccywoccydoodah no momento em que um casal sai da loja, trazendo consigo um cheiro delicioso de cookies assados.

— Vamos tomar chocolate quente no Tic Toc? — sugiro. Ainda tenho meia hora antes de ir trabalhar.

— Hum, a lua vai nascer hoje à noite? — Elliot pergunta de um jeito teatral, depois abre a porta e me convida a entrar.

O interior do café é quente e úmido. Não há como negar, o Tic Toc faz o melhor chocolate quente de Brighton. E Elliot e eu sabemos bem; fizemos uma pesquisa científica sobre o assunto. Enquanto Elliot vai olhar os bolos no balcão, eu escolho uma mesa, sento e digito uma resposta rápida para Megan.

Claro. Lá pelas 8. Bj

— Ai, meu Deus! — Elliot diz quando volta à mesa. — Tem sabor novo de cupcake! — Os olhos dele estão grandes como pires. — Framboesa e café mocha.

— Ah, uau.

— Quer um?

Respondo que sim com a cabeça. Comi demais no café da manhã, mas *sempre* tem espaço para um cupcake.

— Legal. Vou pedir.

Elliot volta ao balcão e eu me recosto na cadeira, sentindo o calor do ambiente penetrar em mim. De repente a porta se abre e um garoto entra. Eu o reconheço imediatamente, é o irmão mais velho do Ollie, Sebastian. Ollie entra atrás dele. Pego o cardápio e finjo estudar as opções. Espero que ele não me veja e que vá se sentar do outro lado com o irmão. Mas escuto o ruído quando ele puxa uma cadeira na mesa ao lado da minha.

— Penny!

Levanto a cabeça e vejo Ollie sorrindo para mim. Não posso negar, o sorriso dele é fofo tipo filhotinho de cachorro. Ollie senta na cadeira ao lado da minha. Sebastian me encara com frieza. Ele é dois anos mais velho que nós e está entre os mais populares — e arrogantes — do último ano. Também é campeão regional de tênis. Há boatos de que Sebastian já disse a Andy Murray que ele precisava melhorar seu backhand. Eu acredito nisso.

— O que você quer? — ele pergunta a Ollie, num tom seco.

— Pode ser um milk shake de chocolate?

Sebastian franze a testa, como se o irmão tivesse pedido uma caneca de vômito.

— Sério? Por favor, não diz que também vai querer confeito e raspas de chocolate.

Ollie assente, e é a primeira vez que o vejo constrangido.

Sebastian balança a cabeça e suspira.

— Você é tão criança.

— Tudo bem. Pode ser um café, então. — Agora ele está vermelho. É estranho vê-lo tão inseguro. Estou com pena dele.

Sebastian se aproxima do balcão e entra na fila atrás de Elliot, e começo a entrar em pânico quando penso em como ele vai reagir quando vir nossa mesa invadida pelo Selfie Ambulante.

— Estranho te encontrar desse jeito — Ollie comenta e tira o cachecol. — Acabei de mandar uma mensagem pra Megan pedindo seu número. Não faz nem meia hora.

— Sério? — Minha voz soa estridente. Tusso e tento de novo. — Por quê? — Agora ela soa grave como a de um homem. Olho para a toalha da mesa e desejo que ela ganhe vida e me cubra para esconder minha vergonha.

— Eu ia perguntar se você não quer me encontrar amanhã na hora do almoço.

Olho para Ollie e me pergunto se não estou dormindo ainda. Tudo que aconteceu até agora foi só um sonho. Belisco minha perna embaixo da mesa para ver se estou acordada... e exagero um pouco na força.

— Ai!

Ele olha para mim, preocupado.

— O que foi?

— Nada, eu...

— Você fez uma cara de dor.

— É. Foi... — Tento pensar depressa em alguma explicação. — Acho que acabei de levar uma mordida.

— Mordida? O que pode ter te mordido?

— Ah... uma pulga?

*NÃO! NÃO! NÃO! NÃO! NÃO!*, minha voz interior grita.

Ollie se mexe na cadeira e se afasta um pouco.

— Quer dizer, não... não foi uma pulga — gaguejo. — É claro! Eu não tenho pulga nem nada disso. É só que a sensação foi parecida.

Eu me mexo, desconfortável, e o couro do revestimento da cadeira faz um barulho alto. Um barulho do tipo pum.

— Não fui eu! Foi a cadeira! — grito. Ai, por que eu tinha de sentar na cadeira com uma almofada de pum embutida? Mudo de posição outra vez tentando fazer o mesmo barulho, provar para Ollie que não fui eu que soltei pum, mas agora, é claro, a cadeira fica quietinha.

Ollie olha para mim. Depois funga. Sim, ele fareja o ar com uma expressão de sofrimento. Meu Deus... ele acha que eu peidei. Acha que eu tenho pulga e que peidei! Começo a rezar para um asteroide cair em cima do café, ou pelo começo do apocalipse zumbi — qualquer coisa que faça Ollie esquecer o que acabou de acontecer.

— Ah, não! Já é essa hora? — pergunto, sem nem me incomodar em olhar para o relógio ou o celular. — Tenho que ir. Preciso ir trabalhar. — E levanto da cadeira.

— Mas e sobre amanhã?

— Sim. É claro. Me manda uma mensagem. — Finalmente digo alguma coisa que não soa maluca. Pelo contrário, foi bem legal. Mas, quando pego o meu casaco e o de Elliot, tropeço na ponta do meu cachecol e esbarro com tudo em uma garçonete que vem trazendo uma bandeja de paninis torrados. Os talheres caem no chão e um silêncio terrível invade o café. Sinto todos os olhares cravados em mim. De alguma maneira, consigo me aproximar de Elliot sem me envolver em nenhum outro desastre.

— Precisamos ir — cochicho para ele.

— O quê? — Ele olha para mim e franze a testa. — Mas e os nossos cupcakes?

— Pede pra viagem e leva pra loja. Aconteceu uma emergência. Obrigada. Tchau.

E, com isso, jogo o casaco para ele e saio do café.

# 4

Demora quase duas horas até meu rosto voltar à temperatura normal. Elliot achou tudo muito engraçado. Chegou a dizer que eu devia ter falado para o Ollie que era "melhor soltar do que prender"! Mas ele não entende. O que aconteceu hoje foi o mais próximo que jamais estive de ser convidada para sair por alguém de quem estou a fim. Aposto que, na História dos Encontros de Todos os Tempos, nenhuma garota jamais falou para um cara que havia acabado de convidá-la para sair que ela tinha pulga — e depois peidou! Ou pelo menos deu essa impressão. Essa deve ser a pior de todas as respostas!

Da minha cadeira atrás do balcão, dou uma olhada na Felizes para Sempre. Andrea está parada ao lado das araras de vestidos ajudando uma moça a escolher o tema do casamento: Barbie ou Cinderela. O noivo da cliente está sentado em uma poltrona em um canto e muito aborrecido, porque explicamos a ele que não temos o tema Grand Prix. São só três horas, mas a luz já começa a enfraquecer lá fora. As pessoas passam na calçada com uma expressão sombria, castigadas pelo vento. Fico feliz por estar aqui dentro, mesmo que seja trabalhando. Para ser sincera, vir à loja nem parece muito um trabalho. Minha mãe criou um espaço tão bonito que é como estar em uma gruta encantada, efeito das luzes piscando, das velas aromáticas e da música. Imagino que esta seja a única loja em Brighton, senão no Reino Unido, que toca música de fundo em uma vitrola. E o chiado da agulha no vinil contribui para criar o clima, especialmente com nossa playlist de emocionantes canções de amor. É impossível sair da Felizes para Sempre sem se sentir quente e derretendo por dentro. A menos, é claro, que você tenha acabado de dizer para o garoto de quem está a fim há seis anos que você pode ter pulga.

Para esquecer um pouco a "Vergonha de Pulga e Pum", decido dar uma olhada na vitrine. A cada duas semanas minha mãe muda tudo para exibir nosso mais novo tema. No momento é *Downton Abbey*, por isso o manequim de noiva usa um vestido branco com mangas longas e drapeadas e gola tão alta que mais parece de camisa. Noto que o broche na gola está um pouco torto, então entro na vitrine para ajeitá-lo. Quando viro para sair, vejo um casal do lado de fora olhando a vitrine. A mulher está observando o vestido de noiva e, embora não consiga ouvir o que ela diz, posso perceber pelo movimento dos lábios que é "ai, meu Deus!".

Quando volto para trás do balcão, a sineta da porta anuncia a entrada do casal.

— É a coisa mais linda que eu já vi! — a mulher comenta com um forte sotaque americano.

Olho para eles e sorrio.

— Oi, posso ajudar?

Os dois sorriem para mim, e noto que eles têm dentes tão perfeitamente alinhados e brancos que parecem teclas de um piano.

— Sim, por acaso vocês organizam casamentos em outros países? — pergunta o homem.

Eles chegam ao balcão, e sinto o cheiro de loção pós-barba. Mas não é aquela coisa barata que o Tom usa antes de uma noitada na cidade; é um perfume mais sutil e picante. Tem cheiro de coisa cara.

— Bem, não tenho certeza — respondo. Minha mãe organizou alguns casamentos no exterior antes, mas sempre para amigos. Porém não vou perder um cliente em potencial. — O que estão procurando?

— Vamos nos casar perto do Natal — diz o homem. Acho que ele percebeu minha expressão chocada, porque continua: — Sim, *este* Natal, daqui a pouco mais de uma semana! E hoje de manhã soubemos que nosso organizador arrumou outros compromissos...

— Ele fugiu com a noiva do último casamento que organizou! — exclama a mulher.

É difícil não rir. Esse é exatamente o tipo de história que Elliot e Tom achariam hilária.

— Nossa... — respondo.

— É tão estressante! — a mulher continua. — Principalmente porque viemos ao Reino Unido a trabalho, não temos como procurar outro organizador de casamentos onde moramos.

— Estávamos pensando em cancelar tudo — o homem declara.

— Mas agora vimos a sua linda vitrine — a mulher continua. — Adoro *Downton Abbey*... Todos estão apaixonados pela série nos Estados Unidos.

— Então pensamos em contratar vocês para organizar nosso casamento — conclui o homem.

— Seria tão fofo — diz a noiva.

O homem sentado na poltrona resmunga alguma coisa.

— É claro — respondo depressa. — Minha mãe é a responsável pela empresa, mas não está aqui no momento. Podem me dar os detalhes, e eu peço para ela entrar em contato assim que voltar?

— É claro. Meu nome é Jim Brady. — O homem me entrega um cartão. É um modelo caro, de papel grosso e acetinado, com letras em relevo.

— E o meu é Cindy Johnson, quase Brady — a mulher se apresenta com um sorriso e também me dá um cartão igualmente caro.

— Obviamente já temos o local reservado, vocês só teriam que cuidar da cara do evento — explica Jim.

— Vamos nos casar no Waldorf Astoria, em Nova York — acrescenta Cindy. Pela expectativa com que ela olha para mim, imagino que isso seja bom.

— Que maravilha — respondo sorrindo.

— Ah, seu sotaque é tão fofo! — diz Cindy, virando-se para Jim com os olhos muito abertos. — Amor, se o casamento tiver o tema *Downton*

*Abbey*, podemos fazer os votos com sotaque britânico. — E olha de novo para mim. — Não seria adorável?

Sorrio para ela e assinto.

— Sim, com certeza.

O homem na poltrona olha para mim e revira os olhos.

* * *

— Por que a galinha atravessou a rua, rolou na lama e atravessou de volta? — meu pai me pergunta assim que entro na sala.

Ele e Tom estão jogados no sofá em L, comendo pipoca de uma tigela enorme enquanto o locutor da partida de futebol berra na televisão. Isso é o que sempre acontece quando eles ficam sozinhos e juntos em casa.

— Por favor, não pergunte. — Tom olha para mim com ar suplicante. — Você vai se arrepender até o dia da sua morte.

— Não, não vai — meu pai responde rápido como um raio. — A Pen tem o meu senso de humor refinado. Bom saber que pelo menos um dos meus filhos herdou isso de mim. — E bate no sofá ao lado dele, onde me sento. Meu pai tem razão: temos o mesmo senso de humor. Se é refinado, já é outra história.

— Não sei. Por que a galinha atravessou a rua, rolou na lama e atravessou de volta? — pergunto e me sirvo de um punhado de pipoca.

— Nããããão! — Tom uiva, depois enterra a cabeça embaixo de uma almofada.

— Porque queria ficar suja!

Meu pai e eu nos olhamos e caímos na risada. Tom uiva de novo embaixo da almofada.

— Como foi na loja? — meu pai pergunta assim que superamos o ataque de riso.

— Bem tranquilo — respondo e vejo a preocupação passar como uma sombra por seu rosto. Com a maioria das pessoas preferindo se casar no verão, o inverno é sempre nossa época de menor movimento, mas este ano está ainda mais parado que de costume. — Ah, mas eu atendi um casal de americanos que quer saber se podemos fazer o casamento deles em Nova York. Eles pareciam estar falando sério.

Meu pai levanta as sobrancelhas.

— É mesmo?

— Sim, eles querem o tema *Downton Abbey*. Mas precisam de tudo bem rápido. Querem se casar pouco antes do Natal, mas o organizador que eles contrataram fugiu com a noiva do último casamento que organizou.

É a vez de Tom começar a rir.

— Qual é a graça? — minha mãe pergunta ao entrar e tirar o casaco.

— Por que a galinha atravessou a rua, rolou na... — meu pai começa de novo.

— Não! — meu irmão grita. — Não foi essa a piada. Achei graça do motivo que fez o casal americano cancelar o casamento.

Minha mãe olha para nós como se estivéssemos malucos. Ela nos olha assim muitas vezes.

— O organizador fugiu com a noiva do último casamento que ele organizou — Tom ri de novo.

Minha mãe senta ao meu lado e parece ainda mais confusa.

— Do que ele está falando?

Conto a ela sobre Cindy e Jim.

— Eles vão se casar em um hotel chamado Waldorf Astoria — acrescento no final.

Meus pais levantam as sobrancelhas ao mesmo tempo.

— Waldorf Astoria? — meu pai repete com ar sonhador.

— Em Nova York? — pergunta minha mãe com o mesmo tom.

— Sim. Tenho todos os detalhes aqui. — Entrego os dois cartões para minha mãe. — Eles pediram pra você ligar o mais rápido possível. Sei que a gente não costuma fazer casamentos fora do país, mas achei melhor deixar você falar com eles. Espero não ter feito nenhuma bobagem.

Meu pai e minha mãe se olham e depois sorriem para mim.

— Ah, você fez bem, querida — minha mãe fala e me abraça em seguida.

Meus pais começam a falar sobre o Waldorf Astoria, e no mesmo instante meu celular avisa que tem mensagem de texto. É Elliot.

> Ai, meu Deus, meu pai acabou de perguntar se já arrumei uma namorada!!! Vou ter que arrumar uma equipe de líderes de torcida pra soletrar pra ele. Divirta-se na festa do pijama com a Mega-linha :P

Digito uma resposta rápida.

> Ou vc compra um bolo na Choccywoccydoodah e pede pra confeitarem c/ o recado. E obrigada, acho ;) Bjsss

Quase imediatamente, meu celular apita de novo. Mas a mensagem agora é de um número diferente.

> Oi, Pen, quer me encontrar amanhã no Lucky Beach? Meio-dia? A gente pode almoçar...
> Ollie

Olho chocada para o aparelho. Mesmo eu sendo A Pessoa Mais Desajeitada do Universo, mesmo que ele pense que posso ter pulga e problemas crônicos de gases, Ollie quer sair comigo! Para almoçar! Em um restaurante de verdade! Ai, meu Deus... Acho que isso é um encontro!

# 5

Se tem alguma coisa capaz de apagar um sorriso do tipo acabei-de-ser--convidada-para-sair, essa coisa é ver uma de suas melhores amigas sentada em sua cama, olhando para o nada, como se fosse morrer de tédio. Desde que a Megan chegou, há vinte minutos que poderiam ser vinte dias — porque parece que faz muito tempo —, tudo que sugeri para fazermos foi recebido com um movimento desinteressado de ombros ou um azedo "não, obrigada". Por que ela veio, se vai passar a noite toda sentada e de cara feia? Aí eu entendo. Esse deve ser meu castigo pelo que aconteceu no JB's na noite passada. É evidente que ela ainda não me perdoou por ter quebrado sua unha. Meu gemido é silencioso. Onde eu estava com a cabeça quando a convidei? Como pude imaginar que seria como antes?

Megan e eu somos amigas desde o primeiro dia de aula do sexto ano, quando o professor nos colocou sentadas lado a lado. Sinceramente: essa amizade começou por medo. Eu havia passado as férias de verão preocupada, temendo que ninguém quisesse ser meu amigo e pensando no horror de passar SETE ANOS vagando sozinha de sala em sala. Mas não demorou muito para a nossa amizade passar do desespero à sinceridade e todos os meus receios desapareceram.

Minha lembrança favorita com a Megan é de quando tínhamos doze anos e meu cachorro, Milo, morreu. (A morte do Milo não é a minha parte preferida, é claro, essa foi uma das piores de todas as coisas que já aconteceram comigo.) Mas, quando soube, Megan foi à minha casa com uma sacolinha de presentes, inclusive um poema que ela escreveu sobre o Milo, que chamou de "Patas fofas", e uma foto emoldurada em que eu aparecia correndo atrás dele no parque. Ela era assim, gentil e atenciosa. Mas depois a Megan começou a fazer teatro, e isso a transformou completamente, ainda mais quando conseguiu o primeiro papel na tevê. Ela disse que era um papel na tevê, mas na verdade era uma participação em um comercial de cola em bastão. Ela colava dois pedaços de papelão, sorria para a câmera e dizia: "Uau, é muito aderente!" Aparecia na tela por apenas cinco segundos, mas Megan fala sobre esse trabalho como se tivesse sido escalada para o papel principal de um filme. E desde então ela parece pensar que é melhor que todo mundo. Inclusive eu. Agora, toda vez que estou com ela, tenho a sensação de que estou sendo entrevistada para o cargo de melhor amiga e passo o tempo todo com medo de dizer ou fazer algo errado. Como agora.

— Então... — começo. — O que você quer fazer?

— Sei lá. — Megan olha em volta e percebe uma das fotos na parede. — Ai, meu Deus. Por que você fotografou uma pedra?

Sinto uma coisa estranha no estômago. A foto é de uma pedra coberta de neve. Há três buracos nela. De acordo com Elliot, pedras com buracos sempre foram consideradas amuletos.

— É uma pedra da sorte — respondo.

— Por que ela dá sorte? — Megan olha para a foto com desdém.

— Porque tem buracos. Os pescadores costumavam levar essas pedras no barco. Elas davam segurança para eles.

Megan sorri com os lábios comprimidos.

— Você é tão diferente, Penny!

Normalmente eu gosto da palavra "diferente". Mas, quando Megan a usa para me descrever, soa como a pior coisa do mundo e me faz sentir vontade de bater nela. Abraço uma almofada e suspiro. Não vou conseguir enfrentar uma noite inteira desse jeito. Preciso fazer alguma coisa para salvar a situação.

— Quer passar máscara facial? — pergunto esperançosa. — Ainda tenho aquela de morango que a gente costumava usar, a que descasca na hora de tirar.

Megan balança a cabeça.

— Não, obrigada.

Olho para a parede e me pergunto se Elliot também está sentado na cama. É horrível pensar que ele pode estar tão perto de mim, mas estou aqui, sem poder ver ou falar com ele, presa nessa Festa do Pijama do Inferno.

Estou abrindo a boca para perguntar de novo o que Megan quer fazer, quando ela tira os sapatos e deita na cama.

— O que aconteceu com você ontem na lanchonete? — pergunta, olhando de um jeito significativo para o lugar onde deveria haver uma unha postiça. — Por que você agiu daquele jeito esquisito?

Penso em inventar uma desculpa. Depois lembro o que escrevi no último post do blog, como foi bom contar sobre meus ataques de pânico. Eu nunca falei sobre eles com a Megan. Talvez as coisas entre nós melhorem um pouco se eu for sincera.

Respiro fundo.

— Sabe aquele acidente de carro que eu e meus pais sofremos há algum tempo?

Megan olha para mim com um ar confuso por um segundo.

— Ah, sei.

— Bom, desde aquele dia tenho tido uns ataques de pânico esquisitos, e sinto a mesma coisa que senti quando fiquei presa no carro. Como se tudo esquentasse de repente, como se eu não conseguisse respirar e...

— Ai, meu Deus, nem me fale de entrar em pânico! — Megan me interrompe. — Não acredito que só faltam dois dias para a peça da escola. Estou com tanto medo de fazer besteira.

— Você não vai fazer besteira. Você é a melhor do elenco.

— Mesmo? — Ela olha para mim, com os grandes olhos cor de chocolate arregalados. — Mas é muita pressão saber que o sucesso da produção está nas minhas costas. O Jeff disse que eu lembro a Angelina Jolie quando era jovem, o que é muito fofo, mas aumenta ainda mais a pressão.

— Sei. Bom, tenho certeza que vai dar tudo certo. — Sinto uma mistura azeda de raiva e mágoa. Mais uma vez, Megan se colocou no centro da conversa, quando eu tentava contar uma coisa pessoal e séria.

— Fico feliz por ter uma química tão boa com o Ollie — ela continua. — O Jeff diz que somos como a Angelina Jolie e o Brad Pitt naquele filme que eles fizeram juntos, sabe? Quando eles se apaixonaram... — Megan olha para mim com outro de seus sorrisos de lábios selados. — O Ollie me conta tudo, sabia?

Sinto um pouco de enjoo.

— Ah, então você sabe... sobre amanhã?

Ela franze a testa.

— O que tem amanhã?

Meu rosto fica vermelho.

— Ele me convidou pra almoçar.

É quase como se eu pudesse ver as engrenagens girando em sua cabeça enquanto ela processa a informação. É evidente que ela não sabia. É claro que o Ollie não lhe conta tudo, afinal.

— É mesmo? Onde?

— No Lucky Beach. Ao meio-dia.

— O quê? Só você?

Tem alguma coisa em sua expressão chocada e em como ela diz "só você" que me deixa muito brava. Sei que Ollie não faz parte do meu círculo na droga da Liga Escolar do Poder de Atração e Grandiosidade em Geral, mas, se um garoto te convida para almoçar, sua amiga não devia ficar feliz por você, em vez de abrir a boca e fazer cara de espanto? A menos que...

— Você gosta do Ollie? — A pergunta sai antes que eu tenha tempo para pensar nela.

Megan olha para mim com frieza.

— É claro que eu gosto do Ollie.

— Não, estou falando de *gostar* mesmo.

Ela joga a cabeça para trás e dá uma risadinha falsa.

— Não, é claro que não. Ele é criança demais pra mim.

Olho para ela e só consigo pensar: *Quem é você?* Megan pode ter sido uma das minhas amigas mais próximas durante seis anos, mas agora é como se eu nem a conhecesse.

# 6

Se o *Guinness Book* algum dia quiser publicar a Pior Noite do Mundo de Dormir na Casa da Amiga, eles vão ter que me procurar. Sério. Acordo enquanto ainda está escuro, o que nunca é bom em um domingo, e fico ali deitada mandando mensagens telepáticas para Elliot pela parede do quarto. Quando éramos pequenos, tentávamos ter o mesmo sonho quando íamos dormir. Achávamos que, por dormirmos em casas vizinhas, isso seria possível, como se pudéssemos flutuar em uma gigante bolha de sonho sobre ambas as casas. *Tive a pior de todas as noites*, tento contar a ele

Megan ainda dorme profundamente no sofá-cama do outro lado do quarto. Olho para ela, e o título de um novo post para o blog se forma em minha cabeça: "É POSSÍVEL QUE A SUA MELHOR AMIGA NÃO SIRVA MAIS PARA VOCÊ?" Toda mágoa e raiva que sinto da Megan começam a crescer dentro de mim, como se quisessem transbordar. É frustrante quando isso acontece e não consigo escrever nada. Uma vez, no meio de uma prova de matemática, tive uma ideia incrível para o blog. Na época eu tinha certeza de que seria o post mais interessante e engraçado que já escrevi. Pensei em um título muito inteligente, tudo perfeito. Mas depois me perdi em um mar de álgebra e, quando saí da prova, as únicas letras em que conseguia pensar eram $x$ e $y$. Ainda não consigo lembrar sobre o que seria aquele post.

Com medo de perder minha ideia, pego o celular em cima do criado--mudo e me escondo embaixo do edredom. Deixei o telefone no modo silencioso quando fomos dormir na noite passada — às onze e meia! Agora vejo que o Elliot mandou uma mensagem pouco depois da meia--noite.

> Como estão as coisas com a Mega-Chata? Saudades de mim? Esse trabalho me dá vontade de arrancar os olhos c/ o lápis. Fala sério, quem precisa saber sobre as Leis do Milho? Por que o milho precisa de uma lei?!

Começo a digitar uma resposta:

> Pior noite que já existiu! Tão ruim que eu já estava dormindo quando vc mandou a mensagem! Acho que tem que ter uma Lei do Milho que garanta espiga de milho quente c/ manteiga em todas as refeições. MORRENDO DE SAUDADE DE VC!!!

Mando a mensagem e quase imediatamente ouço batidas suaves na parede. Duas batidas, seguidas de mais duas, seguidas de três: "eu — te — amo". Estou quase batendo de volta quando escuto a Megan gemer.

— Que barulho é esse?

— Não sei — minto.

— É aquele garoto da casa vizinha?

Megan encontrou Elliot milhares de vezes; não é possível que ela não saiba o nome dele. Isso me faz odiá-la ainda mais.

— Não sei por que você anda com ele — Megan continua. — Ele é tão esquisito.

Deito em cima dos braços para conter o impulso de pular da cama e bater na cabeça dela com um travesseiro.

— Posso tomar café? — ela pergunta.

— Sim. — Embora ela tenha acabado de ofender o meu melhor amigo, de ter estragado completamente a noite passada, e eu queira matá-la com um travesseiro, é um alívio ter uma desculpa para sair de perto dela por alguns minutos. Então pulo da cama e visto meu robe.

* * *

Na cozinha, encontro meu pai sentado à mesa, bebendo uma xícara de chá e lendo o jornal. Ele acorda cedo, como eu. Seu cabelo ainda está despenteado, e vejo em seu rosto a sombra escura da barba.

— Oi — ele diz quando me vê. — Como vai a festa do pijama?

Olho para ele e levanto as sobrancelhas.

— Tão boa assim?

Respondo que sim balançando a cabeça e vou pôr água para ferver. Há algumas semanas, quando fazíamos espaguete à bolonhesa juntos, contei a meu pai que não estava me dando muito bem com a Megan.

— Pai?

— Sim.

— Você acha que é possível um amigo não servir mais pra gente?

Ele sorri e assente.

— Ah, sim. Acontece o tempo todo, principalmente na sua idade, quando as pessoas mudam tanto. — Ele me chama para sentar a seu lado. — Já te contei sobre o Timothy Taylor?

Balanço a cabeça.

— Ele foi o meu melhor amigo no primário. Éramos muito próximos. Mas depois, quando fomos para o ginásio, ele mudou muito, e eu não quis mais andar com ele.

— Por quê? O que ele fez?

— Começou a jogar rugby! — Meu pai dá risada. Ele é maluco por futebol e não consegue entender quem prefere rugby. — Não, falando sério, não foi só isso. Ele começou a ficar muito arrogante. Eu não tinha mais nada em comum com ele.

— E o que aconteceu? Vocês brigaram?

— Não. Só nos afastamos. E conhecemos outros amigos com quem tínhamos mais coisas em comum. Então, não se preocupe com Sua Alteza — ele aponta em direção ao andar de cima. — Você vai ficar bem. Às vezes é preciso desistir das pessoas.

— Obrigada, pai. — Levanto e beijo sua cabeça.

— Não foi nada. — Ele ri. — Quem poderia imaginar que eu seria tão sábio ainda tão jovem... e com tão pouca cafeína!

Quando volto para o quarto, Megan já se levantou e se vestiu. Aplaudo por dentro. Espero que isso seja uma indicação de que ela vai embora logo.

— Aqui está o seu café.

Entrego a caneca a Megan. Ela aceita, mas não agradece. Em vez disso, diz:

— Então, o que você vai vestir pra ir almoçar com o Ollie?

Olho para ela em silêncio. Com toda a tensão da Festa do Pijama do Inferno, nem pensei nisso.

— Se eu fosse você, escolheria um look bem casual. Assim não vai parecer muito interessada. Eu emprestaria minha blusa de moletom com capuz, mas acho que a cor não combina com você. — E bebe um gole de café antes de sorrir para mim com doçura. — É pena seu cabelo ser ruivo. Não combina direito com nada, né?

Nesse momento percebo que, para eu poder curtir minha manhã e esperar meu encontro com o Ollie, a Megan tem que ir embora. Tipo agora.

— Desculpa, mas meu pai acabou de avisar que preciso ir ajudar em alguma coisa na loja daqui a pouco.

Ela franze a testa.

— No domingo?

— É. Então acho que você vai ter que ir embora.

Megan parece desapontada.

— Ah, mas eu ia te ajudar a se arrumar.

Forço um sorriso.

— Tudo bem, eu me viro.

Ela olha para mim e levanta as sobrancelhas.

— Tem certeza?

— Ah, sim, absoluta.

* * *

Mas a verdade é que eu não sou capaz de me arrumar sozinha para encontrar Ollie. Megan foi embora há meia hora, e meu quarto parece o cenário da explosão de uma bomba nuclear de roupas. No desespero de experimentar várias peças e não gostar de nada, acabei espalhando roupas por todos os cantos do quarto, e não sobrou um centímetro arrumado. Olho para a meia-calça listrada pendurada na luminária e suspiro. O que vou vestir?!

É um dilema. As pessoas escrevem para colunistas de jornais e revistas pedindo conselhos sobre esse tipo de problema. Normalmente, quando tenho alguma dificuldade relacionada à moda, Elliot é a primeira pessoa a quem recorro, mas ele não vai querer me ajudar a resolver uma situação em que Ollie está envolvido. Ando pelo quarto suspirando; nem a visão do mar no horizonte me faz sentir melhor. Não quando sei que tenho que estar na orla em uma hora e AINDA NEM ME VESTI!

Então, uma pergunta surge em minha cabeça. *O que eu vestiria se fosse só para mim?* Eu me aproximo da pilha de roupas no chão, perto da cadeira de balanço, e pego um vestido preto, acinturado e com a saia rodada, salpicado de coraçõezinhos roxos. E a meia-calça preta opaca. Olho no espelho e avalio o caimento do vestido. Perfeito, faz minha cintura parecer bem fina. Estou calçando um par de sapatilhas quando a pergunta aparece de novo em minha cabeça. *O que eu usaria se fosse só para mim?* Vasculho o fundo do armário procurando o coturno. Depois visto a jaqueta de couro.

"Não me esqueça!", minha câmera parece gritar. Eu a ponho no bolso. Há muito tempo aprendi a não sair sem levá-la. É sempre nos dias em que a deixo em casa que encontro as melhores oportunidades para fotos. E quem sabe que oportunidades para fotos posso ter com Ollie...? Fico vermelha só de imaginar. Ollie perguntando se posso tirar uma foto de nós dois juntos. Odeio selfies, mas talvez não me importe com uma fotografia de casal... Tudo bem, acho que estou viajando demais. Mas não é direito de toda garota ficar animada quando sua maior paixonite a convida para sair?

# 7

Assim que chego à praia, é claro que minha confiança recém-adquirida começa a desaparecer. *E se ele não aparecer? E se foi uma brincadeira? E se eu tropeçar bem quando ele for me beijar? Ai, meu Deus, e se ele me beijar? Ele não vai te beijar, sua idiota.* E assim, sem parar, minha voz interior gira e gira até se aproximar da histeria.

Decido caminhar pela praia até o café na esperança de que a proximidade com o mar me acalme. *Os pedregulhos estão molhados! Você vai cair! Vai cair e acabar com alga marinha grudada no traseiro, como fez no churrasco de aniversário do Tom.* Eu me acalmo. O mar está lindo e tranquilo, e o sol de inverno brilha sobre ele como uma chuva de glitter. Respiro fundo e encho o peito com o ar salgado. E de novo. *E se uma gaivota fizer cocô na sua cabeça?*

— Cala a boca! — respondo em voz alta e olho para cima para ver se tem alguma gaivota por perto.

Quando abaixo a cabeça, Ollie está na minha frente.

— Como você chegou aqui? — É a primeira coisa que consigo pensar em perguntar.

— Andando — ele diz e olha para mim de um jeito esquisito — Está tudo bem? Você parecia estar falando sozinha.

— O quê? Ah, não, eu só... Eu estava... cantando.

— Cantando?

— É, uma música.

— Sim, eu sei o que é cantar.

— É claro que sabe. Foi mals.

*Foi mals?!!* Desde quando eu falo "foi mals"? Estou com Ollie há exatamente dez segundos, e ele já deve achar que sou uma maluca que canta sozinha e fala "foi mals". Não é um bom presságio para o nosso almoço.

— Trouxe a câmera? — ele pergunta.

— Sim — respondo e meu coração acelera. Ele já está pensando em pedir uma foto da gente? — Por quê?

— Eu estava pensando se você podia tirar umas fotos minhas na praia. Estou precisando, sabe? Fotos boas para o meu perfil online. E você é uma fotógrafa incrível.

Seu sorriso de megawatts me ofusca.

— Ah. Tudo bem. — Não sei o que pensar disso. É claro que ele não me convidou para sair por isso, certo? Não, definitivamente ele falou em almoço. As fotos devem ser um detalhe. Alguma coisa em que ele acabou de pensar. Digo a mim mesma para não ser tão idiota e tiro a câmera do bolso.

— Pensei em fazer algumas fotos no píer.

— Claro.

Começamos a andar pela praia, e uma corredora passa por nós e sorri. Sinto uma onda de felicidade. Ela deve ter tido a impressão de que Ollie e eu estamos "juntos". Eu só queria que o clima fosse um pouco mais relaxado e agradável. Tento pensar em alguma coisa interessante — e não constrangedora — para dizer.

— Então... você deve sentir muito orgulho do seu irmão.

Ele olha para mim sem mudar de expressão.

— Por quê?

— Ah, ele é tão bom no tênis.

Ollie resmunga alguma coisa e olha para o mar. Tem algo em sua expressão séria e em como a luz ilumina seu rosto, acentuando as maçãs, que daria uma foto incrível em preto e branco.

— Aguenta aí — digo e ligo a câmera.

— O quê? — Ollie franze a testa e olha para mim.

— Segura aquela expressão e olha para o mar de novo. Vai dar uma foto muito legal.

— Ah, tudo bem. — Instantaneamente, a expressão de Ollie fica mais suave e ele olha para o mar. — Assim?

— Perfeito.

Aciono o zoom e ajusto o ângulo até conseguir a sombra perfeita sobre o rosto, então clico.

— Quero ver. — Ele se inclina para olhar o visor da câmera, e sua cabeça se aproxima tanto que quase pode tocar a minha. Ollie tem cheiro de loção pós-barba e hortelã. Meu coração começa a bater mais depressa. — Ficou muito bom. — Ele me encara e sorri. Assim de perto, seus olhos são incrivelmente azuis. Percebo que, se quisesse me beijar agora, ele quase nem teria que se mover. Continuamos nos encarando por mais um segundo. — Você é boa nisso, hein? — ele diz com uma voz mais suave que de costume.

— Obrigada. — Envergonhada, olho para o outro lado e o momento se vai. Continuamos andando. Mais dois corredores passam por nós, os pés esmagando as pedrinhas da praia.

— O que você acha de uma foto minha deitado na praia? — ele sugere. — Uma coisa diferente, sabe?

— Claro. — Uma imagem de nós dois deitados na praia, abraçados, aparece em minha cabeça. Meu rosto fica vermelho.

Ollie se deita sobre as pedrinhas.

— O que acha de tirar a foto de cima?

— Tudo bem, pode ficar divertido. — Paro ao lado de Ollie e tento tirar a foto, mas não funciona; a imagem não está centralizada. — Acho que vou ter que ficar em cima de você — falo.

Ollie olha para mim e sorri. Sinto um arrepio estranho subindo pelas costas. Com cuidado, passo um pé por cima de seu corpo para ficar em cima dele. Olho pela tela da câmera. Ele está sorrindo para mim.

— Espero que você não esteja espiando por baixo do meu vestido — brinco.

Ele dá risada.

— Nunca!

Por um momento, tenho a impressão de que consegui o impossível: uma paquera isenta de humilhação. Mas em seguida, quando estou tirando a foto, as pedrinhas da praia começam a ceder e meus pés escorregam lentamente, um para cada lado. Tento desesperadamente me equilibrar, mas isso só piora a situação, e de repente estou montada na barriga de Ollie.

— Desculpa! — digo com um tom aflito e tento levantar.

Ele segura meu pulso e ri.

— Não precisa se desculpar. Foi muito engraçado. Você é muito engraçada.

Olho desconfiada para ele. Mas Ollie não está dizendo que eu sou engraçada como a Megan diz que eu sou diferente. Na verdade, o comentário dele soa carinhoso.

— Obrigada — respondo.

— Ai, meu Deus! O que vocês estão fazendo?

Nós dois pulamos quando ouvimos a voz de Megan. Viro e a vejo parada a alguns passos, olhando para nós com ar de reprovação. As gêmeas estão logo atrás dela, sorrindo de orelha a orelha.

— E-eu só estava... tirando uma foto do Ollie — gaguejo, e meu rosto fica mais vermelho que um caminhão de bombeiro. — E escorreguei.

— Sei. — Ela continua olhando para mim com aquela cara. Percebo que ela trocou o jeans e o moletom com que saiu da minha casa por um vestido ameixa colado no corpo e botas de cano alto.

De algum jeito, consigo sair de cima de Ollie sem machucar nenhum de nós dois.

— O que vocês estão fazendo aqui? — Megan pergunta com um olhar severo para Ollie. — Pensei que iam almoçar juntos.

— Como...? — Ollie parece imediatamente constrangido. — Não foi nada sério. Eu só queria que a Penny tirasse umas fotos para os meus perfis online.

Megan olha para mim com um sorriso que parece triunfante. "Viu? Eu disse que não era um encontro", ela parece dizer.

— Suas fotos são muito boas — Kira comenta ao se aproximar de mim.

— É — concorda Amara. — Adorei aquela que você tirou do antigo píer para o seu projeto de arte.

Sorrio para as duas sem entusiasmo.

— Então, onde vocês estão pensando em ir almoçar? — pergunta Megan.

Ollie dá de ombros.

— Pra falar a verdade, ainda não tinha pensado nisso.

Confusa, olho para ele.

— Nós vamos ao Nando's — Megan anuncia com uma voz doce. — Querem ir com a gente?

— Claro — Ollie responde depois de um segundo.

Fico imediatamente furiosa e chuto as pedras da praia. Uma delas levanta voo. Abro a boca horrorizada ao ver que ela acerta um terrier. O cachorro gane de dor, e o dono, um idoso com sobrancelhas muito grossas, olha para mim sem esconder a raiva.

— Desculpa! Foi um acidente — grito. E penso em acrescentar que sou um acidente ambulante. Não consigo nem ficar com raiva sem provocar alguma coisa dolorosamente constrangedora para mim.

— Penny! — Megan exclama, chamando minha atenção como se fosse minha mãe. — Coitado do cachorro!

— Acho que vou pra casa — decido, lutando contra a vontade de chutar uma pedra nela.

— Ah, sério? — Megan mal consegue disfarçar a alegria.

— Mas e as minhas fotos? — Ollie pergunta, decepcionado.

Não consigo nem olhar para ele.

— Eu mando por e-mail mais tarde — resmungo.

— Tudo bem, então. Te vejo amanhã na escola — Megan se despede rápido.

As gêmeas também se despedem, e mordo o lábio com força, já me afastando pela praia. Minha cabeça é uma mistura de raiva e confusão. Mas de uma coisa não tenho a menor dúvida: cansei da Megan.

# 8

— Você pode, por favor, por favor, por favor, prometer que vai ouvir tudo que eu tenho a dizer em silêncio e com calma, sem fazer comentários engraçadinhos até eu terminar? — peço a Elliot, agora que voltei para casa e o chamei com o código de emergência de dez batidas na parede.

Ele se recosta na cadeira de balanço e coça o queixo, pensativo.

— O que você tem a me dizer envolve a Mega-Mala e o Selfie Ambulante? — ele pergunta.

— Sim, mas por favor não faz nenhum comentário negativo sobre eles até eu terminar. E a frase "eu avisei" também está proibida.

Elliot parece apavorado.

— O quê? Proibida pra sempre, ou só enquanto você conta a história?

— Pra sempre.

Ele suspira.

— Tudo bem, mas pode ser que você precise me amordaçar.

— É sério!

— Tudo bem, tudo bem, eu fico quieto.

Sento de pernas cruzadas na cama e, com os olhos fixos no edredom, conto toda a história, desde a Festa do Pijama do Inferno até as palavras imortais do Ollie: "Não foi nada sério".

— *Não foi nada sério?* — Elliot repete assim que termino. — Eu avis...

— Não! Não diz isso — grito, cobrindo as orelhas com as mãos. — Sinceramente, não suporto ouvir. Não acredito que cheguei a acreditar que seria um encontro!

— E sobre a Mega-Rameira? — Elliot pergunta.

Franzo a testa para ele.

— Rameira?

Ele assente.

— É uma palavra que Shakespeare usava para se referir a mulheres de má reputação.

— Ah, sei.

— Ela é realmente má — Elliot declara, balançando a cabeça com desgosto. — Não acredito que ela invadiu o seu almoço com o Ollie. Eu avisei...

— Elliot!

— Tudo bem, tudo bem. — Ele levanta as mãos num gesto debochado de rendição. — Eu sei o que você devia fazer. — Seu sorriso é diabólico. — Devia usar o Photoshop e colocar espinhas e urticária nas fotos do Selfie Ambulante. Talvez um nariz a mais também...

Olho para ele e começo a rir. Estou prestes a abraçar meu amigo quando o som inconfundível de um gongo reverbera pela casa.

— Ai, meu Deus! Ai, meu Deus! — Elliot pula da cama e bate palmas com alegria. — Reunião de família!

Nossa casa é cheia de antigos objetos cenográficos que minha mãe guarda como lembrança das peças de teatro em que atuou. Um deles é um grande gongo de bronze que agora enfeita o hall de entrada. Quando Tom e eu éramos mais novos, sempre arrumávamos uma desculpa para bater no gongo, até que meus pais criaram a regra de que ele só deveria ser usado para convocar uma reunião de família. Levanto da cama e dou risada do entusiasmo exagerado na expressão do Elliot.

— Deve ser alguma coisa muito chata. Tipo quem vai querer peru no jantar de Natal.

Elliot me encara, intrigado.

— Por que seria isso? Todo mundo quer peru na noite de Natal.

— Sim, mas meu pai andou sugerindo que a gente fizesse ganso esse ano.

A expressão dele agora é de horror.

— Ele não pode assar um ganso! Isso é nojento!

— Por quê?

— Não sei. Simplesmente... é.

Vou até a porta com Elliot bem atrás de mim.

— *Rekao sam ti* — ele cochicha no meu ouvido.

— O que é isso?

— Eu avisei. Em croata. Você não disse que eu não podia falar em croata. — Ele grita quando cutuco suas costelas.

***

— Queremos peru — Elliot anuncia assim que entramos na cozinha.

Meus pais e Tom estão sentados à mesa. Minha mãe e meu pai parecem muito animados. Tom está debruçado sobre a mesa com a cabeça apoiada nos braços.

— Quê? — Meu pai olha para Elliot.

— O jantar de Natal — explica meu amigo. — Queremos peru, não ganso. É esse o assunto da reunião, não é? O jantar de Natal?

— Ah! Não, na verdade não é. Ou melhor, de certa forma é, indiretamente. — Meu pai olha para minha mãe e levanta as sobrancelhas.

Minha mãe assente, depois olha para Elliot com um sorriso triste.

— Acho que este ano você não vai poder passar a noite de Natal com a gente, Elliot.

— O quê?! — ele e eu reagimos juntos.

— Nós não vamos estar aqui — ela revela.

— O quê?! — Tom levanta a cabeça da mesa e se junta ao nosso coro.

Todos nós olhamos para minha mãe, sem esconder o choque.

— Como assim, não vamos estar aqui? — Tom pergunta.

— Onde vamos estar? — Olho para meu pai, depois para minha mãe de novo.

Eles se olham e sorriem.

— Em Nova York — anunciam juntos.

— Mentira! — Tom exclama, mas não é uma reação positiva.

Estou tão chocada que não consigo falar.

Tenho a impressão de que Elliot vai começar a chorar.

— Aceitamos organizar aquele casamento — minha mãe explica sorrindo para mim. — Aquele do tema *Downton Abbey*... no Waldorf Astoria.

— Ai, meu Deus! — Elliot olha para mim. — Sua coisinha de sorte.

Mas não me sinto com sorte. Na verdade, minha nuca esquenta e minhas mãos começam a suar. Ir a Nova York significa viajar de avião, e no momento fico apavorada até com a ideia de entrar em um carro. Não quero ir a lugar nenhum. Só preciso de um agradável e normal Natal de família em casa.

— Eu não vou — Tom avisa.

— O quê? — Meu pai está perplexo.

— A Melanie volta pra casa na semana que vem. Não vou a lugar nenhum. Faz meses que a gente não se vê. — Melanie é a namorada do Tom. Ela passou o semestre inteiro fora, estudando na França. E, pelo que o meu irmão andou postando no Facebook ultimamente, ele está com muita saudade.

— Mas você tem que ir — minha mãe diz, parecendo perturbada. — Nós sempre passamos o Natal juntos.

Tom balança a cabeça.

— Se vocês querem um Natal com a família toda, vão ter que ficar aqui.

— Tom — meu pai começa com uma voz baixa e séria.

— Eu também não quero ir — falo baixinho.

— O que... Mas... — Minha mãe olha para mim. Ela está tão transtornada que é horrível de ver. — É Natal em Nova York! Pensei que vocês iam adorar a oportunidade!

— É — Elliot resmunga. — Qual é o problema de vocês?

Olho para ele de um jeito suplicante, até ver, finalmente, a luz da compreensão em seus olhos, como se ele houvesse entendido tudo. Elliot segura minha mão e a afaga uma vez.

— Aliás, por que vocês têm que trabalhar no Natal? — Tom questiona.

— Porque precisamos do dinheiro — responde meu pai, e seu tom é tão sério que todos nós olhamos para ele.

— O inverno está muito parado — acrescenta minha mãe. — Esse casamento é a resposta para todas as nossas preces. Eles vão pagar mais do que receberíamos por dez casamentos na Inglaterra. Mais as despesas de viagem. — Ela olha para mim, suplicante. — Tem certeza que não quer ir?

— Não posso — respondo. — Eu tenho que...

— Terminar o trabalho de inglês — Elliot finaliza por mim. — Aquele que conta pontos para a nota final do curso.

— Isso! — confirmo, sorrindo para ele com gratidão antes de olhar novamente para meus pais. — Então, vou ter que fazer o trabalho no feriado. Mas vocês podem ir. Vou ficar bem.

— Sim. Vão vocês — Tom concorda comigo. — Podemos comemorar o Natal quando vocês voltarem.

Minha mãe olha para meu pai.

— Não sei. O que você acha, Rob?

— Acho que precisamos pensar — ele responde, parecendo tão chateado quanto a minha mãe.

Eu me sinto muito mal. Penso em contar a verdade, falar que a simples ideia de ter um ataque de pânico dentro de um avião a quilômetros de altura me faz suar frio, mas não posso. Não quero preocupá-los. Eles não me deixariam aqui se soubessem o que está acontecendo e perderiam a chance de ganhar o dinheiro de que tanto precisam. A melhor solução é meus pais irem para os Estados Unidos e eu ficar aqui, mas não consigo evitar a tristeza. À medida que cresce o medo de ter outro ataque de pânico, meu mundo parece ficar cada vez menor.

**17 de dezembro**

## É Possível Que a Sua Melhor Amiga Não Sirva Mais Para Você?

Oi, gente!

Em primeiro lugar, muito obrigada por todos os comentários e dicas sobre meus momentos de pânico. É estranho, mas saber que eles podem ser ataques de pânico me faz sentir melhor! Vocês são demais! ☺

Agora, sei que prometi escrever sobre um assunto mais leve, mas aconteceu uma coisa que eu preciso dividir com vocês...

Quando eu era pequena, tinha um casaco que eu adorava.

Era vermelho com botões pretos e brilhantes em forma de rosinhas.

E tinha gola e punhos de pele.

Quando eu usava aquele casaco, me sentia uma linda princesa de uma terra muito fria e distante, como a Rússia ou a Noruega (*faz frio na Noruega, não faz?*).

Eu gostava tanto daquele casaco que o usava em todos os lugares, mesmo quando o tempo começava a ficar mais quente.

E, quando fazia muito calor, eu me recusava a guardar o casaco no armário. Em vez disso, ele ficava pendurado no encosto da minha cadeira durante todo o verão, porque assim eu podia ver a minha roupa favorita todos os dias.

No segundo inverno depois que eu ganhei o casaco, ele começou a ficar apertado. Mas não me importei, porque não suportava pensar em viver sem ele.

No entanto, no terceiro inverno, eu tinha crescido tanto que não conseguia mais fechar os botões.

Quando minha mãe disse que eu precisava de um casaco novo, fiquei muito triste. Mas, depois de um tempo, passei a amar o meu novo casaco. Ele não tinha botões de rosinhas nem gola de pele, mas era lindo, verde-azulado como o mar. Passado um tempo, quando eu olhava para o casaco velho, a gola de pele começou a parecer meio infantil, e eu já não sentia mais que ele era meu, então deixei minha mãe doá-lo.

**Hoje, quando estou com uma das minhas melhores amigas, é como se a gente não servisse mais uma para a outra.**

Tudo que ela diz soa cruel e doloroso. Tudo que ela faz parece egoísta e imaturo.

No começo eu achei que a culpa era minha. Pensei que podia estar dizendo ou fazendo alguma coisa errada.

Mas depois eu me perguntei se, às vezes, as amizades não são como as roupas e, quando começam a causar desconforto, não é porque fizemos alguma coisa errada. Significa simplesmente que crescemos, e elas não servem mais para a gente.

Decidi que não vou mais tentar me espremer numa amizade que me machuca. Vou desistir dela e tentar ser amiga de gente que me faz sentir bem.

**E você?**

Tem amigos que acha que podem não servir mais para você?

Seria legal ler sobre isso nos comentários..

**Garota Online, saindo do ar xxx**

# 9

Normalmente, gosto das segundas-feiras. Eu sei, eu sei, sou bizarra! Mas é mais forte do que eu — sempre achei animador o começo de uma nova semana. É uma chance de começar tudo de novo, com sete novos dias bem na sua frente, como um Ano-Novo encolhido. Mas esta segunda--feira é diferente. Esta segunda-feira é terrível e me enche de medo, por QUATRO motivos:

1. Percebi que odeio minha melhor amiga e que ela não serve mais para mim.
2. Tenho que passar o dia inteiro com essa amiga que eu odeio e que não serve mais para mim, enquanto a gente prepara a peça.
3. Também tenho que passar o dia todo com o garoto que me deixou envergonhada o fim de semana inteiro, enquanto a gente prepara a peça.
4. É o dia da apresentação da peça.

Quando chego à escola, estou tão para baixo que tenho a impressão de que posso sentir meu coração batendo nos pés.

— Pen! Que bom que você chegou! — o sr. Beaconsfield grita assim que piso no teatro. Ele parece muito agitado, nem passou gel no cabelo. A franja cai sobre a testa.

— Onde estão os outros? — pergunto, olhando para a sala vazia.

— Foram até o estúdio fazer um ensaio final enquanto nós, ou melhor, *você* dá um jeito no cenário.

Olho para o palco.

— Qual é o problema com o cenário?

— Meu amigo grafiteiro me deixou na mão, por isso preciso da sua ajuda.

Durante semanas o sr. Beaconsfield falou com entusiasmo sobre um amigo que é artista de rua e viria decorar o cenário para criar um ar mais de "gueto". Eu devia saber que isso não ia dar em nada. Provavelmente o maior contato que o sr. Beaconsfield já teve com gente da rua foi quando assistiu a *Corrie*.

— O que você quer que eu faça? — pergunto quando ele me entrega uma sacola.

— Um pouco de grafite no trailer e na parede do fundo — ele responde de um jeito casual, como se estivesse me pedindo para varrer o chão. — Preciso acompanhar o ensaio. Coitada da Megan, está com uma tremenda dificuldade para lembrar a última fala.

— Você quer que eu grafite o cenário? — Olho dentro da sacola, que está cheia de tubos de spray. — Que tipo de grafite?

O sr. Beaconsfield parece ainda mais estressado.

— Não sei. Crie uma marca, sei lá. Você é assistente de cenário.

Olho para ele, sem entender. Sim, eu devia ajudar com a criação do cenário e também sou a fotógrafa oficial, mas nunca teria me oferecido para isso se soubesse que teria de me tornar uma espécie de Banksy. Eu escrevi EU AMO 1D no banco de um parque há três anos, é verdade... mas acho que isso não conta.

— Vou para o estúdio — anuncia o sr. Beaconsfield, pegando a prancheta de cima de uma das cadeiras. — Assim que tivermos um intervalo, eu desço para ver o que você conseguiu fazer. — E desaparece antes que eu possa dizer qualquer coisa.

Olho para a parede no fundo do cenário. Isso é loucura! Se eu chegar perto dela com um tubo de spray, vou estragar tudo, e uma coisa que eu decidi hoje é não estragar nada. Então, faço o que sempre faço em caso de emergência: mando uma mensagem para o Elliot. Conhecemos o horário um do outro de cor, por isso sei que ele está na aula de latim. Elliot diz que o professor é tão velho que falava latim quando a língua ainda era viva, assim espero que ele consiga responder à mensagem sem ser visto.

SOCOOOORRO!!! O PROFESSOR DE TEATRO QUER QUE EU GRAFITE O CENÁRIO, TIPO GRAFITE DE VERDADE! ACHO QUE ELE PIROU. POR FAVOR ME AJUDA ANTES QUE EU PIRE TAMBÉM! O QUE EU FAÇO??!!

Mando a mensagem, subo no palco e me aproximo do falso trailer. Talvez eu possa praticar criando uma marca atrás dele. Se errar, ninguém na plateia vai saber, e, se eu descobrir que tenho milagrosamente um talento adormecido para o grafite, posso salvar o dia — e a peça.

Pego um tubo da sacola e tiro a tampa. Qual seria minha marca se eu fosse grafiteira? Nem imagino, por isso decido desenhar alguma coisa. Mas o quê? O que as pessoas desenhariam em um gueto de Nova York e combinaria bem com *Romeu e Julieta*? Um coração partido?

Aperto com cuidado a válvula do tubo de tinta. Nada acontece. Aperto com mais força e um jato de tinta roxa jorra do tubo. Tento pintar um coração, mas o desenho parece um par de nádegas. Felizmente, neste exato momento, meu celular apita. Mensagem do Elliot.

SAI DE PERTO DOS TUBOS DE TINTA! Vc é uma garota de muitos talentos, mas pintar não é um deles ;) Lembra quando vc desenhou o Coelho da Páscoa pra Jennifer, aquela menina de que a gente foi babá na nossa rua, e ela teve pesadelos durante meses? Por que vc não pede pro pessoal da

iluminação projetar no cenário uma das suas fotos de arte de rua? Lembra as que vc tirou em Hastings? Uma delas ficaria legal.
PS: Meu professor de latim acabou de quebrar a dentadura mordendo uma maçã!

Leio a mensagem de Elliot e suspiro aliviada. Tenho uma solução para o que parecia impossível de resolver, e isso me enche de esperança. Talvez o dia não seja tão ruim, afinal...

E estou certa — o resto do dia é surpreendentemente tranquilo. Os atores ficam no estúdio com o sr. Beaconsfield, ensaiando freneticamente, enquanto Tony, o garoto do último ano que cuida da iluminação, aparece para fazer um ensaio técnico e consegue projetar uma das minhas fotos na parede do fundo do cenário. O resultado é incrível.

Quando finalmente encontro a Megan, lá pelo meio da tarde, está tudo bem. Mais uma vez, escrever o post no blog me ajudou a resolver as coisas na minha cabeça, e, agora que aceitei que a amizade dela não serve mais para mim, não sinto mais aquela pressão enorme de antes. Encontrar o Ollie também não foi tão desconfortável. Ele e a Megan estão tão nervosos com a peça que só se preocupam em decorar as falas.

Pouco antes da hora da estreia, o sr. Beaconsfield reúne todos nós nos bastidores.

— Vocês vão arrebentar — ele fala. — E, como diz meu herói Jay-Z, não viva tenso, viva no céu.

Todo mundo olha para o sr. Beaconsfield sem dizer nada e sem mudar de expressão.

— Quebrem a perna — ele resmunga. — Ah, e, Pen, você vai precisar tirar mais uma foto minha no fim da apresentação, quando o elenco agradecer. Acha que consegue entrar no palco e fazer algumas fotos?

Sinto um medo instantâneo. Para isso vou ter que entrar no palco na frente de um teatro cheio de gente, ou seja, MEU PIOR PESADELO. O sr. Beaconsfield se afasta para checar se o cinegrafista está pronto para começar a filmar, e todos se posicionam.

Pego a câmera e me sento na coxia. *Vai ficar tudo bem*, digo a mim mesma. Afinal, não tenho que lembrar nenhuma fala. Só preciso entrar no palco, tirar uma foto e sair. O que pode acontecer de tão ruim...?

# 10

A peça é apresentada sem nenhum problema. Todo mundo lembra suas falas e as recita com perfeição, e o sotaque de Ollie nem soa tão ruim. Quando chega a cena em que Julieta morre, consigo até ouvir pessoas chorando na plateia.

No momento em que a cortina desce, o sr. Beaconsfield olha para mim e sorri.

— Não foi incrível? Eles não foram ótimos? — pergunta, orgulhoso.

Sorrio para ele.

— Foram brilhantes.

— Espera para tirar a foto quando todo o elenco estiver junto para o agradecimento final. Inclusive eu — ele sussurra.

Movo a cabeça numa resposta afirmativa e ligo a câmera.

Quando os atores aparecem do outro lado do palco para o agradecimento, a plateia aplaude com entusiasmo crescente, que explode com a entrada de Megan e Ollie. Apesar de Megan ter despertado em mim a vontade de dar socos, bater e chutar pedras nela recentemente, sou contagiada pelo entusiasmo do momento. Estou muito orgulhosa.

O aplauso agora é tão forte que sinto a vibração em meu corpo. Quando o elenco se alinha na frente do palco, a Megan faz um gesto chamando o sr. Beaconsfield para se juntar a eles, uma cena cuidadosamente ensaiada, apesar de o professor levantar as mãos fingindo surpresa encabulada. Espero até que ele se posicione entre o elenco e então me dirijo ao palco. E, apesar de ter morrido de medo desse momento, não é tão ruim. A plateia está tão ocupada aplaudindo os atores que chego a me sentir invisível.

Até eu dar o último passo em direção ao centro do palco e o mundo virar de cabeça para baixo. Mas não é o mundo que está girando, sou eu, porque tropecei no cadarço do meu Converse e estou caindo.

Sei imediatamente que esse não é um daqueles tombos que vou conseguir disfarçar. Estou caindo depressa demais, e de um jeito que me obriga a pensar primeiro na máquina fotográfica que tenho nas mãos. Não posso quebrá-la. Não posso deixar a câmera se espatifar no palco. Caio do jeito mais estranho possível, sobre os cotovelos, de cara no chão. Com o traseiro para cima e virado para a plateia.

Uma exclamação chocada, multiplicada por cerca de trezentos, ecoa pelo teatro. O silêncio horrível que se segue é preenchido pela minha voz interior, que pergunta: *Por que meu traseiro está tão frio?* Olho por cima do ombro e vejo, horrorizada, que minha saia subiu até a cintura. Um coro de novos "por quês" invade a minha cabeça. *Por que usei essa saia tão curta? Por que tirei a meia-calça nos bastidores, quando fiquei com calor? Por que, ai, por que, de todas as calcinhas que eu tenho, justo hoje escolhi usar a mais velha, desfiada, desbotada e estampada com unicórnios?*

Fico de quatro, paralisada num misto horroroso de choque e terror. E de repente a plateia volta a aplaudir, mas não como antes. Os aplausos agora são debochados, em meio a assobios e gargalhadas. Levanto a cabeça e vejo que Megan olha para mim furiosa. Vejo também uma mão estendida em minha direção. É de Ollie. Isso faz com que eu sinta ainda mais vergonha. Tenho que sair daqui, preciso sair do palco. Mas, em vez de levantar e correr, tomo outra decisão horrível e saio engatinhando. Em câmera lenta. É como eu sinto, pelo menos. Quando consigo chegar à coxia, as gargalhadas ainda ecoam no teatro. Eu me levanto, pego minha bolsa e começo a correr.

***

Não paro de correr até chegar em casa. Entro tropeçando, ofegante. Corro para o quarto evitando todo contato humano dentro de casa e lá me atiro na cama. Estou tão envergonhada, TÃO ENVERGONHADA, que não consigo nem pensar em Elliot. Em vez disso, vou permanecer ali deitada e torcer para ficar tão quente e tão agitada que, com o tempo, eu acabe derretendo e nunca mais precise olhar para ninguém.

Mas vou ter que encontrar as pessoas de novo. *Como vou olhar para elas? O que vou fazer?* Enfio a mão na bolsa para pegar o celular. Espio a tela sem coragem para olhar de verdade, caso haja toneladas de mensagens debochadas. Mas, felizmente, não tem nenhuma nova mensagem. Abro o navegador da internet. Se não posso perguntar a Elliot o que fazer, vou me contentar com a segunda melhor opção e pesquisar no Google.

"Como superar uma terrível humilhação?", digito na caixa de pesquisa. Quarenta e quatro milhões de resultados. Tudo bem, isso é bom. Em algum lugar no meio de tudo isso eu vou encontrar uma resposta. Clico no primeiro link. Ele me direciona para um site chamado Positivamente Positivo.

"Busque a lição na sua humilhação", o artigo aconselha. "As coisas sempre parecem melhores quando conseguimos associar a elas um motivo ou significado."

Humm...

Lições do que aconteceu hoje à noite:

**Lição 1:** Quando for subir no palco diante de trezentas pessoas, veja antes se amarrou o tênis.

**Lição 2:** Tênis desamarrados são perigosos. Se tropeçar no cadarço, você pode acabar no chão com a saia levantada e o traseiro de fora.

**Lição 3:** Se for usar uma saia curta o bastante a ponto de correr o risco de mostrar o traseiro, caso tropece no cadarço do tênis em cima de um palco e diante de trezentas pessoas, pelo menos vista sua calcinha menos constrangedora.

**Lição 4:** Nunca, jamais, em nenhuma circunstância, use calcinha de unicórnios coloridos.

**Lição 5:** Nunca, jamais, em nenhuma circunstância, use calcinha de unicórnios coloridos e velha o bastante para estar DESBOTADA e DESFIADA NAS BEIRADAS, por mais confortável que seja.

**Lição 6:** Se você é idiota o bastante para usar calcinha de unicórnios coloridos, tão velha a ponto de estar desbotada e desfiada nas beiradas, e acabar mostrando essa calcinha para trezentas pessoas, não engatinhe, repito: NÃO ENGATINHE para fora do palco com ela ainda à mostra.

Minha vida acabou! E o site Positivamente Positivo mentiu. Tentar encontrar uma lição na minha humilhação só me fez sentir um milhão de vezes pior. Minha vida é um desastre. Eu devia ter uma tatuagem na testa advertindo que sou um risco à saúde pública. A triste realidade é que o único lugar onde me sinto feliz e confiante é no meu blog.

Instintivamente, acesso o blog pelo celular. Há doze comentários novos no post sobre desistir de uma amizade. Leio cada um deles e me sinto um pouco mais calma. Mais uma vez, são todos gentis e amorosos.

Entendo perfeitamente o que você está dizendo...

Com certeza, eu já desisti de algumas amizades...

Quero ser sua amiga...

Você deve ser um amor...

O problema é dela, não seu...

Sei que você vai achar estranho, mas eu penso em você como uma das minhas melhores amigas...

Meus olhos se enchem de lágrimas e abraço os joelhos. O fato é que sou totalmente sincera no blog, totalmente eu... e meus leitores parecem gostar de mim. Então, não posso ser tão ruim, certo? E, pelo menos, nenhum deles viu minha calcinha.

De acordo com Elliot, atualmente há mais de sete bilhões de pessoas vivas no planeta. Desses sete bilhões, só trezentas viram minha calcinha de unicórnio. Isso equivale a menos de uma pedrinha na praia inteira de Brighton. Tudo bem, muitos desses trezentos indivíduos são meus colegas de escola, mas mesmo assim... eles vão esquecer logo. Eu me encolho na cama e fecho os olhos. *Bilhões de pessoas não viram sua calcinha*, sussurra gentilmente minha voz interior, como se me contasse uma história para eu dormir. *Bilhões de pessoas não viram sua calcinha.*

* * *

Estou sonhando uma coisa muito legal que envolve um calendário do Advento gigantesco com centenas de portas quando, de repente, o alerta de e-mail apita. Tateio no escuro para desligar o celular, mas o apito soa de novo. E de novo. Olho para o relógio em cima do criado-mudo. Uma da manhã. Por que tantos e-mails agora? O celular apita de novo, outra vez, e penso que as pessoas devem estar comentando no meu blog, mas, quando acesso a caixa de entrada, só encontro notificações do Facebook.

"Megan Barker marcou você em uma publicação", diz a primeira. Todas as outras avisam que várias pessoas comentaram essa publicação — metade do elenco da peça, aparentemente. Chego a ficar enjoada quando clico no link e espero a página carregar. É um vídeo do elenco se curvando em agradecimento. Começo a suar frio quando me vejo entrando no palco e tropeçando. A câmera dá um zoom na minha calcinha, aproxima tanto que dá para ver um fiapo de linha na parte interna da coxa. Jogo o celular no chão.

*Ai, meu Deus.*

Esqueci completamente que a peça seria filmada. Isso é horrível. Pior que horrível. Todo o meu corpo formiga de horror e vergonha. O que vou fazer? *Respira fundo e se acalma*, digo a mim mesma. Posso deletar o post... não posso?

Pego o laptop e acendo o abajur em cima do criado-mudo. O celular apita de novo. Engulo em seco e acesso o Facebook pelo computador. O pequeno ícone vermelho no canto direito superior informa que tenho vinte e duas novas notificações. Ai, não!

Dezessete pessoas já curtiram o vídeo. Eu me obrigo a ler os comentários. "Ops", Megan escreveu no post original. Os outros comentários são basicamente emoticons de risadas e carinhas vermelhas. Então vejo o comentário de Bethany, que foi a enfermeira na peça: "Eca, isso é muito tosco!" Embaixo dele, Ollie escreveu: "Eu achei até fofo". Acho que nunca me senti tão enjoada. Movo o cursor pelo post e removo a marcação. Isso tira instantaneamente o vídeo do meu mural, mas meu feed continua replicando a imagem infinitamente, porque vários membros do elenco comentam e compartilham o link.

Como a Megan teve coragem de fazer isso comigo? Eu nunca, jamais faria nada parecido com ela. Mando uma mensagem privada para ela: "Por favor, você pode deletar o vídeo?" Fico sentada olhando para a tela, esperando uma resposta que não chega.

— Vai! — resmungo várias vezes.

Mas Megan não se manifesta.

Depois de meia hora, meu feed do Facebook se acalma. Os colegas de escola devem ter ido dormir, finalmente. Eu também devia tentar dormir. Mas como? Amanhã cedo todo mundo terá assistido ao vídeo. Tenho a sensação de estar sentada sobre uma bomba-relógio, esperando pela explosão.

Passo horas deitada na cama, checando o celular. Atualizo a página do Facebook a todo instante, na esperança de a Megan ter visto minha mensagem e excluído o vídeo. Às cinco e meia da manhã, quando estou começando a ficar meio maluca de cansaço, mando outra mensagem implorando para ela deletar o post. Depois deito e fecho os olhos. *Vai ficar tudo bem*, digo a mim mesma. Assim que ela acordar e vir minhas mensagens, vai apagar o vídeo.

Finalmente pego num sono agitado quando já está clareando lá fora. Mas ouço Elliot bater — e bater e bater: nosso código secreto equivalente a discar para a emergência. Sento na cama tomada pelo pavor. O alerta de mensagem dispara no celular. *Por favor, por favor, que seja a Megan*, penso e pego o aparelho. Mas é o Elliot.

AI, MEU DEUS, FLORZINHA! NÃO ACESSE A INTERNET ATÉ EU CHEGAR AÍ. JÁ ESTOU INDO.

Escuto o ruído da porta da casa dele e os passos do lado de fora. Desço correndo para abrir a porta.

— Acordou agora? — Elliot pergunta ao entrar.

Assinto.

— Escuta, não quero que você entre em pânico, mas aconteceu uma coisa terrível — ele avisa com um tom grave.

— Tudo bem, eu já sei.

— Sabe? — Não consigo deixar de pensar que o Elliot parece um pouco desapontado; ele adora ser portador de más notícias.

— O vídeo? — pergunto enquanto subimos a escada.

Estamos no corredor do segundo andar quando a porta do quarto dos meus pais se abre e meu pai aparece. Ao ver o Elliot, ele balança a cabeça e sorri.

— São sete horas da manhã — diz.

— Na verdade, falta um minuto para as sete, mas obrigado, sr. P. — Elliot responde olhando para o relógio.

Meu pai levanta as sobrancelhas e suspira.

— Não, eu não estava anunciando que horas são. Quis dizer que é cedo demais para uma visita, não é?

— Nunca é cedo demais para dar apoio moral à melhor amiga — Elliot declara de um jeito sério.

Meu pai olha para mim, imediatamente preocupado.

— Está tudo bem, amor? Ontem à noite você correu para o seu quarto como se tivesse que apagar um incêndio.

— Sim, tudo bem. É só um...

— Problema com a lição de casa — Elliot completa. — Aqueles malditos verbos de francês.

— A Penny não faz aulas de francês. — Meu pai olha para mim como se tentasse ler meus pensamentos e descobrir o que está acontecendo de verdade.

— Não, mas eu faço — Elliot corrige com a rapidez de um raio. — Por isso preciso da ajuda da Penny.

— Ah. — Meu pai franze a testa e coça a cabeça. Não parece convencido. — Bom, quando resolver o seu problema com o francês, desça para tomar café. Vou fazer ovos fritos — ele anuncia com o sotaque americano —, e precisamos conversar sobre Nova York.

— Combinado — falo por cima do ombro enquanto Elliot e eu subimos correndo o segundo lance de escada.

Assim que entramos no quarto, fecho a porta.

— Por que você não me contou? — Elliot pergunta.

— Fiquei com vergonha. — Sento na minha cama. — E vai ficar tudo bem. Mandei duas mensagens pedindo pra Megan deletar o vídeo, então espero que isso suma do Facebook assim que ela acordar.

Elliot olha para mim.

— Quando você acessou o Facebook pela última vez?

— Acho que às cinco da manhã. — Uma sensação estranha começa a se formar no fundo do meu estômago. Por que tenho a impressão de que o Elliot sabe de alguma coisa que eu não sei? E como ele viu o vídeo? Eu excluí a marcação do post, ele não devia ter visto; o Elliot não é amigo de nenhum dos meus colegas de escola. Abro o laptop e atualizo a página do Facebook. — Ah, não!

Alguém do primeiro ano me marcou em um link para o vídeo — que agora está no YouTube. Também fui marcada em um link do grupo "não oficial" da escola no Facebook. O vídeo está lá também.

— Sinto muito, florzinha — Elliot fala num tom grave. — Mas parece que o seu vídeo é um viral.

# 11

— Penny! — minha mãe exclama assim que entro na cozinha. — O que aconteceu?

Sento à mesa e seguro a cabeça com as mãos. Se não estivesse me sentindo tão atordoada, acho que choraria.

— Ela está se tornando viral — Elliot anuncia com um tom solene quando se senta ao meu lado.

— Ela está com um vírus? — meu pai pergunta e olha para mim. — Eu sabia que você estava meio estranha mais cedo, amor. Quer um analgésico?

— Não, ela está se tornando viral... na internet — explica Elliot. — Como aconteceu com a Rihanna quando postaram no Twitter aquele vídeo em que ela aparecia pelada.

— Você apareceu pelada num vídeo na internet? — Meu pai senta na minha frente. Nunca o vi tão sério.

— Não! — respondo, balançando a cabeça.

— Bom, quase — Elliot explica, pensativo.

— Você está quase pelada num vídeo na internet? — Meu pai levanta e senta de novo, depois olha para minha mãe.

Ela se senta ao meu lado e segura minha mão.

— O que está acontecendo, querida?

E isso é o suficiente para eu desmoronar.

— Tem... um... vídeo... meu... com... a... calcinha... de... unicórnio! — falo em meio a soluços.

— Então, de certa forma, é pior do que estar pelada — Elliot acrescenta.

— Calcinha de unicórnio? — Meu pai parece completamente atordoado. — Que calcinha de unicórnio? Que vídeo? Alguém pode, por favor, me explicar o que está acontecendo?

— A Penny caiu no palco ontem à noite, quando estava tirando uma foto, e mostrou a calcinha pra plateia toda — Elliot explica.

— Minha pior calcinha — soluço. — Bom, na verdade, minha favorita... por isso eu estava com ela. — Olho para minha mãe com os olhos cheios de lágrimas. — É tão confortável! Mas não é mais minha preferida. Agora só quero queimar aquela coisa.

— Quer queimar o quê? — pergunta meu irmão ao entrar na cozinha todo descabelado.

— A calcinha de unicórnio — diz Elliot.

— Ah, é claro que ainda estou dormindo e sonhando — Tom resmunga ao desabar na cadeira.

— Então você não está realmente *pelada* no vídeo? — meu pai insiste.

— É, estou sonhando — Tom resmunga de novo, depois apoia a cabeça na mesa e fecha os olhos.

Balanço a cabeça.

— Então está tudo bem, não é? — Meu pai olha para mim, esperançoso. — E daí que viram sua calcinha por um segundo? Hoje já devem ter esquecido tudo.

— Por favor, digam que estou sonhando — Tom balbucia de olhos fechados.

— Não foi só por um segundo — choro. — Tem um vídeo na internet, um close em câmera lenta. As pessoas vão poder ver muitas e muitas vezes. Toda desbotada e desfiada!

— O que é toda desbotada e desfiada? — meu pai pergunta.

Elliot e eu respondemos juntos:

— A calcinha de unicórnio!

— Ah, meu amor. — Minha mãe me abraça. — Você não tem essa calcinha desde os doze anos?

— Mãe!

Ela sorri, acanhada.

— Desculpa.

Tom olha para nós com cara de sono.

— Eu não estou sonhando, né?

Elliot balança a cabeça.

— Não.

— Tudo bem. — Meu pai põe as mãos sobre a mesa. — Quem postou o vídeo?

— A Megan — respondo.

— A Mega-Nojenta — resmunga Elliot.

— A Megan? — Minha mãe está chocada.

— Sim, ela postou no Facebook, alguém postou no YouTube, e outra pessoa postou na página do grupo da escola. — Começo a chorar de novo quando penso no colégio inteiro assistindo a infinitos replays da minha calcinha.

Tom olha para mim.

— Você está falando sério?

Respondo que sim com a cabeça.

— Certo. — Ele fica em pé, agora totalmente acordado.

— O que você vai fazer? — minha mãe pergunta, nervosa.

— Vou até a escola procurar quem postou o vídeo e obrigar todo mundo a deletar.

Nunca vi meu irmão tão furioso.

Minha mãe dá um pulo e o segura pelo braço.

— Você não pode fazer isso; você não é mais aluno da escola.

Tom franze a testa para ela.

— E daí? A Penny é aluna, e é minha irmã. Não vou ficar aqui sentado sem fazer nada.

Sorrio para ele com gratidão.

Meu pai balança a cabeça.

— Tudo bem, filho, eu cuido disso. A última coisa que precisamos é que você se meta em confusão. — Ele segura minha mão. — Não se preocupe, docinho. Vou até a escola agora de manhã pedir para tirarem o vídeo da página no Facebook.

Balanço a cabeça.

— Não é a página oficial, os professores não têm nenhum controle sobre esse grupo. E muitas pessoas compartilharam o vídeo, todo mundo vai ver.

Penso em ir à escola, em todo mundo olhando para mim e rindo, e de repente é como se me empurrassem para dentro da água. Não consigo respirar nem engolir, e meu corpo todo começa a tremer daquele jeito estranho. Não vou aguentar mais um drama.

— Pen? Tudo bem? — A voz de Elliot soa abafada e distante.

Todas as vozes se fundem numa só, como se alguém tentasse sintonizar um rádio.

— Penny?

— Pen?

— Querida?

— Pega água pra ela.

— Ai, meu Deus, ela vai desmaiar.

Sinto alguém segurando meus ombros. Alguém forte. Meu pai.

— Respira fundo e bem devagar, querida. — Minha mãe.

— Eu trouxe água. — Tom.

Fecho os olhos e respiro lenta e profundamente. E de novo. Imagino o mar indo e voltando, as ondas quebrando e recuando. E, pouco a pouco, meu corpo para de tremer.

— Penny, o que foi isso? — pergunta minha mãe. Ela parece tão preocupada que sinto vontade de chorar de novo. Mas tenho medo de chorar e trazer de volta o ataque de pânico, então continuo concentrada na respiração.

— Está tudo bem? — meu pai pergunta. Ele ainda segura meus ombros com força. A sensação é boa. Como se eu estivesse ancorada.

— Posso contar? — Elliot me pergunta em voz baixa.

Respondo movendo a cabeça para cima e para baixo. E, enquanto continuo concentrada em minha respiração, Elliot fala sobre os ataques de pânico que tenho tido desde o acidente de carro.

Meus pais estão pálidos.

— Desculpa — é a primeira coisa que consigo dizer.

Meu pai olha para mim e balança a cabeça.

— O quê? Por que você está se desculpando?

— Você devia ter nos contado — diz minha mãe.

— Eu não queria que vocês se preocupassem. E pensei que fosse melhorar com o tempo.

— Querem que eu faça um chá? — Tom pergunta.

Todos nós olhamos para ele sem esconder o espanto. Tom *nunca* se oferece para fazer chá. Sorrio e aceito a oferta.

— Muito bem, uma coisa de cada vez — meu pai anuncia com voz firme. — Vamos procurar ajuda, vamos tentar controlar esses ataques de pânico.

— Sim, tem muitas coisas que você pode fazer — minha mãe concorda. — Conheço uns exercícios de respiração ótimos que aprendi quando tinha medo do palco.

— Você tinha medo do palco? — pergunto, incrédula. É difícil imaginar minha mãe, tão confiante, com medo de alguma coisa.

Ela confirma:

— Ah, sim, e era horrível. Às vezes eu passava mal antes de uma apresentação, mas consegui controlar essa reação, e você também vai conseguir, querida.

— Isso mesmo — meu pai confirma, sorrindo para mim. — E vou ligar para a escola e avisar que você está doente. — Ele segura minha mão. — Acho que você deve ficar fora de lá até o ano que vem. Espere tudo isso passar. São só mais dois dias de aula.

Olho para ele com um sorriso pálido.

— Obrigada, pai.

— E tem mais uma coisa — ele continua, agora olhando para minha mãe. — Queremos que você vá com a gente para Nova York.

Elliot suspira.

Olho assustada para meu pai.

— Mas...

— E queremos que o Elliot também vá — ele me interrompe.

— Ai, meu Deus! — Elliot abre a boca de um jeito que quase consigo ver suas amídalas.

— A gente ia falar com vocês dois hoje — minha mãe explica, sorrindo. — Mas, agora que isso tudo aconteceu, é mais uma razão para você ir.

— São só quatro dias — meu pai continua. — Viajamos na quinta e voltamos no domingo, véspera de Natal. — Ele sorri para Tom. — Vamos passar o dia de Natal juntos.

Olho para Elliot. Ele sorri como se tivesse acabado de ganhar na loteria.

— Acho que vai fazer muito bem para você se afastar um pouco daqui — minha mãe opina. — Vai ser uma chance de superar realmente o acidente... e essa idiotice do vídeo.

— Sim, quando a gente voltar vai ser Natal, e essa história toda já vai ter passado — diz meu pai.

— Seu pai tem razão — Elliot me diz, e em seguida seu celular toca. Ele olha para a tela e franze a testa antes de atender a ligação. — Oi, pai... Estou na Penny. Onde mais eu estaria? Sim, sim, estou indo. — Ele desliga e olha para nós, se desculpando. — Era meu pai, ele queria saber se eu não vou pra escola hoje. Preciso ir. — Ele segura minhas mãos. — Sei que você fica nervosa com a ideia de viajar de avião, Pen, mas todos nós podemos te ajudar com isso, não é? — E olha para meus pais, que começam a assentir como os cachorrinhos de brinquedo que as pessoas colocam no vidro traseiro dos carros.

— É claro que sim, querida — minha mãe confirma, sorrindo.

— Estaremos todos com você — afirma meu pai.

O telefone de Elliot toca de novo.

— Oi, mãe... Acabei de falar com o papai... Estou na Penny... Chego em dois segundos. — Ele guarda o celular no bolso e suspira. — Juro, meus pais nunca conversam sobre nada! — De repente ele parece muito preocupado. — Ai, espero que eles me deixem ir com vocês. E se não deixarem?

— Não se preocupe, querido — diz minha mãe. — Eu falo com eles mais tarde. Tenho certeza que eles não vão se importar, principalmente porque nossos clientes vão arcar com todas as despesas.

Elliot concorda e sorri. Depois vira e olha para mim, esperançoso.

— Então, o que você acha, Pen?

Respiro fundo e sorrio.

— Acho que vamos para Nova York!

20 de dezembro

## Enfrentando Seus Medos

Oi, pessoal!

Obrigada de novo por todos os comentários no post sobre amizade. Sei que pode parecer estranho, já que não conheço nenhum de vocês pessoalmente, mas penso em todos como meus amigos — vocês são sempre muito gentis e carinhosos, e esse apoio é muito importante para mim.

Então, a maioria deve lembrar que escrevi recentemente sobre os ataques de pânico que passei a ter desde o acidente de carro. Bem, esta semana tive um Momento Sapatinho de Cristal.

Momento Sapatinho de Cristal é o nome que Wiki e eu damos a coisas que acontecem e parecem muito ruins no início, mas que acabam levando a alguma coisa realmente legal — como quando a Cinderela perde o sapatinho de cristal, mas isso acaba provocando o reencontro com o Príncipe Encantado.

No começo da semana, algo verdadeiramente horrível aconteceu comigo, e esse acontecimento provocou outro dos meus estúpidos ataques de pânico. Mas acho que tudo isso pode trazer alguma coisa muito boa.

Esta semana vou viajar, e vou ter que entrar num avião.

Isso está me deixando muito nervosa, mas espero que, se conseguir, se for capaz de enfrentar meu medo, talvez eu possa superar definitivamente o problema.

Quando eu era pequena, acreditava que uma bruxa morava embaixo da cama dos meus pais.

Toda vez que eu tinha que passar na porta do quarto deles para ir para o meu, eu corria o mais rápido possível, porque assim a bruxa não tinha tempo de sair de lá voando em sua vassoura e me transformar num sapo.

Um dia meu pai me viu correndo apavorada pelo corredor e me perguntou o que estava acontecendo.

Quando eu contei, ele me fez entrar no quarto e usou uma lanterna para iluminar embaixo da cama.

A única coisa que tinha lá era uma velha caixa de sapatos.

Às vezes você precisa encarar seus medos para perceber que eles nem são reais.

Você não vai morrer de verdade — nem vai ser transformado em sapo.

É isso que vou fazer esta semana, quando entrar no avião.

**E você?**

Tem algum medo que gostaria de enfrentar?

Talvez a gente possa fazer isso juntos...

Por que você não posta o seu medo e o que pretende fazer para encará-lo nos comentários?

Boa sorte. No post da semana que vem, eu conto como foram as coisas.

**Garota Online, saindo do ar xxx**

# 12

Quando nos sentamos no café da sala de embarque, Elliot me diz:

— Você precisa de uma Sasha Fierce pessoal.

— Uma o quê? — Meu coração bate acelerado, e olho em volta. Logo seremos chamados para embarcar. Terei que entrar no avião que vai, de algum jeito, se manter no ar a quilômetros do chão sem cair. Mas... e se ele cair? E se...

— Sasha Fierce — repete Elliot. — O alter ego da Beyoncé, a persona de palco dela.

Olho para ele, sem entender direito.

— Do que você está falando?

Elliot se reclina na cadeira e estende as longas pernas. Ele usa um moletom da Harvard, calça skinny listrada e tênis verde de beisebol que combina perfeitamente com os óculos verdes. Como ele pode parecer tão relaxado e tranquilo minutos antes de entrar num tubo gigantesco de metal e ser levado para o céu?

— Quando a Beyoncé estreou no mundo da música, ela era muito quieta e tímida, e odiava o palco — ele conta. — Então inventou um alter ego chamado Sasha Fierce, que era corajosa, animada e calma. Cada vez que subia no palco, ela fingia ser Sasha Fierce, e isso a ajudava a se apresentar toda confiante e batendo cabelo.

— Batendo cabelo?

— É, você sabe... — Elliot joga a cabeça para frente e para trás, o que faz seus óculos voarem e caírem no meu colo.

— Entendi — digo ao devolver os óculos. — E como isso pode me ajudar?

— Você precisa inventar sua versão da Sasha Fierce e fingir ser ela quando entrar naquele avião. — Elliot coça o queixo, como sempre faz quando está pensando. — O que acha de Sarah Selvagem?

— Não! Vou parecer uma psicótica!

Olho para meus pais, que estão na fila para comprar café para todos e um chá de camomila para mim. Minha boca está seca como lixa, mas não quero que eles voltem, porque vamos tomar nossa bebida, depois vamos ter que embarcar no avião e...

— Tudo bem, e Connie Confiante?

Olho para Elliot e levanto as sobrancelhas.

— É sério?

Ele suspira.

— Pense num nome, então.

Uma mulher se aproxima de nós puxando uma malinha pink de rodinhas. Ela veste um jeans cinza superjusto, bota preta de bico fino e um casaco lindo. Parece descolada sem fazer esforço para isso. Até o cabelo é impecável, um chanel preto e liso com reflexos brilhantes cor de mogno. Quando passa por mim, vejo em seu pescoço um colar com a palavra FORTE. É como um daqueles "sinais do universo" sobre os quais minha mãe está sempre falando.

— Forte — sussurro.

Elliot olha para mim.

— O quê?

— O sobrenome do meu alter ego é Forte.

— Ah, tudo bem. Tá, é bom. E o primeiro nome?

Penso um pouco. Como quero que meu alter ego me faça sentir, além de forte? Calma, eu acho. Mas Calma Forte é um nome idiota. Quando penso na sensação de calma, a imagem do oceano surge em minha cabeça.

— Mar! — decido.

Elliot assente.

— Mar Forte. Hum... é, acho que funciona.

*Mar Forte.* Repito o nome mentalmente e penso numa heroína de história em quadrinhos vestida com uma capa e um macacão verde superagarrado no corpo, com longos cabelos castanhos encaracolados caindo sobre os ombros. *Eu sou Mar Forte,* digo a mim mesma, e, incrivelmente, começa a funcionar. Meus batimentos cardíacos começam a voltar ao normal, minha boca não está mais tão seca. *Eu sou Mar Forte.* Imagino meu alter ego surfando em uma grande onda, observando tranquilamente o horizonte enquanto adota uma atitude de super-heroína.

Nesse momento meus pais voltam à mesa com as bebidas.

— Tudo bem? — minha mãe pergunta olhando para mim.

— Sim — respondo, e até consigo sorrir.

Enquanto meus pais e Elliot conversam sobre Nova York e todos os lugares que querem conhecer, eu me concentro no exercício de respiração que minha mãe me ensinou e continuo acrescentando detalhes a Mar Forte. Se precisasse entrar em um avião, ela nem piscaria. Simplesmente embarcaria de cabeça erguida, o olhar fixo à frente. Se Mar Forte sofresse um acidente de carro, não deixaria isso arruinar o resto de sua vida; ela seria corajosa e destemida e continuaria lutando contra os malfeitores. Sinto meu celular vibrar no bolso, interrompendo a fantasia. É uma mensagem da Megan.

> Oi, Penny! A Kira me contou que vc vai passar o Natal no exterior. É verdade? Pode trazer um perfume Chanel pra mim? Quando vc voltar eu te pago. Obrigada bjs

É a primeira vez que tenho notícias da Megan nesta semana. Não voltei ao colégio depois da peça, mas ela não se incomodou em perguntar se eu estava bem. Até o Ollie mandou uma mensagem no Facebook para saber se estava tudo bem comigo. Megan também não se desculpou pelo vídeo, embora o tenha tirado de sua página.

Desligo o celular e guardo na bolsa. Se Mar Forte tivesse sido vítima de um vídeo constrangedor na internet, o que ela faria? Imagino meu alter ego rindo da situação antes de pular em sua prancha de surfe e partir em busca de novas aventuras. E de repente algo estranho acontece: começo a me sentir muito bem. Algumas coisas bobas aconteceram comigo recentemente, mas não deixei que me abatessem. E não só não me deixei abater, como estou a caminho de Nova York para viver uma aventura. Posso ser desajeitada e medrosa, não sei escolher minhas calcinhas, mas o que estou prestes a fazer é muito legal. *Eu* sou muito legal, porque sou Mar Forte.

# 13

Felizmente, nós quatro estamos sentados juntos na área central do avião, e eu estou entre Elliot e meu pai. Isso me faz sentir instantaneamente segura, mas, assim que o motor da aeronave começa a roncar, sinto aquele horrível aperto fechando a garganta.

— Então, me fale mais sobre Mar Forte — Elliot cochicha em meu ouvido.

— Ela tem uma prancha de surfe muito legal — respondo e aperto os braços da poltrona.

Ele balança a cabeça para cima e para baixo, avaliando minha resposta.

— Legal. Acho que ela também precisa de uma frase de efeito.

A voz do piloto soa na cabine.

— *Tripulação, preparar para decolar.*

A voz dele é profunda e clara, e me tranquiliza por ser parecida com a do meu pai.

— Como assim? — pergunto.

— Ah, alguma coisa tipo o Batman dizendo "Para o Batmóvel, Robin", ou o juiz Dredd falando "Eu sou a lei".

— Ah. Entendi.

Os motores estão urrando e o avião começa a se mexer.

Fecho os olhos e vasculho o cérebro procurando uma frase de efeito para Mar Forte.

— E as Tartarugas Ninja falavam "Cowabunga", e os Power Rangers diziam "É hora de morfar".

Abro os olhos e me viro para Elliot.

— Não vou usar "É hora de morfar" como minha frase de efeito!

O avião começa a correr pela pista. Tenho um flashback, nosso carro derrapando na estrada sob forte chuva, minha mãe gritando. Olho para ela e vejo que está sorrindo e conversando com meu pai.

— O que acha de "Seu amigo vai salvá-lo do perigo"? — Elliot sugere.

— De quem é essa frase?

— Super Mouse.

Dou risada.

— Mar Forte não pode usar a mesma frase de efeito do Super Mouse!

— "Meu sensor aranha está tinindo"? — Elliot sugere, rindo.

Agora estou gargalhando e morrendo de medo ao mesmo tempo. O avião se inclina, começa a subir, e o chão vai ficando para trás.

— Tudo bem? — Elliot cochicha, colocando a mão sobre a minha.

Movo a cabeça numa resposta afirmativa e ranjo os dentes.

— Por favor, você pode continuar com as frases de efeito pra me distrair?

Os olhos dele se iluminam.

— Claro!

Quando o avião para de subir, já ouvi todas as frases de cada super-herói, do Capitão América à Mulher Maravilha e ao Wolverine.

— Tudo bem, Pen? — meu pai pergunta com um olhar ansioso.

Repito o movimento de cabeça e sorrio, pensando que ter meus pais e Elliot faz de mim a garota mais sortuda do mundo... desde que a gente saia vivo deste avião.

Elliot é o melhor companheiro de voo que alguém pode ter. Ele fala sem parar durante as seis horas de viagem. Mesmo quando estamos assistindo a um filme, ele passa o tempo todo fazendo comentários engraçados. E, nos momentos em que começo a ficar aflita, como quando o sinal de apertar o cinto de segurança acende, ou quando passamos por uma turbulência, só preciso me concentrar na respiração e invocar mentalmente a imagem de Mar Forte.

Enquanto a tripulação se prepara para o pouso, sinto um arrepio com um misto de entusiasmo e medo. Quando o avião desce, as pessoas nos assentos das janelas olham para fora, mas eu mantenho os olhos cravados no encosto do assento a minha frente. *Sou forte como o oceano,* digo várias vezes para mim mesma. De repente sinto um pequeno solavanco e estamos no chão. O alívio e a alegria são tão fortes que quero chorar.

— Conseguimos — sussurro para Elliot. — Chegamos.

Quando levantamos para desembarcar, olho pela janela do avião e prendo a respiração. Tudo parece muito americano, dos caminhões prateados de frente longa aos homens que trabalham no avião ao nosso lado, com bonés de beisebol e calças cargo.

O sorriso de Elliot é tão largo que se estende quase de orelha a orelha.

— Estamos em Nova York — ele cochicha, empolgado. — Estamos em Nova York!

Nem a espera de quase duas horas para passar pela alfândega diminui nosso entusiasmo. Quando entramos na fila do táxi, Elliot e eu continuamos sorrindo e balançando a cabeça, incrédulos.

— Não acredito que estamos aqui — ele repete enquanto bate palmas.

Olho para os táxis amarelos que se afastam levando passageiros, e isso me faz sentir que o avião nos deixou bem no meio do cenário de um filme. Tudo é muito diferente e, ao mesmo tempo, muito familiar. Minha mãe não parece tão animada; assim que desembarcamos, ela começou a telefonar para várias pessoas para tratar do casamento. Agora mesmo está falando com Sadie Lee, a responsável pelo bufê. Parece que houve algum problema com a codorna do cardápio estilo *Downton Abbey*.

— Ah, bom, acho que vai ter que servir — minha mãe fala pelo celular enquanto anda de um lado para o outro. — E não esqueça o creme para o pudim de pão.

Meu pai se aproxima e toca seu ombro. Ela se apoia nele. No meio de todo medo e entusiasmo, esqueci que minha mãe veio para trabalhar. Também me aproximo deles para um abraço conjunto.

Finalmente chegamos à ponta da fila.

— Para onde? — o motorista pergunta ao saltar do carro. Ele é negro, carrancudo e veste jeans e um casaco preto.

— Waldorf Astoria, por favor — diz meu pai, provocando em Elliot mais um surto de aplausos.

— Hoje é o dia mais feliz da minha vida! — ele grita.

O motorista o encara como se ele fosse maluco, depois vê nossa pilha de bagagem — duas malas enormes estão lotadas só com as roupas para o casamento — e exclama:

— Caramba! Vocês têm certeza que não precisam de uma caminhonete?

Minha mãe sorri como se pedisse desculpas.

O taxista começa a arremessar as bagagens no porta-malas, reclamando baixinho.

— Não se preocupe — Elliot murmura para mim. — Os motoristas de táxi têm que ser grossos em Nova York, é o *lance* deles.

O homem olha para Elliot.

— Do que você me chamou?

Elliot pula, assustado.

— Nada. Eu só estava dizendo que faz parte da sua encenação, por ser motorista de táxi em Nova York.

— O que faz parte da minha encenação?

— Ser... hã... ser grosso. — Elliot olha para o chão como se esperasse ver um buraco se abrir e tragá-lo.

— Não é nenhuma encenação, meu filho — o homem rosna. — Agora entra.

Todos nós entramos no carro. Não me atrevo a olhar para Elliot, tenho medo de começar a rir. Estou tão cheia de energia e agitação que sinto que posso explodir. Quando o motorista sai do aeroporto, eu recupero o fôlego. Tudo é muito grande, da avenida larga até os gigantescos outdoors enfileirados ao longo dela.

— Então, nevou por esses dias? — meu pai pergunta ao motorista, fazendo aquela coisa tipicamente britânica de "na dúvida, fale sobre o tempo".

— Não — responde o taxista. — Aonde você pensa que vai? — ele grita pela janela quando um caminhão dá uma fechada no carro.

Cerro os punhos com tanta força que as unhas ameaçam cortar a palma das minhas mãos. Imediatamente, minha mãe e Elliot, sentados um de cada lado, tocam meus joelhos. Fecho os olhos e penso em Mar Forte.

Quando chegamos ao centro de Nova York, sinto que minha cabeça pode explodir com tanta coisa incrível para ver. Eu esperava os arranha-céus, mas não imaginava que fossem tão *próximos do céu*! E não contava com tantos prédios antigos misturados aos modernos. Todos os quarteirões por onde passamos parecem ter uma velha igreja de pedra, pelo menos, aninhada entre torres brilhantes. E as pessoas são ainda mais fascinantes. As calçadas estão cheias de executivos e gente fazendo compras de Natal. Quando começo a me concentrar em um personagem que parece interessante, outro aparece na minha frente. Vejo uma mulher bonita de terninho cinza e tênis azul andando sem nenhum esforço pela calçada lotada, e de repente ela entra em uma casa de sucos e desaparece. Então noto um jovem hispânico de cabelo roxo saindo de uma livraria do tamanho de um hangar e sendo imediatamente tragado pela multidão. Um policial come cachorro-quente em um cruzamento congestionado, e uma freira de hábito azul-marinho desliza por entre as pessoas com a calma de quem está em transe. Em todos os lugares vejo uma oportunidade para fotos épicas. Até o barulho parece mais intenso aqui, um coro de sirenes, buzinas e gritos. Ao meu lado, Elliot continua apertando meu braço com animação.

Então, finalmente, chegamos à Park Avenue. A avenida é muito larga, os semáforos são suspensos sobre ela em postes altos e balançam suavemente ao vento. Eles têm o mesmo tom amarelo dos táxis, que parecem superar em número todos os outros carros. Meus olhos se abrem mais e mais, registrando os hotéis palacianos que se alinham nas calçadas. Tudo que consigo pensar é que vou tirar fotos INCRÍVEIS nesta cidade.

Quando paramos diante do hotel, até meu pai fica sem fala. A fachada de pedra cinza parece se estender por quilômetros. Duas enormes árvores de Natal com luzes piscantes vermelhas e douradas enfeitam ambos os lados da porta giratória, como guardas em seus postos.

Quando saio do táxi, sinto uma coisa fria na ponta do nariz. Olho para cima e vejo que está começando a nevar. Não é nada forte, só alguns floquinhos descendo do céu, como se tivessem escapado de uma nuvem para ver o que está acontecendo no chão.

— Boa tarde, senhorita!

Olho para frente e vejo um porteiro com um uniforme muito elegante, sorrindo para mim.

Respondo com um sorriso tímido.

— Boa tarde.

— Bem-vindos ao Waldorf — ele diz e vem nos ajudar com as malas.

Olho para as árvores de Natal, para as luzes piscando e para os flocos de neve brilhando no ar como prata em pó e não me sinto mais em um filme; agora a sensação é de estar em um conto de fadas. Quando seguimos o porteiro para dentro do hotel, cruzo os dedos e espero que ele tenha um final feliz.

# 14

Imagine o mais incrível, lindo e luxuoso palácio de conto de fadas que sua mente for capaz de criar. Agora acrescente mais mármore, mais ouro, mais lustres e mais brilho, e então talvez você consiga se aproximar do Waldorf Astoria.

— Uau! — Elliot exclama enquanto olha em volta no saguão.

— Melhor que o Hastings Travelodge, crianças? — meu pai pergunta com uma piscadela.

Estou tão perplexa que não consigo nem rir.

Minha mãe parece um pouco apavorada.

— Isso é imenso — ela sussurra para meu pai.

Não sei se ela está falando do saguão, do hotel ou do casamento que ela tem que organizar.

Quando somos levados para nossos quartos, Elliot e eu não conseguimos fazer nada além de imitar perfeitamente aqueles peixes dourados, que abrem e fecham a boca sem falar nada.

— Meu Deus...

Ficamos em quartos adjacentes, ao lado do de meus pais.

— Precisamos de um assim lá em casa — Elliot fala do outro lado da porta. — Imagina que legal se eu pudesse ir te ver sem ter que passar pelo lado de fora.

— Seria demais — respondo e sento na beirada da cama.

Meu quarto parece ter saído de uma mansão. A mobília é toda de mogno brilhante, as cadeiras, a mesa e a cama têm pernas entalhadas. O esquema de cores é vinho e dourado, coisa que eu nunca teria escolhido para o meu quarto em casa, mas aqui é perfeito. Olho para a janela. As cortinas de veludo descem do teto até o chão e são amarradas com faixas largas.

— Ai, meu Deus, aquilo é...? — Pulo da cama e corro para a janela. Elliot me segue.

— O Empire State — ele diz admirado enquanto olhamos para o horizonte de Nova York.

Viramos e nos encaramos por um segundo, depois começamos a pular como crianças na manhã de Natal.

Meus pais passam o resto da tarde ocupados em reuniões com Cindy, Jim e a dona do bufê. Elliot e eu devíamos dormir um pouco para amenizar o jet lag antes de sairmos à noite, mas estamos agitados demais para cochilar. Em vez disso, fazemos um amontoado de travesseiros e almofadas na minha cama e damos uma olhada em todos os canais de televisão.

Elliot também procura alguns fatos interessantes sobre o Waldorf Astoria em seu laptop. O meu continua guardado dentro da mala. Decidi que ele vai ficar lá pelo resto da viagem. Também desliguei a internet do celular. Quero sentir que existe realmente um oceano entre mim e todo mundo da escola e minha Vergonha da Calcinha de Unicórnio.

— Ai, meu Deus, Pen, escuta isso! — Elliot começa a ler o texto na tela. — O Waldorf Astoria foi criado por dois primos e inimigos, Waldorf e Astor. Cada um deles criou um hotel concorrente, um ao lado do outro. — Ele olha para mim e sorri. — Quando fizeram as pazes, eles construíram um corredor entre os dois prédios.

— Sério?

— Sim. — Elliot continua lendo. — Ah, mas não é esse prédio. Esse aqui foi construído em 1931. O hotel original foi demolido pra dar espaço ao Empire State.

Olhamos pela janela e, mais uma vez, tenho aquela sensação de "me belisca que eu estou sonhando".

— Você não vai acreditar! — Elliot comenta, chocado. — Foi aqui, neste hotel, que inventaram o serviço de quarto!

— Verdade?

— Sim. E... E... — Ele mal consegue controlar a euforia. — Tem uma estação de trem escondida no subsolo.

— Quê?

— Era para os VIPs que queriam chegar sem ninguém saber, como o presidente. — Elliot arregala os olhos e se vira para mim. — Pen, eu amo esse lugar.

Acabamos pedindo serviço de quarto, porque, como Elliot observou, seria indelicado não usar o que eles inventaram. Pedimos a salada Waldorf, porque ela também foi criada aqui, e uma enorme pizza marguerita. Quando meus pais voltam, estou começando a sentir muito sono. Meu pai aparenta tranquilidade, como sempre, mas minha mãe está muito estressada.

— Tem muita coisa para fazer! — ela geme e se joga na minha cama. — Eu sabia que a gente devia ter vindo antes.

— Vai dar tudo certo — meu pai afirma com um sorriso seguro. — Temos o dia todo amanhã para resolver as coisas. E Sadie Lee é uma estrela.

Minha mãe concorda com um movimento de cabeça.

— Ela é incrível. O pudim de pão do bufê é delicioso. — E olha para mim. — A Cindy e o Jim querem saber se você pode tirar algumas fotos dos bastidores. Eles contrataram um fotógrafo profissional para o dia do casamento, mas queriam fotos da etapa dos preparativos, da gente criando o clima *Downton Abbey*. E perguntaram se, no dia do casamento, você pode tirar algumas fotos diferentes, de coisas menores que o fotógrafo não vai ver.

— Sério? — Sinto um frio na barriga. — Por que eu?

— Eu mostrei a eles algumas fotos que você fez em outros casamentos, e os dois ficaram muito impressionados.

Meu pai sorri, orgulhoso.

— É verdade.

— E eles têm que se impressionar mesmo — declara Elliot. — A Penny é uma fotógrafa incrível.

Estou sorrindo por dentro.

— Uau. Quando começo?

— Amanhã, enquanto eu estiver cuidando de tudo — responde minha mãe.

— Não se preocupe, Elliot — meu pai avisa. — Enquanto elas estiverem ocupadas, vamos aproveitar para ver um pouco da cidade. O que acha de visitarmos alguns museus?

Elliot olha para meu pai e, surpresa, percebo que o brilho que vejo em seus olhos é por causa das lágrimas.

— Seria épico — ele responde em voz baixa. — Sério, vocês são demais. Muito obrigado por terem me trazido.

— Ah, querido, você é muito bem-vindo — minha mãe diz, rindo.

E nós três abraçamos Elliot.

# 15

Na manhã seguinte, acordo com as batidas.

— Pen, está acordada?

Meu primeiro pensamento é: *Como consigo ouvir a voz do Elliot tão nítida do outro lado da parede do meu quarto?* Então abro os olhos, vejo a roupa de cama branca e fina, o tapete cor de vinho, e tudo volta de uma vez só. Estou no Waldorf Astoria. Em Nova York. Sobrevivi ao voo!

— Sim — respondo e me sento na cama.

Ele entra pela porta de ligação.

— Estou acordado há eras! — diz. — É muita agitação, não consigo dormir.

Olho para o relógio e descubro que dormi por dez horas. É uma proeza incrível depois de todas as noites de sono agitado em casa.

Elliot se joga na beirada da cama e abre o laptop.

— Então, eu sei que você não queria acessar a internet enquanto estamos aqui, mas tem uma coisa que você precisa ver.

Sinto um enjoo instantâneo.

— Não, por favor, Elliot, não quero saber de nada que tenha a ver com aquele vídeo idiota. Só quero esquecer tudo aquilo.

Ele balança a cabeça e sorri.

— Não é o vídeo, é o blog.

Olho para ele.

— Como assim?

— Você é viral outra vez, mas agora de um jeito bom.

— Quê? — Engatinho pela cama para me aproximar dele e viro o laptop para mim. Vejo meu post sobre enfrentar medos.

— Desce a tela — diz Elliot.

Eu desço. Tenho trezentos e vinte e sete comentários.

— Mas... — Olho para a tela sem entender nada. Nunca tive tantos comentários. Nunca.

— Está todo mundo postando sobre os próprios medos. E compartilhando o seu post. Olha só quantos seguidores você tem agora.

Observo a barra de seguidores, do lado direito da tela.

— Dez mil?

Elliot confirma com um movimento de cabeça.

— Dez mil, setecentos e quinze, para ser exato.

Estou perplexa.

— Uau.

— Você devia ler os comentários, Pen, alguns são muito emocionantes. Uma menina diz que vai enfrentar o valentão da classe dela, outra conta que vai encarar o medo do dentista. E, meu Deus, você tem que ler esse aqui. — Ele começa a rolar a tela. — Dá só uma olhada. — E vira o laptop para mim outra vez.

Oi, Garota Online, meu medo é um pouco diferente dos outros aqui e, para ser sincera, nunca falei sobre ele com ninguém. Mas, se vc teve coragem para enfrentar o medo depois do acidente de carro, sinto que devo encarar o meu também. Meu medo é minha mãe. Bom, não exatamente a minha mãe... Tenho medo de como ela bebe. Desde que perdeu o emprego, ela tem bebido cada vez mais, e odeio o que o álcool faz com ela. Minha mãe fica furiosa, tem mudanças bruscas de humor e sempre grita comigo. Mas não é disso que eu tenho mais medo. Meu maior medo é que ela não me ame mais. Isso deve parecer bobo, mas ela mudou muito, como se não se importasse mais com nada, com ninguém — nem comigo. Mas o post no seu blog me inspirou a fazer alguma coisa. Hoje eu vou contar para a minha tia como estou me sentindo. Sei que ela não vai poder consertar nada, mas talvez possa me dar algum conselho, e desabafar com alguém pode me ajudar a me sentir um pouco melhor. Muito obrigada por sua coragem e por nos incentivar a ser corajosos também. Com todo amor, Garota Pégaso

Olho para Elliot e sinto as lágrimas quase transbordando.

— Meu Deus.

Ele assente.

— Pois é. E olha isso. — Ele desce até o fim dos comentários.

Oi de novo. Só queria contar que falei com a minha tia e ela foi muito legal. Veio visitar minha mãe e convidou a gente para ir passar um tempo na casa dela. Minha mãe não ficou brava comigo — ela ficou muito triste, pediu desculpas e disse que vai procurar ajuda. Muito obrigada, Garota Online, você está certa: às vezes é preciso enfrentar os próprios medos para perceber que eles não são a realidade. Com todo amor, Garota Pégaso

Agora as lágrimas correm pelo meu rosto. Eu as enxugo e olho para Elliot.

— Não acredito que... que alguma coisa que eu escrevi...

— É. — Ele passa um braço em torno dos meus ombros. — Estou muito orgulhoso de você, Mar Forte.

Eu me aconchego em seu peito.

— Obrigada, Elliot.

Ele balança a cabeça e olha para mim com a testa enrugada.

— Agradeça a *Waldorf Feroz*.

Levanto as sobrancelhas.

— É meu novo nome, do tipo Sasha Fierce.

* * *

Nada supera o "Café da Manhã de Sábado" do meu pai, mas o café no Waldorf Astoria chega bem perto, com certeza. Depois do banquete de bacon crocante, panquecas de mirtilo e calda de bordo *no mesmo prato* (o que pode parecer estranho, mas fica bom), minha mãe e eu vamos à suíte onde vai acontecer o casamento, enquanto meu pai e Elliot saem para ir conhecer um pouco da cidade. Estou muito orgulhosa e animada com o convite de Cindy e Jim para tirar algumas fotos, mas também queria conhecer a cidade. Espero ter uma oportunidade de sair mais tarde; estou louca para ver um pouco de Nova York.

Assim que entramos na suíte nupcial, olho para minha mãe e não consigo me conter.

— Mãe, é perfeito!

Ela sorri.

— Eu sei.

Os retratos nas paredes, os tapetes fofos e os móveis antigos criaram um cenário muito parecido com o de *Downton Abbey*.

Minha mãe deixa a agenda da Felizes para Sempre em cima de uma mesinha perto da porta, e instintivamente eu ligo a câmera. A agenda está ao lado de um lindo abajur antigo, que parece resumir com perfeição o tema do casamento. Dou zoom para capturar as letras na capa da agenda e tiro a foto.

— Esse é o quarto onde vai acontecer o casamento — diz minha mãe, apontando as fileiras de cadeiras de bordas douradas arranjadas na frente de uma grande lareira. — Depois da cerimônia os convidados serão levados para a sala de jantar, para o desjejum de casamento.

— Por que chamam de "desjejum de casamento"? — pergunto, seguindo minha mãe para uma porta dupla do outro lado da suíte.

— Não sei ao certo. Talvez por ser a primeira refeição que eles fazem como marido e mulher?

Decido que vou perguntar para o Elliot; ele deve saber.

— Uau! — As portas se abrem para um cômodo ainda maior, cheio de mesas redondas. Lustres imensos e antigos pendem do teto com lâmpadas que parecem velas. Cada mesa tem um arranjo de azevinho e rosas brancas. E, no fundo da sala, a longa mesa principal foi toda enfeitada com uma borda sépia com a estampa da bandeira da Inglaterra. Tudo lindo... e muito britânico.

— Mãe, ficou incrível!

Esperançosa, ela olha para mim.

— Você acha?

— Tenho certeza.

— Olá! Olá! Ah, essa deve ser a srta. Penny.

Viro e vejo uma mulher entrando por uma portinha do outro lado da sala. Ela usa camisa polo e uma calça elegante e tem os longos cabelos grisalhos presos em um coque. Deve estar na casa dos sessenta anos e é muito bonita, com maçãs do rosto salientes e olhos castanhos. O batom é vermelho-escuro e contrasta com a pele de porcelana.

— Oi, Sadie Lee — diz minha mãe. — Sim, essa é a Penny.

— Muito prazer — Sadie Lee fala com um sotaque rouco do sul e um sorriso que faz seus olhos brilharem. — Ouvi falar muito de você.

Antes que eu possa responder, ela me abraça. Seu cheiro é uma delícia, uma mistura muito reconfortante de sabonete e canela.

— Dormiram bem? — pergunta.

— Muito bem — respondo.

Mas minha mãe balança a cabeça.

— Acho que eu estava nervosa demais para pegar no sono.

Sadie Lee olha para ela e sorri.

— Meu bem, não precisa ficar nervosa. Você está fazendo um trabalho maravilhoso. Ou, como dizem em *Downton Abbey*, será simplesmente esplêndido. — Sadie Lee joga a cabeça para trás e ri, uma risada genuína e quente.

Existem algumas pessoas por quem você se apaixona oficialmente segundos depois de conhecer. Sadie Lee é uma delas.

— A Penny vai fazer fotos dos bastidores para os Brady — minha mãe explica.

— Ótima ideia. — Sadie Lee sorri para mim. — Vou começar a confeitar algumas coisas para a recepção. Pode vir comigo, se quiser, e tirar algumas fotos na cozinha.

— Seria perfeito — diz minha mãe e olha para mim. — Você vai ficar bem, Pen? Preciso conferir se o uniforme dos garçons ficou pronto e serviu em todo mundo.

— Claro.

Quando minha mãe se afasta, sigo Sadie Lee até a cozinha. Depois da atmosfera "Velho Mundo" dos outros cômodos, é estranho ver os balcões de aço inoxidável e os enormes fornos industriais.

— Vamos deixar a maior parte do trabalho na cozinha para amanhã — ela explica. — Mas decidi preparar hoje os bolos para a recepção. Vou criar um chá da tarde britânico tradicional.

— Você não tem ajudantes? — pergunto, notando que a cozinha está vazia.

Ela balança a cabeça.

— Hoje não. Mas amanhã terei uma equipe de chefs.

Tiro algumas fotos de Sadie Lee trabalhando e faço um close de seu livro de receitas salpicado de farinha. Depois decido fotografar a sala de jantar. Mas saio da cozinha pela porta errada e vou parar em outro cômodo muito grande. No centro tem uma pista de dança de piso de madeira brilhante cercada por mesinhas redondas. Estou virando para sair quando ouço o acorde suave de um violão do outro lado da sala. Está escuro e só consigo ver a silhueta de alguém sentado em cima do palco.

Eu me aproximo em silêncio, andando no tapete felpudo que cobre o chão em volta da pista de dança. Quando chego perto do palco, o som do violão fica mais alto e ouço alguém cantando. A voz é tão baixa que não consigo entender a letra da canção, mas a melodia é bonita e muito, muito triste. Eu me aproximo um pouco mais, até ver um garoto sentado de pernas cruzadas sobre o palco, de costas para mim, tocando violão. Ele está cercado de equipamentos. Uma bateria, um teclado e um pedestal de microfone. Tem alguma coisa tão mágica na imagem que não resisto, ligo a câmera e me aproximo um pouco mais. Ajusto o foco e tiro a foto, mas — para meu horror — me esqueço de desligar o flash e o palco é inundado pela luz.

— Ei! — O cantor misterioso levanta assustado e se vira, cobrindo o rosto com as mãos. — Como você entrou? — ele grita com um forte sotaque nova-iorquino. — Quem te mandou aqui?

— Desculpa, eu não resisti. Você parecia tão... — Felizmente, consigo parar antes de cometer um Ato de Enorme Constrangimento e mudo de tática. — Estou tirando fotos para o casamento que vai acontecer amanhã. Como *você* entrou aqui? É o cantor do casamento?

— Cantor do casamento? — Ele me olha por entre os dedos. Vejo uma tatuagem em seu pulso, uma barra de notas musicais.

— É. Você está ensaiando? — Chego um pouco mais perto do palco, e ele recua um passo, como se tivesse medo de mim. — Se eu fosse você, não cantaria essa música amanhã.

Ele continua imóvel, ainda cobrindo o rosto com as mãos.

— Por que não?

— Bom, não é muito adequada para um casamento. Quer dizer, é bonita, pelo menos a parte que ouvi, mas é muito triste, e não acho que esse clima combine com um casamento. Você devia pensar em alguma coisa mais parecida com o tema de *Dirty Dancing*. Sempre faz sucesso em casamentos. Passou *Dirty Dancing* aqui?

Ele abaixa as mãos e olha para mim como se tentasse descobrir se vim de outro planeta. E, agora que consigo vê-lo melhor, estou tão chocada que não me surpreenderia se aparecesse um balão em cima da minha cabeça com a inscrição "UAU!". Ele é o que Elliot chamaria de Deus do Rock: cabelo escuro e despenteado, maçãs do rosto esculpidas, jeans desbotado e botas desgastadas.

— Sim, passou *Dirty Dancing* aqui — ele diz, mas agora sua voz é mais suave, quase como se tentasse não dar risada. — Na verdade, o filme foi feito nos Estados Unidos.

— Ah, sim, é mesmo. — De novo aquele sentimento de desânimo. Eu sou um problema até quando estou em Nova York. Agora sou um constrangimento *internacional*, pronto para acontecer.

Mas um sentimento estranho me domina, uma sensação de força, determinação. Não vou fazer papel de idiota nessa viagem. Mesmo que não fale com mais ninguém além de Elliot, minha mãe e meu pai. Mesmo que para isso tenha que parar de falar com alguém como o Deus do Rock de Nova York.

— Bom, desculpa por incomodar, e boa sorte amanhã — digo com o rosto queimando e me viro para sair.

# 16

— Eu não sou o cantor do casamento — ele diz, antes de eu dar um passo.

Eu paro.

— Não é?

— Não.

Viro e olho para ele. Agora o cara está sorrindo para mim, um sorriso de lado muito fofo que faz aparecer covinhas.

— Então, o que você está fazendo aqui?

— Eu gosto de invadir hotéis e tocar canções tristes na suíte nupcial — ele responde, e seu sorriso se torna mais largo.

— Escolha de carreira interessante — digo.

— Sim — ele concorda. — Mas paga mal.

*E se ele for maluco?*, sussurra minha voz interior. *Um doido de Nova York. E se invadiu a suíte nupcial? E se eu tiver que usar o meu direito de cidadã de dar voz de prisão? Eles têm isso aqui, esse direito do cidadão? Aaaaahhh! O que eu vou fazer?*

Mas ele não parece maluco. Agora que está sorrindo, parece ser uma pessoa muito legal. Mesmo assim...

— Por que essa cara séria? — ele pergunta

— Eu só estava pensando.

— Em quê?

— Você não é... maluco... é?

Ele ri alto.

— Não. Ou sim, mas de um jeito bom. Descobri que a vida é muito melhor se você enlouquecer um pouco de vez em quando.

Faço que sim com a cabeça. Definitivamente isso é algo que faz sentido para mim.

— Qual é o seu nome? — ele pergunta, pegando o violão e devolvendo ao pedestal.

— Penny.

— Penny. — Soa realmente bem na voz dele. — O meu é Noah. E, pelo sotaque, imagino que você é inglesa. Acertei?

— Sim.

— Legal. E é fotógrafa?

— Sim. Amadora, mas um dia espero ser profissional. Minha mãe está cuidando da organização do casamento que vai acontecer aqui, por isso me pediram para fazer algumas fotos dos bastidores. E você, por que está aqui realmente?

— Realmente? — Ele inclina a cabeça para o lado, ainda sorrindo.

Confirmo movendo a cabeça.

— Minha avó também está trabalhando no casamento.

— Sua avó?

— Sim, Sadie Lee. Ela cuida do bufê.

— Ah, eu conheci a Sadie. — Respiro aliviada. *Ele não é maluco. Eu conheci a avó dele. Adorei a avó dele. Não vou ter que fazer valer meu direito de cidadã e prender o cara.*

— Eu dei carona pra ela hoje de manhã, e ela disse que eu podia ficar pelo hotel, desde que não atrapalhasse ninguém — Noah continua. — Passei por aqui, vi o violão e não resisti.

— Você é músico, então?

Ele sorri de um jeito engraçado.

— Não, não realmente, é só uma coisa que eu faço no meu tempo livre. Está com fome?

— O quê? Ah, sim, um pouco.

Ele pula de cima do palco. Quanto mais se aproxima, mais lindo ele fica. Seus olhos são castanhos como os de Sadie Lee e, como os dela, parecem brilhar quando ele sorri. Isso me faz sentir estranha e leve, como se eu fosse feita de penas e pudesse sair flutuando a qualquer instante.

— Vamos ver se Sadie Lee tem alguma coisa pra gente comer. Mas antes... — Ele me encara. — Você pode dizer "tomate", por favor?

— Quê?

— "Tomate." Por favor, você pode falar pra mim?

Dou risada e balanço a cabeça; ele é maluco, definitivamente, mas é um maluco do bem.

— Tudo bem. *Tomate.*

— Ha! — Ele bate palmas com entusiasmo. — "To-ma-ti" — imita. — Adoro o jeito de falar de vocês, britânicos. Vamos. — E começa a andar na direção da cozinha.

O cheiro na cozinha é incrível. Uma bancada está coberta de fileiras de tortinhas de geleia e minibolos prontos para ir ao forno, enquanto a outra é ocupada pelos mesmos doces recém-assados. Sadie Lee está perto da pia lavando uma vasilha.

— Oi, vó — Noah diz ao entrar. — Tem alguma comida que precisa ser testada? A Penny e eu estamos morrendo de fome.

— Noah! — Sadie Lee exclama com alegria, como se não o visse há anos. — Penny! — ela diz ao me ver. — Vejo que já se conheceram.

— Sim, a Penny me pegou fingindo ser o cantor do casamento.

Ela parece confusa.

— Fingindo ser o cantor do casamento? Mas...

— Esquece... Acho que você tinha que estar lá. — Noah olha para mim e pisca, depois se vira novamente para a avó. — O que você está fazendo? — E olha para a assadeira de tortinhas de geleia.

— Ah, não. — Sadie Lee o afasta com um pano de prato. — São para o casamento.

— Todas?

— Sim, todas. Mas se quiserem...

Nesse momento minha mãe entra na cozinha como um furacão.

— Aconteceu um desastre! — grita, provocando uma reação alarmada em mim, Sadie Lee e Noah. Mas eu sei que não é tão grave. Já vi minha mãe reagir desse jeito por ter queimado a torrada.

— O que foi? — pergunto.

— A tiara quebrou! — ela revela, olhando com surpresa para Noah, depois para mim. — Quebrou bem no meio, e a Cindy quer usar uma tiara eduardiana autêntica. Não sei o que fazer! Já deixei mensagens em vários antiquários, mas... — O celular de minha mãe toca e ela atende. — Alô? Ah, sim, obrigada por ligar de volta. Estou procurando uma tiara eduardiana... É para um casamento que vai acontecer amanhã, então é uma emergência.

Todos nós ficamos olhando em silêncio.

— É mesmo? Quanto custa? E em que condições está? Ah, que ótimo. Obrigada. Sim. Hoje à tarde. Obrigada, até logo. — Minha mãe suspira aliviada. — Tudo bem — diz para nós —, uma loja no Brooklyn tem uma tiara. — Mas o sorriso dela desaparece em seguida. — Como vou ao Brooklyn se ainda tenho que acompanhar a prova do vestido das daminhas? E tenho que ver o bolo. E conversar com a Cindy e o Jim. — Ela levanta as mãos.

— Tudo bem — diz Sadie Lee com seu tranquilo sotaque sulista. — O Noah pode ir buscar a tiara para você.

— Claro — ele confirma.

— O Noah é meu neto — Sadie Lee explica.

— Ah, entendo. Desculpe — minha mãe diz, estendendo a mão. — Não me apresentei.

— Não tem problema — Noah responde ao apertar a mão dela. — Qual é o endereço da loja?

Minha mãe anota o endereço, e ele olha para mim.

— Quer ir comigo, Penny, e conhecer um pouco do Brooklyn?

Meu coração dá um pulo de alegria, e olho para minha mãe.

— Tudo bem, mãe? Seria legal sair um pouco.

Ela nem olha para mim, já se distraiu com uma mensagem no celular.

— Sim, sim.

Eu me aproximo e seguro as mãos dela.

— Vai dar tudo certo — digo.

Ela sorri agradecida.

— Obrigada, querida. Vou ligar para a loja e pagar pela tiara com meu cartão de crédito, assim não corro o risco de ela ser vendida para outra pessoa antes de vocês chegarem lá. Aqui, leve isso... Está frio lá fora. — Ela tira a jaqueta para me dar, depois olha para Sadie Lee e Noah. — Obrigada, pessoal.

— Por nada — responde Noah. Em seguida olha para mim e sorri. — Vamos, *milady* — diz com um sotaque britânico hilário. — Sua carruagem a espera.

# 17

Estamos chegando perto dos elevadores de serviço quando Noah para.

— Desculpa, esqueci de dizer uma coisa pra Sadie Lee. Já volto.

Enquanto ele volta correndo para a cozinha, minha cabeça começa a fazer aquela coisa de compor automaticamente uma atualização no Facebook: "Penny Porter está a caminho do Brooklyn com um nova-iorquino superfofo que parece ter saído das páginas da revista *Rolling Stone*". Balanço a cabeça e dou risada. Essas coisas simplesmente não acontecem comigo. Sou o tipo de garota que cai em buracos, diz aos meninos que tem pulgas e mostra ao mundo inteiro sua pior calcinha. Talvez isso tudo seja um sonho. Talvez eu ainda esteja dormindo em Brighton. Talvez ainda seja aquela noite depois da peça. Talvez eu...

— Pronto, vamos. — Noah volta com um sorriso no rosto e me oferece algo. Um minibolo. Ele trouxe dois, um em cada mão. — Ela nem vai perceber que tem dois a menos — diz sorrindo. — Podemos ser os testadores oficiais da comida de Sadie Lee. Ninguém vai querer que as pessoas caiam duras, envenenadas no meio do casamento, certo?

Balanço a cabeça.

— Não, definitivamente não. — Dou uma mordida no bolo, e é tão leve e fofo que praticamente derrete na boca. — Uau!

Noah assente.

— Sim, Sadie Lee faz os melhores bolos de Nova York, talvez do mundo. — Ele chama o elevador. — Então, qual foi a coisa mais divertida que já aconteceu com você?

Olho para ele com um ar confuso.

— Oi?

Noah ri.

— Ai, cara, seu sotaque é muito fofo. — O elevador chega e nós entramos na cabine; o momento é péssimo, porque agora estamos em um espaço muito pequeno e iluminado e não existe a menor possibilidade de eu esconder meu rosto vermelho. — Qual foi a coisa mais divertida que já aconteceu com você? — ele repete e tira do bolso um gorro de lã, que enfia na cabeça.

— Como assim, a mais divertida de todas?

— É.

Não consigo pensar em nada. Quando o elevador começa a descer, é como se alguém fizesse uma contagem regressiva: 20, 19, 18... Qual foi a coisa mais divertida que já aconteceu comigo? 17, 16, 15... Uma resposta surge em minha cabeça, e estou tão desesperada para dizer alguma coisa que falo sem pensar:

— O Dia do Mistério Mágico!

— Quê? — Noah olha para mim.

Ai, droga. Agora meu rosto parece que está pegando fogo.

— O Dia do Mistério Mágico — resmungo, olhando fixamente para o painel do elevador. 10, 9, 8...

— O que é o Dia do Mistério Mágico?

5, 4, 3...

— É um dia que os meus pais inventaram quando o meu irmão e eu éramos pequenos. Acontecia uma vez por ano.

O elevador chega ao subsolo e a porta se abre. Mas Noah não se mexe.

— E o que acontecia no Dia do Mistério Mágico? — ele pergunta.

Olho para ele. Para minha surpresa, ele parece interessado de verdade.

— Bom, era sempre em um dia de semana, e a gente podia faltar na escola. Meu pai fazia um enorme Bolo do Mistério Mágico, que comíamos no café da manhã, no almoço e no jantar. Essa era uma das regras. No Dia do Mistério Mágico, todas as refeições eram bolo. E a outra regra era que a gente tinha que sair na Turnê do Mistério Mágico.

Noah ri.

— Como na canção dos Beatles, "Magical Mystery Tour"?

— É — respondo movendo a cabeça. — Meus pais pegavam um mapa, um de nós fechava os olhos e apontava um lugar qualquer, e íamos todos nos divertir por lá.

As portas do elevador se fecham, e Noah aperta o botão para abri-las.

— O Dia do Mistério Mágico devia ser incrível — diz com ar sonhador.

Saímos do elevador para uma enorme garagem no subsolo.

— Era — confirmo, aliviada por ele não parecer assustado com as tradições malucas da minha família. — Eu adorava esse nosso segredo. Todo mundo ia trabalhar, ou ia para a escola, e a gente comia bolo e vivia uma aventura. E eu adorava também que nunca sabíamos quando ia acontecer. Meus pais simplesmente nos surpreendiam.

— Tipo um Natal surpresa?

Olho para ele e sorrio.

— É. Exatamente.

Ele assente e, apesar da iluminação fraca na garagem, percebo que está impressionado.

— Mas você não pode contar pra ninguém — aviso. — Nós sempre tivemos que jurar segredo, porque os meus pais tinham que ligar para a escola e dizer que a gente estava doente.

— Primeira regra do Dia do Mistério Mágico: você não fala do Dia do Mistério Mágico — Noah declara num tom sério.

— Exatamente.

Ele ri.

— E vocês ainda fazem isso?

Balanço a cabeça, dando risada.

— Não, faz anos que paramos. Acho que crescemos demais pra essa brincadeira.

Noah enruga a testa.

— Como alguém cresce demais pro Dia do Mistério Mágico? Para bolo e aventuras?

Continuo rindo.

— Tem razão.

Ele tira as chaves do bolso do jeans e aperta o chaveiro eletrônico. Uma caminhonete preta e brilhante apita na nossa frente, e as luzes piscam duas vezes.

— Quantos anos você tem? — ele pergunta.

— Quinze. Quase dezesseis. — Minha voz interior surta. *Por que você disse "quase dezesseis"? Vai parecer que você gosta dele. Vai ficar...*

— Ah, eu tenho dezoito. É claro que não somos velhos demais para bolo e aventuras.

Chegamos à caminhonete, e me aproximo imediatamente da porta do passageiro. Noah me segue.

— O que você acha de fazermos o Dia do Mistério Mágico? — ele cochicha em tom conspirador.

Olho para ele.

— Está falando sério?

Noah assente e olha para os dois lados para se certificar de que não tem ninguém nos ouvindo.

— Já comemos bolo, agora posso te levar para uma Turnê do Mistério Mágico pelo Brooklyn.

Não consigo parar de sorrir.

— Seria ótimo!

— Incrííííível — ele corrige com um sotaque nova-iorquino muito forte. — Agora você está na Big Apple. Tem que falar que é incrííííível.

— Seria incríííííível! — falo e abro a porta da caminhonete.

Noah franze a testa.

— Você vai dirigir?

— O quê? Não. Por que você está... ah... — Olho para dentro da caminhonete e vejo que é tudo ao contrário e eu abri a porta do motorista.

Mas, milagrosamente, não derreto de vergonha. — Desculpa, esqueci que vocês dirigem do lado errado. — Passo por Noah para ir para o banco do passageiro.

— Ei, não somos nós que dirigimos do lado errado — ele fala da outra porta da caminhonete. — A gente dirige do lado certo, o direito!

Quando vou entrar no carro, vejo um velho bloco de anotações em cima do banco. Pego o bloquinho e sento onde ele estava. É estranho sentar desse lado sem um volante na minha frente.

— Ah, eu fico com isso. — Noah pega o bloco da minha mão e se acomoda no banco do motorista. Depois o guarda no porta-luvas.

Que segredos podem existir ali? Noah é escritor? Talvez seja poeta. Ele parece um poeta com aquele cabelo bagunçado e os grandes olhos escuros. Olho em volta e, de novo, tenho a estranha sensação de estar em um universo paralelo. O painel é coberto de caixas de CD e palhetas de violão, e tem uma espécie de colar de contas pretas pendurado no espelho retrovisor. Até a caminhonete de Noah é de um Deus do Rock.

— A maior parte do mundo dirige do lado direito da rua — ele comenta enquanto enfia a chave na ignição. — Praticamente só vocês, ingleses, dirigem do lado esquerdo.

— Só porque a maior parte do mundo faz uma coisa, não quer dizer que essa coisa seja certa — argumento enquanto prendo o cinto de segurança. — Tem as guerras, as aulas de ciências para crianças na escola e... a Coca com sabor de cereja. Tudo errado!

— Coca sabor cereja? — Noah olha para mim e levanta as sobrancelhas.

— Mais do que errado! — insisto com uma careta forçada. — Tem gosto de remédio.

Só quando Noah sai da garagem em direção à Park Avenue, percebo que entrei em um carro sem sentir pânico. Parece que traços esculpidos, sorrisos com covinhas e olhos brilhantes são mais eficientes que alter egos de super-heróis e técnicas de relaxamento. Mas, assim que nos aproximamos do primeiro grande cruzamento, começo a ficar nervosa. Ontem no táxi eu fiquei bem porque estava entre Elliot e minha mãe, mas no banco da frente — e no assento que deveria ser do motorista — eu me sinto muito vulnerável e exposta.

— Você faz faculdade? — pergunto, agarrando a beirada do assento.

Noah balança a cabeça.

— Não, dei um tempo nos estudos.

— Como assim, um ano de folga?

— Mais ou menos isso. Então, srta. Penny, se você fosse um instrumento, qual seria?

Começo a perceber que Noah não é fã de perguntas comuns.

— Um instrumento?

— Ãhã.

Um táxi passa correndo por nós na faixa interna, e meu coração para por um segundo. Fecho os olhos e tento fingir que não estamos em um carro, em uma avenida, que podemos morrer ali.

— Um violoncelo — respondo, simplesmente porque esse é meu instrumento preferido.

— Faz sentido — diz Noah.

Abro os olhos apenas o suficiente para olhar de lado para ele.

— Por quê?

— Violoncelos são bonitos e misteriosos. — Então, a coisa mais estranha acontece. O rosto de Noah fica muito vermelho. — E você, não vai me perguntar que instrumento eu seria? — ele diz e volta ao normal. Eu me sinto esquisita. Como se alguma coisa importante tivesse acabado de acontecer, mas eu não soubesse o quê.

— Se você fosse um instrumento, qual seria? — pergunto

— Hoje, acho que seria um trompete

— Hoje?

— É. Eu passo por várias fases diferentes de instrumentos. Ontem eu era um bumbo, mas hoje me sinto mais um trompete.

— Entendo — digo, apesar de não entender nada. — Por que um trompete?

— Porque o som do trompete é sempre muito alegre. Escuta. — Ele aperta um botão do sistema de som, e ouço o instrumento tocando. Não reconheço a música, mas ouvi o suficiente da coleção de CDs do meu pai para saber que é jazz. E Noah está certo: o trompete tem um som bem alegre. Ele abaixa o volume e olha para mim. — Logo vamos atravessar a Ponte do Brooklyn. Já viu a ponte?

Balanço a cabeça.

— Não, chegamos ontem. Na verdade, eu ainda não vi nada.

— Não viu? — Noah olha para mim, e balanço a cabeça de novo. — Bom, sorte que hoje é o Dia do Mistério Mágico, não é?

Estou prestes a responder quando um carro aparece na esquina e vem em minha direção.

— Ah, não! — grito e levanto as mãos, apavorada.

Noah ri.

— Tudo bem. Ele pode dirigir desse lado. A gente dirige do lado *direito* da via, lembra?

Meu corpo está congelado, mas minha mente revive o que aconteceu naquela noite úmida e fria, o carro derrapando, minha mãe gritando, o mundo todo virando de cabeça para baixo. *Fique calma*, diz minha voz interior. *Não pira. Pense em Mar Forte.* Mas a voz calma vai desaparecendo, e agora só consigo pensar no barulho da freada e nos meus gritos chamando meus pais. Mordo o lábio inferior para não gritar. É inútil; é como se eu fosse assombrada pelo acidente. Não consigo tirá-lo da cabeça. Um calor forte explode em meu corpo como um incêndio na floresta. Não consigo engolir, não consigo respirar. Preciso sair do carro. Tenho a sensação de que vou morrer.

— Deve ser meio assustador ver tudo do lado contrário — Noah continua. A voz dele vai ficando fraca e abafada sob o apito em meus ouvidos.

Fecho os olhos com força e me agarro ao assento. Sinto as lágrimas escorrendo pelo meu rosto quente e quero gritar de desespero. *Por que isso não para? Por que continua acontecendo? Por que eu não consigo superar o acidente?*

# 18

— Ei? Tudo bem? — De repente a voz de Noah soa mais alta.

Tento responder movendo a cabeça, mas meu corpo inteiro está paralisado. Sinto o carro virando uma esquina, depois parando. Abro os olhos com cuidado. Estacionamos numa travessa cheia de prédios altos. Noah está olhando para mim e parece muito preocupado.

— Me d-desculpa — gaguejo e começo a bater os dentes. Passei literalmente do calor de torrar ao frio de congelar em dois segundos.

Noah vira para trás e pega um cobertor xadrez no banco da caminhonete.

— Pronto — diz, colocando-o sobre minhas pernas.

Puxo o cobertor até os ombros e me enrolo nele.

— Obrigada.

— O que foi isso? — A voz dele é tão suave e preocupada que tenho que fazer um grande esforço para não me desmanchar em lágrimas novamente.

— Desculpa — repito, como se não conseguisse dizer outra coisa.

Noah empurra o cabelo para trás e me encara intensamente.

— Para com isso. Não tem nada que se desculpar. O que aconteceu?

Meu corpo ainda treme violentamente, e eu me sinto esmagada pela decepção. Não acredito que, depois de ter passado bem pela viagem de avião, isso está acontecendo de novo. É assim que minha vida vai ser de agora em diante? Atormentada por estúpidos ataques de pânico?

Noah abre o porta-luvas e começa a procurar alguma coisa. Ele encontra uma barra de chocolate.

— Você precisa de açúcar — anuncia, abrindo a embalagem e me entregando o chocolate.

Faço um esforço para morder um pedaço da barra. Noah está certo — assim que o chocolate derrete na minha boca, eu me sinto um pouco melhor.

— Des...

— Se pedir desculpas de novo, você vai me obrigar a colocar a balada country favorita da Sadie Lee — ele me interrompe —, e você não vai gostar, eu garanto. O nome da música é "Você deu a descarga em meu pobre coração na privada do desespero".

Olho para ele com um sorriso fraco.

— Tudo bem, não vou pedir desculpa.

— Que bom. Agora, o que foi isso?

— Eu... sofri um acidente de carro há algum tempo, e desde então tenho tido esses ataques de pânico idiotas. Desc...

— Não fala isso!

Olho para Noah, e ele ainda parece muito preocupado.

— Isso é horrível — ele diz. — Você devia ter dito alguma coisa... antes de entrar no carro.

— Eu sei, mas a verdade é que eu esqueci. Eu estava me divertindo tanto...

— É mesmo?

Olho para Noah e assinto. Ele sorri. Depois fica sério de novo.

— O que você quer fazer? Vamos deixar o carro em algum lugar e pegar o metrô? Quer voltar para o hotel?

— Não. — Ainda estou atordoada com o ataque de pânico, mas de uma coisa eu tenho certeza: não quero que minha aventura com Noah acabe.

Ficamos em silêncio por um momento, ou melhor, no silêncio de Nova York. O que significa que ainda tem muita sirene, buzina e gritaria ao fundo. Mas, estranhamente, nada disso é desconfortável. Apesar de ter tido um ataque na frente de um garoto de quem gosto de verdade menos de uma hora depois de conhecê-lo, não foi como nas vezes em que aconteceu com Ollie no café ou na praia. Por alguma razão bizarra, não me sinto devorada pela vergonha. Tem alguma coisa em Noah que me faz sentir autoconfiante.

— Tenho uma ideia — ele diz, finalmente rompendo o silêncio.

Olho esperançosa para ele.

— O que você acha de seguirmos em frente, mas eu dirijo bem devagar e falo tudo que eu vou fazer? Assim, se tiver uma curva, eu aviso que estamos chegando perto de uma curva; se eu perceber alguma coisa que pode te deixar com medo, aviso antes.

— Tudo bem — concordo movendo a cabeça.

— Isso não é pra sempre, sabia?

— O quê?

— Essa coisa que você sente. Acredita em mim. Já ouviu falar que o tempo cura tudo?

Repito o movimento afirmativo com a cabeça.

Noah vira o corpo no assento para ficar de frente para mim.

— Eu odiei essa frase na primeira vez que me disseram isso. Pensei que era só uma coisa que as pessoas diziam pra tentar fazer os outros se sentirem melhor. Mas é verdade. O tempo cura tudo. Você vai melhorar.

Tem alguma coisa na certeza da voz dele e em como ele olha para mim que me faz acreditar nele sem nenhuma sombra de dúvida.

— Obrigada — murmuro.

— De nada. — Noah gira a chave na ignição. — Vamos lá, então?

— Vamos — respondo, tentando injetar na voz toda confiança possível.

E assim seguimos bem devagar por Manhattan, com Noah fazendo comentários como um guia alternativo, mas, em vez de mostrar os pontos turísticos, ele me avisa quando vamos "virar à esquerda" ou quando "estamos chegando perto de um cruzamento".

Quando chegamos à Ponte do Brooklyn, tenho a sensação de que consegui empurrar a tampa sobre o poço do meu nervosismo, como a gente faz para fechar a mala quando está cheia demais. E fico radiante, porque a ponte é incrível. Tem grandes arcos em estilo gótico nas duas extremidades, como a entrada de um grande castelo, e toda a estrutura é envolta por vigas de aço, de modo que passar por ela é como atravessar uma longa jaula, o que é ótimo, porque isso me faz sentir muito mais segura. A paisagem é de tirar o fôlego.

— Tudo bem? — Noah pergunta quando estamos na metade do caminho.

Respondo que sim com a cabeça, mantendo os olhos fixos no horizonte. Os prédios em Manhattan são, na maioria, de vidro espelhado ou pedra branca, mas no Brooklyn eles são em tons de marrom e vermelho, e o cenário é lindo com o céu azul ao fundo, como folhas de outono.

— Bem-vinda à minha cidade — Noah diz ao se aproximar do arco na saída da ponte.

Olho para ele.

— Você mora aqui?

— Sim. O que achou?

— Adorei. Lembra o outono. — *Por que eu disse isso? Por que não posso falar de um jeito normal?*

— As cores? — Noah pergunta.

— Sim. — Respiro aliviada por ele entender o que eu quis dizer.

— Eu sei. Seu cabelo também lembra o outono.

Olho para ele com ar de dúvida.

— O outono tem as melhores cores.

Desvio o olhar, mas não consigo evitar um sorriso.

Quando saímos da ponte, Noah continua anunciando as curvas e os cruzamentos até chegarmos a um bairro residencial mais tranquilo, com ruas mais estreitas e arborizadas. Começo a relaxar de verdade.

— Obrigada — digo, olhando pela janela do meu lado para uma fileira de casas altas de pedras marrons. — Estou me sentindo muito melhor.

Noah sorri para mim.

— Não foi nada. Vamos pegar a tiara, depois continuamos com a Turnê do Mistério.

— Bom plano.

Noah vira a esquina e entra numa ruazinha repleta de lojas e cafeterias. É como uma versão americana da Lanes. Ele para numa vaga de estacionamento, olha para mim e sorri.

— Tem certeza que está bem?

— Sim, tenho certeza.

Ele vira para pegar uma jaqueta de couro no banco de trás e a veste. Depois olha para os dois lados da rua, como se verificasse alguma coisa antes de sair da caminhonete, e eu o sigo. É bom estar do lado de fora, pisando no chão. Inspiro profundamente o ar frio.

— A loja fica bem ali — Noah aponta.

Estamos passando na frente de uma livraria que vende livros usados quando a porta se abre e uma garota sai da loja. Ela olha para Noah e sorri como se o conhecesse, mas ele continua andando.

— Acho que acabamos de passar por alguém que você conhece — comento e corro para acompanhá-lo.

— Quê? — Ele parece distraído.

— Aquela garota lá atrás. — Viro e vejo que a menina continua em pé na frente da livraria, olhando para nós.

— Não, acho que não. — Ele levanta a gola da jaqueta contra o frio. — Chegamos.

Paramos na frente de uma loja chamada Perdido no Tempo. A vitrine está lotada de tesouros antigos. Noah abre a porta e me dá passagem. É como entrar na caverna do Aladim. Para todos os lados que olho, vejo alguma coisa que me faz querer tirar uma foto — uma velha máquina de costura, um gramofone, araras de roupas vintage. Elliot ia adorar este lugar. Sinto falta dele e penso em como foi o passeio com meu pai. Mal posso esperar para encontrar meu amigo e lhe contar sobre Noah.

Quando o sigo pela loja, vejo uma linda boneca de porcelana com um vestido de veludo azul-escuro e gola de renda amarelada pelo tempo. O cabelo dela é longo, sedoso e tem o mesmo tom avermelhado do meu. Ela tem até sardas pintadas no nariz. A boneca está sentada sobre uma pilha de livros velhos, e sua cabeça está caída para o lado, o que lhe dá um ar muito triste. Pego a câmera e faço uma foto. Quando o flash dispara, Noah se assusta e vira na minha direção.

Mas relaxa imediatamente.

— Ela parece tão triste — comento. — Queria saber como veio parar aqui. Aposto que a dona a perdeu. — Pego a boneca e ajeito o vestido. — Detesto pensar em brinquedos abandonados. Quando eu era mais nova, quis abrir um orfanato de brinquedos. A coisa escapou um pouco do controle, porque toda vez que a gente ia para uma feira da escola ou passava por um bazar de caridade, eu queria resgatar todos os brinquedos. — *Pare de tagarelar*, avisa minha voz interior. Devolvo a boneca no lugar, sobre a pilha de livros.

— Sei exatamente o que você quer dizer — Noah responde.

— Sabe?

— Ãhã. Mas comigo isso acontece com instrumentos musicais. Não suporto ver um violão abandonado numa loja de penhores. Instrumentos foram feitos para ser tocados.

Assinto.

— Como brinquedos foram feitos para brincar.

— Exatamente.

Nós nos olhamos e sorrimos, e sinto uma coisa estranha dentro de mim, como se, em algum nível invisível, um pedaço de mim e outro de Noah se encaixassem.

Seguimos juntos para o balcão no fundo da loja. Um senhor com um bigode branco e crespo está sentado ali atrás, lendo um livro.

— Sim? — ele diz sem levantar a cabeça.

— Viemos buscar uma tiara — explica Noah, olhando para o pedaço de papel que minha mãe lhe deu. — Para um casamento.

— Ah, é? — O homem deixa o livro de lado e, sem pressa, olha para nós por cima da armação dos óculos.

Noah e eu nos olhamos de novo, e tenho que me esforçar para não rir.

— Vocês não são novos demais para pensar em casar? — O homem continua olhando para nós.

— O casamento não é *nosso* — diz Noah.

— Não... não vamos casar! — exclamo com um pouco de exagero.

Ele franze o cenho para mim.

— Você está dizendo que não casaria comigo?

— Não, eu... sim... eu... — Meu rosto começa a percorrer vários tons de vermelho.

— E depois de termos passado juntos todo esse tempo de... — Noah olha para o relógio de pulso. — Uma hora e cinquenta e sete minutos.

— Sinto muito — respondo, entrando na brincadeira. — Sei que é muito tempo, mas não estou pronta para esse tipo de compromisso.

Ele olha para o homem e suspira.

— Meu coração está partido... partido!

O homem levanta as sobrancelhas brancas para nós. Depois balança a cabeça, fica de pé e desaparece no fundo da loja.

Noah e eu trocamos um olhar confuso.

— Aonde ele foi? — pergunto.

Ele dá de ombros.

— Sua crueldade deve ter perturbado o coitado. Aposto que foi chorar escondido. Provavelmente...

— Aqui está. — O senhor volta carregando uma caixa quadrada. Ele a deixa sobre o balcão e tira a tampa. Lá dentro, sobre um leito de cetim cor-de-rosa, repousa uma bela tiara de pérolas em forma de gotas. É ainda melhor que a original. Suspiro aliviada por minha mãe e por Cindy.

— É perfeita — digo.

Noah concorda com a cabeça.

— Acho que a minha mãe já pagou com o cartão de crédito — digo ao dono da loja.

— Sim, pagou. — O homem fecha a caixa e a coloca numa sacolinha de papel.

— Obrigado — Noah e eu agradecemos ao mesmo tempo.

— Por nada — o dono da loja resmunga e volta ao livro.

— Tenha um bom dia — Noah deseja com um tom de falsa animação.

O homem não diz nada.

— Nossa, que simpático — sussurro com sarcasmo quando caminhamos em direção à porta.

— É o charme de Nova York — Noah cochicha.

Quando vou abrir a porta, sinto que ele estende a mão de trás de mim para abri-la antes.

— Não se preocupe, não somos todos assim — ele diz.

E não sei por quê, mas tem alguma coisa em como ele fala que me faz sentir um arrepio de entusiasmo subindo pelas costas.

# 19

O ar gelado do lado de fora ajuda minha pulsação a voltar para um ritmo perto do normal. O céu agora está repleto de nuvens brancas, e as pessoas passam correndo de cabeça baixa para enfrentar o vento.

— Está com fome? — pergunta Noah.

Respondo que sim com a cabeça. Agora que penso nisso, percebo que estou faminta.

— Conheço um lugar ótimo que tem comida e aventura no mesmo pacote. — Ele olha para mim e sorri, e sinto aquele arrepio de novo.

— Comida *e* aventura — digo, tentando usar o humor como uma maneira de voltar ao normal.

— Ãhã. Um lugar perfeito para o Dia do Mistério Mágico.

— Nesse caso, temos que ir pra lá imediatamente.

Quando voltamos para a caminhonete, vejo de novo a garota da porta da livraria. Agora ela está na frente de uma cafeteria, falando ao celular. Quando nos vê, encara Noah de um jeito persistente.

— Lá está a garota que eu pensei que você conhecesse — comento.

Ele olha para ela por um instante e puxa o gorro para baixo.

— Eu nunca vi essa menina antes — resmunga, andando mais depressa.

Quando passamos pela garota, olho para ela.

— É sim — ela fala animada ao telefone, sem parar de encarar Noah. Então eu entendo o que está acontecendo. Ele é tão bonito que esse tipo de coisa deve ser comum. Noah é um ímã de olhares femininos, literalmente. Sinto uma tristeza repentina. Que ideia é essa de sentir arrepios por esse cara? Ele pode ter namorada. Ele *deve* ter namorada. Como alguém com esse rosto e esse sorriso poderia não ter namorada?

— Por que essa carinha triste? — ele pergunta quando entramos na caminhonete.

— Não estou triste — respondo com toda leveza de que sou capaz, olhando pela janela. A menina agora caminha em nossa direção, segurando o celular.

— Vamos — diz Noah, e arranca rapidamente.

Agarro o assento numa reação instintiva. Felizmente, uma ligação da minha mãe me distrai.

— Pegou a tiara? — ela pergunta sem sequer dizer "oi".

— Sim, e é linda — respondo. — Melhor que a original.

Posso ouvir seu suspiro de alívio.

— O Noah e eu vamos almoçar — continuo, rezando para ela não dizer que preciso voltar para ajudar com alguma coisa.

— Que foi? Só um minuto, querida.

— Tudo bem.

Ouço o ruído de uma risada infantil e aguda.

— Não dancem em cima das mesas, por favor — minha mãe grita. — Desculpe, Penny, são as daminhas... Elas são muito "cheias de vida". O que você estava dizendo?

— Tudo bem se eu for almoçar com o Noah?

— Não! — minha mãe grita. — Não derrubem chocolate no vestido! Ai, Penny, juro, se as mães não voltarem logo, eu vou ficar maluca. Sim, é claro que você pode ir almoçar, meu bem. Seu pai acabou de me mandar uma mensagem avisando que ele e o Elliot vão ao cinema na Times Square. Não tenha pressa, divirta-se — ela conclui com um tom sonhador.

A gritaria ao fundo soa ainda mais alta.

— Obrigada, mãe. Te amo.

— Também te amo, docinho. Não! Não coma as flores!

Agora passamos por um bairro mais industrial. De vez em quando vejo trechos do rio entre os prédios.

— Tudo bem por lá? — pergunta Noah.

— Sim. Acho que a minha mãe está à beira de um colapso nervoso, mas ela disse que posso ficar fora pelo tempo que quiser.

— Legal. — Noah olha para mim. — Quer dizer, legal que você pode ficar fora, não que ela tenha um colapso nervoso. Mas não se preocupe, ninguém tem uma crise nervosa com a Sadie Lee por perto. Ela é como um cobertor reconfortante que anda, fala e faz bolo.

Dou risada.

— É a avó perfeita.

— Ah, ela é. — Tem alguma coisa no tom sério de Noah que me faz olhar para ele, mas seu rosto não mudou de expressão, e ele olha para frente. — Então, na próxima eu viro à esquerda e estamos quase chegando.

— Tudo bem. — Só vejo depósitos cinzentos em volta, e quase não há pessoas na rua. Não vejo nada que pareça um lugar legal onde tem comida e aventura, mas, depois da curva, talvez surja um bairro interessante cheio de antiquários e cafeterias.

Em vez disso, quando viramos, chegamos a um terreno baldio repleto de contêineres de lixo e mato. Tudo bem, não tem mato, mas devia ter, porque o local é perfeito para isso.

Noah para do lado de fora de um galpão que parece abandonado. As paredes caindo aos pedaços são cobertas de grafite que lembram velhas tatuagens. A maioria das janelas é fechada com chapas de ferro, e as poucas que não têm chapas são protegidas por pesadas grades de metal. Até as árvores, que são escassas, parecem desamparadas, sem folhas e raquíticas contra a parede de tijolos.

— Eu sei que parece meio inacabado — Noah comenta, e esse deve ser o eufemismo do ano —, mas lá dentro a história é outra.

— Vamos entrar... aí? — Olho para o prédio. Só vi edifícios parecidos nas cenas mais assustadoras de filmes realmente assustadores, normalmente envolvendo psicopatas surtados e armados. Ou, uma vez, uma serra elétrica.

Ele ri.

— Você vai adorar, é sério.

Eu o encaro. Talvez ele seja maluco, e não de um jeito bom.

— Mas... o-o que é isso? — gaguejo.

— Um café secreto... para artistas.

Admito, agora estou interessada.

— Sério?

— Sim. Ninguém sabe o que tem aqui. Nunca foi divulgado. É só para convidados.

— E como você sabe que é aqui? — Confesso que a ideia de um café secreto só para artistas e convidados me deixa curiosa, mas ainda acho muito estranho.

— Meu pai tinha um estúdio aqui — Noah conta ao tirar as chaves da ignição. — O prédio todo é cheio de estúdios de artistas. Começou na década de 70, o prédio estava vazio e vários artistas começaram a se reunir aqui. Depois, nos anos 90, quando os políticos quiseram demolir o edifício, a comunidade artística se uniu para protestar e o prefeito concedeu status especial ao imóvel.

— Uau.

Noah balança a cabeça para cima e para baixo.

— Essa é a Nova York de verdade — ele diz num tom melancólico. — Lugares como esse aqui. E também é meu lugar preferido no mundo.

Sinto de novo aquela agitação quando penso que ele vai me levar ao seu lugar favorito.

— E achei que seria o lugar perfeito para o Dia do Mistério Mágico. É secreto e tem bolo.

— Perfeito — confirmo, e Noah sorri.

Saímos da caminhonete, e o vento é tão gelado que me faz tremer.

— Está com frio? — ele pergunta.

— Um pouco.

Ele tira o cachecol.

— Pronto.

Fico imóvel enquanto ele põe o cachecol no meu pescoço. Noah está tão perto que não me atrevo a levantar a cabeça. Então faço isso, e, por uma fração de segundo, olhamos nos olhos um do outro. E daí, clique... Sinto outro pedaço de mim se encaixando em outro dele.

— Vamos. — Ele apoia a mão suavemente em minhas costas e me guia por uma abertura na cerca de metal que contorna o prédio.

Descemos uma rampa coberta de vegetação rasteira e grama e continuamos em direção a uma grande porta de metal, com um velho painel ao lado. Noah digita alguns números e soa um estalo. Ele abre a porta e me conduz para dentro do edifício. Estamos em um corredor de concreto iluminado por lâmpadas fluorescentes. A única coisa interessante é o grafite nas paredes. Aqui a tinta não é desbotada como nos rabiscos do lado de fora. O que vejo são trabalhos de arte, murais inteiros que cobrem toda a extensão do corredor.

Uma porta se abre na parede, e uma mulher aparece. Ela usa um vestido tie-dye longo, e os cabelos estão presos para trás em centenas de trancinhas enfeitadas com contas. É tão legal ver alguém assim, radiante, colorida e simpática, que me sinto imediatamente mais segura.

— Noah! — a mulher grita assim que o vê.

— Oi, Dorothy, tudo bem?

— Tudo ótimo. Acabei de descobrir que duas peças minhas foram aceitas para uma exposição no centro da cidade.

— Isso é incrível. — Noah a abraça, depois olha para mim. — Essa é a minha amiga Penny. Ela veio lá da Inglaterra. Eu quis trazer ela para almoçar num lugar especial.

Dorothy sorri com simpatia.

— Bom, veio ao lugar certo. Bem-vinda a Nova York, meu bem.

— Obrigada.

— Vejo vocês depois. Preciso ir, tenho uma reunião com o pessoal da galeria. Muito bem, Noah. Estou orgulhosa de você.

Dorothy o abraça mais uma vez e começa a se afastar pelo corredor. Ele parece realmente envergonhado quando olha para mim.

— Vem, vamos comer.

Eu o sigo até uma porta que abre para uma escada no fim do corredor.

— O café fica no porão — ele explica enquanto segura a porta para mim.

— Por que a Dorothy está orgulhosa de você? — pergunto quando descemos os degraus de concreto.

— Ah, ela só estava brincando.

— Como assim?

— Acho que é porque estou com você.

Olho para ele sem esconder a confusão.

— Porque você é uma garota. — As bochechas dele começam a ficar vermelhas. — Ela vive me atormentando, dizendo que eu preciso de uma namorada... Não que você seja minha namorada — ele acrescenta apressado, ainda mais corado.

— Não — respondo, e nos encaramos por uma fração de segundo.

Noah dá de ombros e continuamos andando.

Mas não consigo ignorar o calor que sobe pelo meu corpo desde a ponta dos pés. Porque, apesar do jeitão de Deus do Rock, apesar de ele morar em outro país, em outro continente, e mesmo sabendo que vou voltar para casa em dois dias e nunca mais voltarei a vê-lo, parte de mim quer pular de alegria. Ele não tem namorada.

# 20

Quando chegamos ao pé da escada, Noah me leva até outra porta.

— No começo vai ficar bem escuro — ele diz. — Tudo bem?

Eu assinto, mas devo parecer nervosa, porque ele segura minha mão.

— Não se preocupe. Tem que ser escuro pra provocar o efeito completo.

— Tudo bem. — Não sei do que ele está falando, mas está tudo bem mesmo. Qualquer coisa estaria bem agora, com a mão dele tão forte e quente segurando a minha.

— Pronta? — ele pergunta.

— Sim.

Ouço o estalo de um interruptor, e de repente estamos em um lindo mundo subaquático. Bem, é a sensação que tenho, pelo menos. Todo o corredor foi pintado para parecer uma paisagem marítima. As paredes pretas brilham com imagens luminosas de peixes, conchas e algas cor de esmeralda.

— É feito com uma tinta especial — diz Noah. — As lâmpadas ultravioleta no teto provocam esse brilho. — Então ele olha para mim, sem esconder a expectativa. — Gostou?

— Adorei — respondo, virando lentamente para apreciar tudo. Cada peixe, cada concha, cada detalhe é uma obra de arte. É incrível.

— Como você se sente diante disso? — Noah pergunta em voz baixa.

Olho para ele.

— Como eu me sinto diante disso?

— Sim. Meu pai dizia que a gente sempre deve se perguntar que sentimentos a arte nos provoca.

Olho de novo para as paredes brilhantes.

— Eu me sinto calma e em paz. E também como se estivesse num mundo mágico, como se eu fosse uma sereia. — Tem alguma coisa na escuridão que me faz sentir segura para dizer exatamente o que estou pensando, em vez de me censurar para parecer descolada.

— Você parece uma sereia — Noah comenta.

— É mesmo?

— Sim, com esse cabelo comprido e encaracolado.

Sorrio. Passei anos me sentindo insegura por causa do cabelo. É muito vermelho, muito comprido, muito encaracolado. Mas agora, pela primeira vez, começo a pensar que talvez ele não seja "muito" coisa nenhuma.

— Mas fico feliz que você não tenha cauda de peixe — ele acrescenta, afagando a minha mão.

Ah, sim... eu falei que ele ainda está segurando a minha mão?

O arrepio nas costas volta e chega ao estômago, provocando uma agitação que me faz pensar em muitas fadas batendo as asas com entusiasmo.

— Sim, eu também prefiro não ter cauda.

— Vem cá, quero te mostrar uma coisa. — Noah me conduz ao longo da pintura do fundo do mar, para além da imagem da arca do tesouro transbordando de ouro e de uma velha âncora com o nome *Titanic* entalhado. — Está vendo aquela estrela-do-mar? — Ele aponta para uma estrela azul com uma carinha sorridente.

— Sim.

— Eu que pintei.

— Sério? Você fez tudo isso? — Olho para ele com admiração.

Noah balança a cabeça.

— Não, foi meu pai. Mas ele me deixou pintar a estrela-do-mar. Eu tinha dez anos.

— Deve ter sido muito legal.

— Foi. Ele não me deixou ver o resultado na luz ultravioleta até terminar toda a obra. Sabe esse jeito como eu trouxe você até aqui no escuro?

Respondo que sim com a cabeça.

— Ele fez a mesma coisa comigo. Nunca vou esquecer. — Ele está sorrindo, mas é um sorriso triste.

— Aposto que sim. Eu também nunca vou esquecer — digo.

Ele me encara por um momento, e sinto que está prestes a me dizer alguma coisa, mas o que faz é soltar minha mão.

— Vem, vamos almoçar.

Eu o sigo pelo corredor subaquático mágico pensando no que acabou de acontecer. No fim do corredor tem o desenho de um polvo cujos tentáculos brilham com todas as cores do arco-íris. Quando chegamos mais perto, começo a ouvir vozes abafadas e o ruído de talheres.

Noah olha para mim e sorri.

— Pronta?

— Sim.

Ele estende a mão para o polvo e gira o que parece ser um nariz saliente. Uma porta escondida se abre. O nariz do polvo é uma maçaneta.

Noah me chama para acompanhá-lo. Não sei bem o que esperar. Estou me sentindo como Alice no País das Maravilhas quando ela cai no buraco do coelho. Não teria me surpreendido se visse o chá do Chapeleiro Maluco do outro lado da porta.

— Uau! — Quando sigo Noah para o interior do café, meus olhos se arregalam para absorver tudo. A sala é escura e cheia de cadeiras antigas e descoordenadas em torno de mesas de madeira maciça. Velas tremulam no centro de cada mesa, com a cera escorrendo pelas garrafas de vinho que servem de castiçal. Além de algumas lâmpadas espalhadas pelo lugar, essa é a única fonte de luz. As paredes são pintadas de vermelho e cheias de fotos e pinturas emolduradas. E não é só a aparência que impressiona, o cheiro também, uma mistura intensa de tomate, ervas e pão recém-saído do forno.

— Gosta de massa? — Noah pergunta.

Assinto, ocupada demais com o ambiente para dizer alguma coisa.

— Legal. Aqui eles fazem as melhores. O chef é italiano. Vem, vamos sentar naquela mesa. — Ele me leva para uma mesa escondida num canto. Sentamos no sofá barulhento de couro e sorrimos um para o outro. — Feliz Dia do Mistério Mágico — diz Noah.

— Esse foi o melhor Dia do Mistério Mágico que já tive — confesso.

— E ainda não acabou. — Ele pega o cardápio sobre a mesa e se aproxima para podermos ler juntos as opções. De novo, percebo como estamos próximos e me distraio com isso, tanto que as letras do cardápio se fundem em um borrão. — A lasanha daqui é incrível — ele diz.

Olho para ele e o balão de pensamento sobre minha cabeça é preenchido pelas palavras "Me beija". Por uma fração de segundo, ele olha nos meus olhos e inclina a cabeça um pouco mais perto da minha, e eu me pergunto se está pensando a mesma coisa que eu. Mas um cara se aproxima animado da nossa mesa, e o momento chega ao fim.

— Noah, meu irmão! — diz o desconhecido. Ele é alto, magro, usa um jeans de cintura baixa e camiseta de skatista. — Faz tempo que não te vejo. E aí, como estão as coisas?

— Ah, você sabe... agitadas.

O cara sorri.

— Imagino que sim.

— Penny, esse é o Antonio. Antonio, essa é a Penny. Ela veio lá da Inglaterra para almoçar aqui hoje, então você não vai querer decepcionar minha amiga, hein?

— Sério? — Antonio olha para mim, e movo a cabeça numa resposta positiva. — Tudo bem, vocês precisam experimentar minhas novas almôndegas. — E se apoia na beirada da mesa para chegar mais perto. — O molho de tomate seco é uma receita secreta criada pela avó da minha avó. Vocês não vão comer nada parecido fora da Itália.

— Tudo bem, já me convenceu. O que você acha, Penny?

— Parece delicioso.

Antonio olha para Noah e sorri.

— Cara, o sotaque é bonitinho.

Noah assente, e eu fico vermelha.

Depois que Antonio anota o pedido e volta para a cozinha, olho ao redor mais uma vez. Não tem muita gente, só um punhado de hipsters vestindo jeans skinny e camiseta desbotada, alguns debruçados sobre laptops, outros conversando. É o restaurante mais tranquilo que eu já vi.

— Esse lugar é muito legal — comento.

— Sabia que você ia gostar — responde Noah.

— Ah, sabia? Como?

— Porque eu gosto.

Levanto uma sobrancelha.

— Nós temos muito em comum, você e eu.

— Temos?

— Ah, sim. — Então, quando sinto que algo especial está para acontecer, como se ele fosse me dizer algo importante, ele se afasta de mim, deslizando pelo sofá. — Preciso ir ao banheiro. Já volto.

Vejo Noah se afastar e aproveito para processar tudo que aconteceu. É estranho, porque, teoricamente, não existiria a menor possibilidade de uma zona internacional de desastre como eu visitar este lugar com esta pessoa, mas tem algo em Noah e em como nos encaixamos que faz a situação parecer a coisa mais natural do mundo. Decido no mesmo instante não me preocupar mais com coisas "teóricas". Vejo uma garota se dirigir a uma jukebox em um canto do café e introduzir uma moeda na máquina. Escuto as primeiras notas da canção "What a Wonderful World" e me sinto feliz, tão feliz que é como se cada célula do meu corpo se transformasse em uma estrela cadente. Essa é a canção da alegria do meu pai, aquela que ele só põe para tocar quando está comemorando alguma coisa. Tudo parece tão perfeito — tudo *é* tão perfeito — que meus olhos se enchem de lágrimas de felicidade.

— Uma moeda pelos seus pensamentos — Noah diz quando volta à mesa.

— Eles valem muito mais do que isso — respondo sorrindo.

— Ah, é? — Ele desliza pelo sofá e se aproxima de mim. — Quanto mais?

— Lamento, mas acho que o preço está muito além das suas possibilidades.

— É mesmo?

— É.

Noah sorri para mim.

— Eu te conto meus pensamentos se você me der dez centavos.

— Sério? — Abro a bolsa e lhe entrego uma moeda. — Pronto, pode falar.

— Eu estava pensando que foi muito bom ter dado carona para a Sadie Lee hoje de manhã. E que foi muito bom ter ficado para tocar aquele violão.

Meu coração começa a bater mais depressa.

— Ah, é?

— É. Com certeza era um lindo violão.

— Ah.

Ele me encara com um sorriso cheio de significados, depois desvia o olhar.

# 21

— Sua vez — diz Noah e me devolve a moeda.

— O quê?

— Sua vez. Uma moeda pelos seus pensamentos.

— Mas eu disse... Eles valem muito mais que isso.

— Ah, não. — Noah enruga a testa e balança a cabeça. — Quando uma pessoa conta os pensamentos dela, você tem que contar os seus... pelo mesmo preço. É a regra.

— Regra? — Faço uma careta debochada, mas minha cabeça é dominada por uma conversa nervosa. Como posso contar a ele que pensei "Me beija"? Noah vai achar que sou maluca. Preciso inventar alguma coisa. Mas não sou exatamente especialista em pensar coisas legais para dizer aos garotos. Digo a mim mesma que não devo mencionar nada relacionado a pulgas.

— Pode falar — diz Noah e aponta para a moeda na minha mão.

Não sei o que falar. Só consigo pensar na verdade.

— Eu estava pensando em como o dia hoje está perfeito. — *Ai, meu Deus, você podia ser mais intensa?*, minha voz interior começa a gritar.

— É mesmo? — Sinto Noah se aproximar de mim.

Assinto sem olhar para ele, com medo de ter interpretado tudo errado.

— Eu acho... — ele começa.

— Yo! Almôndegas!

Eu e Noah damos um pulo quando ouvimos a voz de Antonio. Ele deixa dois pratos fumegantes sobre a mesa. Em outras circunstâncias eles seriam incríveis, mas, neste momento, odeio as almôndegas no estúpido molho secreto com ramos de manjericão. Por que ele não demorou só mais um minuto? Por que eu não tive tempo para ouvir o que Noah ia dizer? Para piorar ainda mais a situação, Antonio fica ali parado por CINCO MINUTOS INTEIROS, contando tudo sobre a avó da avó dele, e como ela plantava os mais maravilhosos tomates, e como pessoas de toda Nápoles iam até lá só para provar seu molho especial. Quando ele finalmente volta para a cozinha, o momento está completamente perdido. Tento enrolar uma porção de espaguete no garfo, mas, quando levo o talher à boca, o macarrão desenrola. É claro que, neste exato instante, Noah olha para mim.

— O que achou das almôndegas? — ele pergunta.

— Hum, deliciosas — respondo, tentando, sem sucesso, fingir que não tenho quinze centímetros de espaguete pendurados na boca como uma família de minhocas. Assim que Noah olha novamente para o próprio prato, tento chupar o espaguete por entre os dentes. Neste segundo, a música da jukebox chega ao fim e o silêncio é preenchido por um horrível barulho de chupada. *Meu* horrível barulho de chupada. O espaguete ricocheteia para dentro da minha boca, respingando molho de tomate no meu rosto.

Noah olha para mim. Mas, em vez de rir da minha cara ou parecer envergonhado por estar sentado comigo, ele enrola uma porção de espaguete no garfo e chupa para dentro da boca. Uma gota enorme de molho vai parar no meio de sua testa. Nós nos olhamos e caímos na risada, e nesse momento não penso apenas que Noah é lindo e parece um Deus do Rock — eu *gosto* dele de verdade, e isso parece ser muito mais importante.

— Vem cá — ele diz, pegando o guardanapo. — Deixa eu dar um jeito nisso. — E se aproxima para limpar delicadamente o molho de tomate embaixo do meu olho. E em cima do olho. E na testa. E no queixo. E no lábio superior. E no inferior. E...

— Sério? — pergunto. — Tem tanto molho assim?

Ele balança a cabeça.

— Não. Eu gosto de limpar o rosto das garotas com um guardanapo. É um fetiche. Não se preocupa, meu psiquiatra disse que é inofensivo.

Rindo, pego meu guardanapo e limpo o molho da testa dele.

— Ah, você tem o mesmo fetiche — Noah comenta rindo. – Eu disse que a gente tem muito em comum.

Deixamos o guardanapo em cima da mesa e continuamos comendo. A alegria agora se instalou em meu corpo. Até meus dedos estão formigando.

— Então, seu pai ainda é artista? — pergunto, querendo saber tudo que puder sobre Noah.

A resposta não é imediata, e eu olho para ele. Noah parou de comer e está olhando para o prato.

— Não, não é. Meu pai... morreu. Meus pais morreram.

Deixo os talheres sobre o prato, me sentindo muito mal.

— Desculpa. Eu não me dei conta.

— Eu sei. Tudo bem. — Mas ele parece realmente triste, e quero me chutar por ter feito a pergunta. — Eles morreram há quatro anos. Então não me incomoda falar sobre o assunto.

— Ah. — Não sei o que dizer. Não consigo nem imaginar como seria perder um dos meus pais, muito menos os dois. A ideia me faz tremer. — Você mora com a Sadie Lee, então?

— Sim, eu e a minha irmã mais nova, a Bella.

— Você tem uma irmã?

— Ãhã. — A expressão dele fica imediatamente mais suave.

— Quantos anos ela tem?

— Quatro... quase cinco.

— Quatro? Mas...

— Ela era um bebê quando meus pais morreram.

— Ah... que triste!

Noah assente.

— Eu sei. Mas a Sadie Lee é uma ótima mãe pra ela, e eu tento ser o melhor irmão mais velho. — Ele empurra o prato, olhando para mim com uma nova intensidade. — Eles morreram num acidente de esqui, numa avalanche. Depois que isso aconteceu, foi como se eu visse o mundo de um jeito totalmente novo. Sabe quando você está dormindo e sonhando uma coisa muito legal, e de repente o sonho vira pesadelo?

Balanço a cabeça numa resposta afirmativa. A maioria dos meus sonhos acabou assim ultimamente.

— Bom, foi como eu me senti quando tudo aconteceu. Antes do acidente tudo era seguro, divertido e gostoso, mas depois tudo ficou aterrorizante. Por isso eu entendi o que você sentiu na caminhonete. O acidente te fez perceber como a vida pode ser frágil.

— Sim!

Noah chega mais perto de mim.

— Tudo bem, vou te contar uma coisa muito constrangedora, mas não faz mal, eu vi você sujar o rosto inteiro com o molho de tomate da avó da avó do Antonio. — Ele começa a brincar com a beirada do guardanapo. — Eu fiquei muito abalado depois da morte dos meus pais. Eu tinha tanto medo que alguma coisa acontecesse com a Bella ou com a Sadie Lee que, quando não estava com elas, eu precisava checar a todo instante se estava tudo bem. Era horrível. Eu nunca conseguia relaxar quando não estávamos juntos.

— Ainda é assim?

— Não, ainda bem. A Sadie Lee percebeu que tinha algo errado e me mandou para uma psicóloga.

— E isso ajudou? Você conseguiu superar?

— Sim. Isso e escrever.

Penso no bloco de anotações na caminhonete.

— Que tipo de coisa?

— Escrevo meus pensamentos, meus medos... esse tipo de coisa. Tem algo muito bom em despejar tudo no papel.

Penso em como me senti com os últimos posts do blog e concordo.

— Lembra quando eu te falei que o tempo cura tudo?

— Sim.

— A Sadie Lee me falou a mesma coisa depois que os meus pais morreram, e eu fiquei muito bravo, mas é verdade. — Ele segura minha mão e sorri para mim. — Você vai superar o acidente. Não vai sentir essa ansiedade pra sempre. Quer saber uma coisa que a terapeuta disse e me ajudou muito?

— Sim. Por favor.

— Não lute contra isso.

— Como assim?

— Quando sentir pânico, não lute contra ele. Isso só piora a situação. Diz para você mesma "Tudo bem, estou nervosa agora, mas não tem problema".

— E funciona?

— Pra mim funcionou. Minha terapeuta me ensinou a visualizar o medo dentro de mim. Ela sugeriu que eu desse cor e forma a ele, depois me orientou a ficar com esse medo e ver o que acontecia.

— E o que aconteceu?

— Ele foi desaparecendo.

— Uau.

Ficamos em silêncio por um momento.

— Bom, não era assim que eu queria que fosse nosso almoço — Noah comenta num tom pesaroso. — Desculpa.

— Não seja bobo, está tudo ótimo. Isso ajudou muito, muito mesmo. Você não tem ideia. Eu tive tanto medo de estar ficando maluca.

— Você não é maluca. Ou melhor, é, mas de um jeito bom.

Sorrio para ele.

— Idem.

Meu celular começa a tocar na bolsa. Quero ignorar, ficar isolada dentro da minha bolha com Noah, mas não posso.

— Desculpa, preciso atender. Pode ser uma emergência com a minha mãe.

Noah assente com a cabeça.

— Claro.

Mas vejo na tela que é Elliot ligando. Sinto uma pontada de culpa quando mando a ligação para o correio de voz. Posso explicar tudo mais tarde, tenho certeza de que ele vai entender. E guardo o celular na bolsa.

— Tudo bem. Era o Elliot.

— Quem é Elliot?

— Meu melhor amigo. Ele veio com a gente. Está conhecendo a cidade com o meu pai.

Noah assente.

— Tem certeza que não é melhor ligar de volta?

— Não, tudo bem. Eu encontro o Elliot mais tarde.

Noah sorri para mim.

— Legal.

— Yo! Como estavam as almôndegas?

*Sério?* Antonio se debruça sobre a mesa com um enorme sorriso no rosto. Quero afogá-lo no molho de tomate da avó da avó dele.

— Estavam incríveis — responde Noah.

— Sim, ótimas — acrescento entre os dentes.

— Incrível! — Antonio se senta na beirada da mesa, e quero gemer. — E você, Noah, muito ocupado, meu irmão?

— Ãhã. — Noah tira a carteira do bolso. — Desculpa, cara, temos que ir. Preciso levar a Penny de volta.

Antonio começa a retirar os pratos enquanto Noah pega várias notas na carteira.

— Valeu. Ei, volta logo, hein? Foi bom te ver por aqui.

Noah assente outra vez e se levanta da mesa. Quando o acompanho, sinto um misto de alívio e decepção. Estou triste por ter que ir embora deste lugar mágico, mas feliz por poder ter Noah de novo só para mim.

Nós nos despedimos de Antonio e voltamos ao corredor subaquático. Dessa vez, Noah não acende a luz imediatamente.

— Estou feliz por ter feito essa Turnê do Mistério Mágico com você, Penny — ele diz, tão baixo que quase não consigo ouvir.

— Também estou feliz — cochicho de volta.

Então, quando estende a mão para acender a luz, ele encosta na minha. E, apesar de ser o mais leve dos toques, como uma pedrinha jogada em um lago, sinto ondas de sensação se espalhando por todo o meu corpo.

# 22

Quando voltamos à fria luz do dia, é como acordar de repente de um sono profundo. Aperto e esfrego os olhos diante da pálida luminosidade de inverno. Olho para Noah e ele olha para mim. Tudo parece diferente. Como se fôssemos duas pessoas completamente separadas quando entramos no galpão, e agora houvesse um elo invisível nos unindo. Ele sorri para mim.

— Quer ir a outro lugar?

Movo a cabeça para dizer que sim quando o telefone dele começa a tocar. Noah pega o aparelho no bolso.

— É a Sadie Lee — diz antes de atender. — Oi, vó! Sim, tudo bem. Por quê, o que aconteceu? Ah, tudo bem. Não tem problema, já estou indo. — Ele suspira ao encerrar a ligação.

— Tudo bem? — pergunto com um forte sentimento de desânimo.

— Sim. Mas temos que voltar. Sua mãe quer ver a tiara, e a Sadie Lee precisa de carona pra ir buscar a Bella na escolinha. — Ele arrasta um pé no chão. — A gente pode se ver de novo antes de você ir embora? Quanto tempo você vai ficar?

— Só até domingo. — Sinto uma apreensão. Amanhã vou passar o dia e a noite ocupada com o casamento, e nosso voo sai cedo no domingo. Não vou ter tempo para ver Noah de novo.

— Que horas no domingo?

— O primeiro voo da manhã — respondo e abaixo a cabeça.

— Ah, não! Então é isso?

Assinto, mas minha cabeça está cheia de perguntas furiosas. Como pode ser? Como posso ter encontrado alguém tão bom, divertido e certo para mim, e só consigo passar um dia com ele? É muito injusto.

— Nesse caso, vou ter que arrumar tudo pra ir para a Inglaterra nas próximas férias — Noah anuncia sorrindo.

Tenho que fazer um esforço enorme para sorrir também. Em seguida saímos andando em direção à caminhonete.

No trajeto de volta ao hotel, eu me sinto atordoada de tristeza e decepção. Aparentemente, está tudo bem. Noah vai falando todos os movimentos que pretende fazer ao volante e conversamos sobre vários assuntos, mas só consigo pensar que isso tudo é muito injusto.

Quando chegamos à garagem no subsolo do hotel, tenho a sensação de que vou começar a chorar.

— Sabe o que é um incidente incitante? — Noah me pergunta ao desligar o motor.

Balanço a cabeça.

— É o momento no começo de um filme em que alguma coisa acontece na vida do herói e muda tudo pra sempre. Você viu *Harry Potter*, não viu?

Faço que sim com a cabeça.

— Então, o incidente incitante desse filme é quando o Hagrid diz pro Harry Potter que um dia ele vai ser um grande mago e entrega o convite para Hogwarts.

— Ah, sei.

Noah abaixa a cabeça, como se estivesse envergonhado.

— Acho que você pode ser isso pra mim.

— O quê? Uma maga?

— Não! Meu incidente incitante.

Olho para ele. À meia-luz da garagem, seu rosto parece mais esculpido que nunca.

— Como assim? — pergunto e nem me atrevo a acreditar no que penso que pode ser.

— Acho que isso pode ser o começo de alguma coisa.

Ficamos em silêncio.

— Acho que você também pode ser o meu incidente incitante — respondo com um sorriso tímido.

***

Quando voltamos à suíte nupcial, fico surpresa por minha mãe e Sadie Lee não perceberem imediatamente que aconteceu alguma coisa. Eu me sinto tão vibrante, viva; é espantoso que eu não esteja brilhando, como os peixes no mural do mundo subaquático. Mas elas estão ocupadas demais dando os últimos retoques no bolo do casamento — um casal de pasta americana com roupas da década de 20.

— O Elliot e seu pai voltaram — minha mãe diz. — Estão no quarto.

— Tudo bem.

Olho para Noah, ele olha para mim, e é como se uma corrente elétrica passasse entre nós.

— Você pode me levar para ir buscar a Bella? — Sadie Lee pergunta a Noah.

Sinto uma enorme tristeza ao pensar nele indo embora, mas o pesar é amenizado por outro pensamento: somos o incidente incitante um do outro. Isso significa que tenho que vê-lo de novo.

— Bom... — Noah fala com um sorriso expressivo. — Foi muito divertido sair com você.

— Também achei. — Meu rosto fica vermelho.

Ele levanta os braços como se fosse me abraçar, mas, por alguma razão completamente ridícula conhecida apenas pelo Deus dos Momentos Desconfortáveis, ofereço o punho fechado. Nunca cumprimentei ninguém desse jeito em toda a minha vida.

— Ah! — Noah percebe e bate com o punho no meu. Depois segura minha mão e me puxa para um abraço tipo gangsta, batendo o ombro no meu. — Te ligo mais tarde — ele fala ao meu ouvido.

Assinto e espero que ele não perceba que estou corada.

Ele e Sadie Lee vão embora. Antes que eu tenha tempo de mostrar a tiara para minha mãe, o telefone dela toca.

— Oi, Cindy — ela diz e levanta as sobrancelhas olhando para mim.

— A tiara está aqui — aviso movendo os lábios e deixo a caixa sobre a bancada da cozinha. — Vou pro meu quarto.

Minha mãe concorda com um movimento de cabeça e eu saio da suíte nupcial. Quando paro na frente do elevador, recebo uma mensagem de Noah.

> Obrigado pelo dia incrível. Falo com vc + tarde. N

Começo a responder:

> Eu que agradeço xxx

Olho para a mensagem e enrugo a testa. Três beijos já é exagero. Principalmente porque ele não mandou nenhum. Apago os beijos. Agora o texto parece antipático. Acrescento um emoticon de sorriso. E agora parece muito infantil. Uma piscada, talvez? Não, não, sugestivo demais. Apago a carinha piscando e acrescento um P de Penny. Agora parece que estou copiando exatamente o que ele fez. Preciso mostrar alguma originalidade e sofisticação. Três elevadores chegam e vão embora, e eu continuo ali, digitando e apagando, digitando e apagando. Como posso dar uma impressão original e madura sem parecer interessada demais ou formal? No fim, escrevo:

> Eu que agradeço! Penny

E acrescento um emoticon de polegar levantado. E achei a ideia ótima até mandar a mensagem.

* * *

Assim que chego ao quarto, vou diretamente para a porta de ligação.

— Elliot, você está aí?

Empurro a porta encostada. Elliot está deitado de bruços na cama, dormindo profundamente. Fecho a porta com cuidado e vou para a minha cama. Deito e fico olhando para o teto. Quero saborear ao máximo esse sentimento. Fecho os olhos e abraço um travesseiro enquanto revejo mentalmente cada momento do dia.

— Obrigada, obrigada, obrigada — cochicho para o Deus dos Incidentes Incitantes.

Depois, quando percebo que estou agitada demais para dormir, levanto, abro a mala e pego o laptop. Tomo o cuidado de evitar meu e-mail e as redes sociais, então abro a página do blog e faço o login. Agora tem mais de quatrocentos comentários no post sobre medo. Curto todos eles e respondo para a menina que tinha medo do vício da mãe em bebida. Em seguida abro um post novo e começo a digitar.

**22 de dezembro**

## Do Medo ao Conto de Fadas

Oi, pessoal!

Uau, vocês são incríveis. Eu estava lendo os comentários no meu último post, e eles me fizeram chorar, mas de um jeito muito bom.

Eu me sentia sozinha antes de começar este blog. Era como se ninguém me entendesse (exceto Wiki, é claro). Mas ler os comentários de vocês me fez perceber que centenas — talvez milhares (!) — de pessoas me entendem.

E isso me deixa muito feliz.

E des-sozinha (*"des-sozinha" é uma palavra...?*).

E, apesar de às vezes eu achar que sou a única pessoa que tem dificuldades nessa coisa chamada "vida", não sou.

Obrigada por serem sinceros sobre seus medos e tão corajosos para enfrentar esses monstrinhos.

E, por favor, continuem postando suas atualizações, porque tenho certeza de que elas vão ajudar todo mundo que lê o blog a enfrentar seus próprios medos também.

Mas, gente... aconteceu uma coisa comigo depois que enfrentei meu medo e entrei num avião.

Uma coisa totalmente incrível.

E quero dividir isso com vocês porque o Momento Sapatinho de Cristal, de que já falei antes, realmente aconteceu comigo.

Não como eu pensei que fosse acontecer — nem nos meus sonhos mais malucos eu imaginei as coisas desse jeito!

Porque o que aconteceu me fez pensar se enfrentar o seu pior medo faz você entrar, de alguma forma, num universo paralelo onde todas as coisas são possíveis — porque eu conheci um garoto.

Um garoto de quem eu gosto de verdade.

E acho que ele gosta de mim!

E, para todos os novos seguidores do blog (*aliás, obrigada!*), talvez vocês queiram dar uma olhada nos posts anteriores, Desastrosa e Sem Namorado e Poço de Desgraça, aí vocês vão entender que esse tipo de coisa não acontece comigo. Nunca!

Eu sou o tipo de garota que cai em buracos e fala um monte de bobagens na frente dos garotos. Eles nunca gostam de mim — não *daquele* jeito.

Eles querem ser meus amigos, só isso. Ou torcer meu braço, ou rir da minha cara.

Mas hoje de manhã conheci um menino que parece *gostar* de mim (*vou chamá-lo de Garoto Brooklyn*). E é incrível, porque não tive que fingir ser uma coisa que eu não sou. Não tive que fingir que sou descolada. Fui eu mesma, e ainda assim ele gostou de mim.

Hoje, mais cedo, eu estava no carro com o Garoto Brooklyn e comecei a ter um daqueles ataques de pânico — na frente dele.

Mas ele não achou que eu fosse maluca. Na verdade, ele foi adorável e me deu conselhos muito legais que quero dividir com vocês.

Primeiro, ele me disse que o tempo cura tudo e que nada dura para sempre, nem mesmo as piores coisas. E ele deve saber o que está dizendo, porque perdeu duas das pessoas mais próximas dele há alguns anos.

Ele também me falou que, quando perdeu essas pessoas, ficou muito ansioso com a ideia de perder as outras pessoas que ele ama. No fim, ele foi procurar uma psicóloga, que ensinou um exercício para fazer cada vez que ele começasse a sentir medo.

Basicamente, toda vez que sentir medo ou ficar ansioso, você não deve lutar contra isso. Deve simplesmente... observar esse sentimento em seu corpo.

Assim, se o medo fizer você ficar tenso, ou enjoado, ou provocar um aperto no peito, você precisa imaginar esse sentimento com uma forma e dar a ele uma cor. E depois pensar apenas que é normal sentir medo, deixar o sentimento existir, e ele vai começar a desaparecer.

Ainda não tentei fazer isso, mas o Garoto Brooklyn me contou que isso realmente o ajudou.

Então, para todos vocês que postaram sobre sentir medo de diferentes coisas, experimentem fazer esse exercício na próxima vez. Eu também vou tentar, e depois podemos contar tudo aqui no blog.

Não sei o que o futuro vai trazer para mim e para o Garoto Brooklyn, porque só tenho mais um dia aqui — buá! ☹

Mas sinto que alguma coisa muito especial aconteceu entre nós.

Por isso, não posso acreditar que vai acabar. Que nunca mais o verei.

O Príncipe Encantado não desistiu da Cinderela, desistiu? Continuou procurando e procurando até encontrá-la e devolver o sapatinho para ela.

Porque, quando você encontra alguém que gosta de você de verdade, do jeitinho que você é, e de quem você gosta de verdade, do jeitinho que essa pessoa é, tem que fazer de tudo para não perdê-la.

Eu amo muito vocês, pessoal, e agradeço por todo o apoio.

Continuem postando sobre enfrentar seus medos — e continuem acreditando em contos de fadas.

**Garota Online, saindo do ar xxx**

# 23

— O quê, em nome de Godzilla, você andou aprontando?

Abro os olhos e vejo Elliot olhando para mim de trás de óculos com armação de estrelas e listras.

— Que horas são? — resmungo olhando pela janela.

Está escuro lá fora, e a linha do horizonte de Nova York cintila como a vitrine de uma joalheria. Devo ter dormido pelo resto da tarde.

— Hora de me contar o que você andou aprontando. — Elliot se empoleira na minha cama. — *Quem* é o Garoto Brooklyn?

— Ah. — Olho para o laptop sobre o travesseiro ao meu lado e me lembro de tudo. Elliot deve ter lido o post no blog. — Conheci esse garoto hoje. A avó dele é dona do bufê que vai servir no casamento.

— E daí, agora você está apaixonada?

— Não, eu...

Elliot pega o celular no bolso e começa a ler alguma coisa.

— "Porque, quando você encontra alguém que gosta de você de verdade, do jeitinho que você é, e de quem você gosta de verdade, do jeitinho que essa pessoa é, tem que fazer de tudo para não perdê-la."

Fecho os olhos. Agora que Elliot lê o trecho com sua voz mais sarcástica, parece muito exagerado. E também meio irreal, depois que eu dormi. Talvez tenha sido um sonho.

— Você bebeu? — Elliot me examina por cima dos óculos, como se fosse um médico muito austero.

— Não!

— Alguma seita maluca fez lavagem cerebral em você?

— Não!

— Então como você pode estar apaixonada, se acabou de conhecer o cara?

— Não estou apaixonada. — A decepção começa a se espalhar pelo meu corpo como uma névoa gelada. — Passamos a maior parte do dia juntos e nos demos superbem. — Agora pareço uma atriz de Hollywood sendo entrevistada na *Oprah*.

Elliot franze a testa com tanta força que tenho medo de que seus óculos caiam.

— Vocês se deram superbem?

— Sim. Temos muito em comum.

— Quantos anos ele tem?

— Dezoito.

— Onde ele estuda?

— Não estuda.

— Ah, e o que ele faz?

— Nada. Não sei. Acho que está dando um tempo. — Começo a me sentir como se estivesse sendo interrogada por um dos pais de Elliot, e os dois são advogados.

— Tudo bem, então você encontrou a sua alma gêmea, mas não sabe o que ele faz.

— Só ficamos juntos por algumas horas.

Elliot abre um sorriso irônico. Ele está começando a me irritar. Por que ser tão maldoso? E pensar que eu estava ansiosa para contar a ele sobre Noah.

— Não ficamos falando de coisas comuns — continuo.

— Ah, é? E seus pais sabem disso?

— Não! Não tem nada pra saber. — Olho assustada para Elliot. É bom que ele não conte.

— Como você pode dizer que não tem nada pra saber, se escreveu tudo na internet?

Sento na cama e olho feio para ele.

— Eu não escrevi tudo na internet. Postei no blog, só isso. Achei que podia ajudar as pessoas a enfrentarem seus medos. Ele me deu conselhos muito bons.

Elliot me encara, carrancudo.

Eu te ajudei no avião. Por que você não escreveu sobre isso?

De repente eu entendo. Ele está com ciúme por não ter sido mencionado.

— Elliot, eu sempre escrevo sobre você. Lembra aquela vez que você me ajudou a escolher o vestido pra formatura da escola? E quando me disse as dez melhores maneiras de sair de um tombo com elegância? Eu escrevi no blog, lembra?

Mas Elliot continua de cara feia, olhando para a cama.

— Não acredito que você postou sobre ele antes de me contar — resmunga. — Se eu tivesse conhecido alguém que gostasse de mim pelo que eu sou, com certeza você teria sido a primeira a saber.

Agora me sinto mal de verdade. Inclino o corpo para frente e toco seu braço.

— Eu tentei te contar. Estava louca para falar com você sobre isso, mas, quando cheguei, você estava dormindo.

Ele olha para mim.

— Você podia ter me acordado. E podia ter retornado a minha ligação mais cedo.

— Desculpa. — Agora eu estou muito desapontada. — De qualquer maneira, não adianta ficar pensando nisso... É bem provável que a gente nunca mais se veja.

O silêncio é longo e desconfortável, depois Elliot descansa a mão sobre a minha.

— Desculpa. É que, quando eu vi a atualização no blog, me senti um pouco estranho... meio excluído.

— Eu nunca excluiria você de nada, Elliot. Você é meu melhor amigo. — Eu o abraço.

Apesar de ter esclarecido as coisas com Elliot, ainda me sinto um pouco deprimida. Queria muito poder conversar com ele sobre tudo, falar sobre o meu dia mágico e relembrar todos os detalhes, mas sei que isso vai incomodá-lo. Antes que um de nós diga qualquer coisa, alguém bate na porta.

— Oi, filha — meu pai grita com um falso sotaque americano, pior que o do Ollie. — Quer ir comer alguma coisa?

***

Era para o jantar ter sido muito divertido. Fomos a Chinatown, a um restaurante chamado The Cheery Chopsticks, onde os garçons pareciam atores de cinema mudo. Tudo que eles faziam era uma performance grandiosa, desde como nos ajudaram com os casacos até o jeito como serviram a comida. Mas eu não conseguia relaxar. Elliot se comportava como sempre e minha mãe finalmente parecia tranquila com o casamento, até ansiosa pelo grande dia, mas eu só conseguia pensar que não devia ter postado nada sobre Noah. A reação de Elliot me deixou nervosa. Ele nunca havia criticado nenhum post desde que eu comecei a escrever o Garota Online. Talvez tenha sido exagerado e bobo escrever aquelas coisas. Talvez eu tenha enxergado mais do que realmente aconteceu no meu encontro com Noah. Talvez eu tenha imaginado a ligação entre nós.

Quando voltamos para o hotel, estou determinada a apagar o post assim que chegar ao quarto. A cada passo que damos pelo corredor acarpetado, tudo que consigo pensar é: *Delete, delete, delete.*

— O que é aquilo na porta do seu quarto, Pen? — minha mãe pergunta.

*Delete, delete, delete.*

— O quê?

— Você pediu alguma coisa no serviço de quarto? — meu pai questiona.

— Alguma coisa bem estranha — Elliot resmunga.

Levanto a cabeça e vejo uma caixa de papelão marrom no chão, na frente da porta.

— Oh-oh. Será que é uma bomba? — Elliot arregala os olhos.

Olho para ele com a testa franzida.

— Por que alguém colocaria uma bomba na porta do meu quarto?

Ele dá de ombros.

— Não sei. Talvez não seja exatamente pra você. Talvez tenham escolhido um quarto qualquer.

Balanço a cabeça. Sou uma das pessoas mais azaradas e propensas a acidentes no planeta, mas achar que o meu quarto foi escolhido do nada como alvo de uma bomba já é ir longe demais.

— Não é uma bomba — diz meu pai. — A caixa deve ter sido deixada aqui por engano. Vamos ligar para a recepção e perguntar se sabem o que é e... Ah.

Vejo meu pai pegar a caixa.

— O que é?

— É para você. Olha.

Meu coração dispara. Será que Noah me mandou alguma coisa? Quem mais sabe que estou aqui?

Pego a caixa das mãos de meu pai. A etiqueta manuscrita na parte de cima diz: "Para Penny, Feliz Dia de Você-Sabe-O-Quê! N"

— De quem é? — Meu pai parece desconfiado.

— Do Noah — respondo em voz baixa, com o rosto imediatamente vermelho.

— De quem? — pergunta meu pai.

— Do Noah — repito.

— Sim, eu ouvi, mas quem é Noah?

— O neto da Sadie Lee — explica minha mãe. — A Penny foi com ele buscar a tiara da noiva.

— E o que tem na caixa? — meu pai insiste, agora com as sobrancelhas levantadas.

— Não sei — respondo.

Todos estão olhando para mim, esperando que eu abra o pacote.

— Vou dormir — aviso. — Estou muito cansada.

Meu pai olha para minha mãe e levanta as sobrancelhas de novo. Ela sorri para ele e balança a cabeça, como se dissesse "tudo bem". Suspiro aliviada.

— Vejo vocês amanhã — digo e pego o cartão que abre a porta.

— Sim, amanhã cedo — minha mãe lembra.

— Mas... — Elliot começa.

— Boa noite! — interrompo. Entro no quarto e fecho a porta antes que um deles diga mais alguma coisa.

Meu coração ainda está disparado: o que pode ser? Pego o celular para ver se Noah mandou alguma mensagem, mas não tem nada. Levanto a tampa da caixa e espio lá dentro. Vejo uma cabeça de cabelos avermelhados e deixo escapar uma exclamação. A boneca!

Também noto um envelope preso com fita adesiva na parte interna da tampa. Abro o envelope e pego um bilhete.

*Querida Penny,*

*Eu voltei naquela loja e, quando estava passando pela boneca, ela me disse que seu maior sonho era ser adotada por uma inglesinha de bom coração, com lindos cabelos e sardas como as dela. Foi um pedido tão sincero que eu não resisti, mesmo que para isso tenha sido obrigado a falar com o Lojista do Inferno dos Antipáticos duas vezes no mesmo dia. Dessa vez ele falou: "Filho, não acha que está meio velho para brincar de boneca?" Respondi que esperava um dia ter a idade certa para alguma coisa — casamento, bonecas, tanto faz. Ele não achou graça.*

*Também incluí um pedaço do famoso bolo de chocolate da Sadie Lee (só para garantir que você vai cumprir as regras do Dia do Mistério Mágico e comer bolo em todas as refeições).*

*N*

Pego a boneca e um enorme pedaço de bolo embrulhado em papel-alumínio. Deixo a boneca sobre o travesseiro. Ela já parece muito mais feliz, olhando para mim com os olhos verdes e vidrados. Então tenho aquela sensação de novo, aquela agitação que é como um arrepio, e todo o estresse da noite começa a desaparecer. Noah é realmente adorável e gosta de mim de verdade. No fim das contas, a conexão entre nós não foi apenas coisa da minha cabeça.

# 24

Estou me preparando para mandar uma mensagem para Noah quando escuto leves batidas na porta de ligação.

— Pen, posso entrar? — Elliot pergunta.

— Claro — respondo.

A porta se abre e Elliot aparece. Ele está de pijama, com um boné dos Yankees virado para trás e sem óculos, o que faz seu rosto parecer ainda mais fino.

— Oi — ele diz e olha para a cama, procurando o que havia dentro da caixa, certamente. Seus olhos encontram a boneca. — Não! Foi isso que ele mandou pra você?

Respondo que sim com a cabeça, e, apesar de querer parecer indiferente, minha boca se curva num sorriso.

— É linda! — Elliot senta na cama e pega a boneca.

— Eu sei. Nós vimos essa boneca no antiquário, quando fomos buscar a tiara. Contei que fico triste quando vejo brinquedos abandonados. Ele mandou um bilhete dizendo que ela queria ser adotada por mim. — Meu rosto fica vermelho, e espero Elliot fazer algum tipo de comentário debochado, mas ele continua sorrindo para a boneca e alisando o cabelo dela.

— Olha o vestido. Deve ser da era vitoriana. Você sabe quanto custou?

Nego com um movimento de cabeça.

— Com certeza não foi barato. Isso aqui não é uma Barbie, meu bem.

— Eu sei.

— Ai, meu Deus! Ele mandou bolo também? — Elliot arregala ainda mais os olhos quando vê o bolo de chocolate.

— Mandou. A avó dele que fez. Ela é uma cozinheira incrível.

Elliot devolve a boneca ao travesseiro e sorri para mim.

— Tudo bem, estou começando a entender por que foi amor à primeira vista. Continua.

— O quê?

— Conta tudo.

Deitamos debaixo do edredom, e eu conto tudo sobre meu dia mágico com Noah. Quando chego na parte em que a mão dele roçou na minha, Elliot começa a balançar as mãos para cima e para baixo com entusiasmo. Mas decido não falar sobre o incidente incitante — quero manter essa parte só entre mim e Noah.

— Caramba! — Elliot exclama quando chego ao fim do relato. — Se os garotos do Brooklyn são todos assim, vou me mudar pra cá assim que puder!

Dou risada, parto um pedaço do bolo da Sadie Lee e o enfio na boca. É tão macio que parece veludo na língua.

— Desculpa por ter sido tão ranzinza mais cedo. Agora entendo por que você ficou tão entusiasmada.

O comentário de Elliot me faz pensar no post do blog. Com toda a agitação da encomenda de Noah, esqueci completamente de apagar o post.

— Tudo bem — respondo. — Eu devia ter te contado antes de escrever no blog.

Nós nos olhamos e sorrimos, e sou invadida por uma onda de alívio por tudo ter voltado ao normal entre nós.

— Vou te deixar descansar — diz Elliot e se levanta da cama. — Você tem um dia cheio pela frente.

— Me desculpa. Eu quase nem fiquei com você desde que chegamos.

— Tudo bem. Eu me diverti muito com o seu pai, e amanhã vamos à Estátua da Liberdade e numa turnê fantasma.

— Turnê fantasma?

— É. Vai ser épico. O passeio inclui até uma visita à tumba secreta de vinte mil vítimas da febre amarela.

Começo a rir.

— Legal... eu acho.

Assim que Elliot volta para o quarto dele, pego meu celular e um cobertor na cama e vou me sentar na poltrona perto da janela. Mais uma vez, a paisagem me deixa sem fôlego. E de novo tenho aquela sensação de que isso não pode estar realmente acontecendo comigo. Eu me enrolo no cobertor e me encolho na cadeira. Depois busco o número de Noah e ligo para ele. A cada repetição do toque mais longo, tipicamente americano, meu nervosismo aumenta um pouco. Felizmente, ele atende depois do terceiro toque.

— Oi — diz com a voz suave.

— Oi. Muito obrigada pela boneca. — De repente me sinto encabulada, formal demais, cortês demais.

— De nada. Então, me conta, srta. Penny, você está do lado de alguma janela agora?

— Sim! Bem ao lado de uma.

— Viu a lua?

— Não, espera. — Abro as cortinas e olho para fora. Uma lua enorme e perfeitamente redonda flutua sobre o Empire State Building. Mas não é o formato nem o tamanho que me deixa sem ar, é a cor: âmbar e brilhante. — Meu Deus, que coisa incrível! Por que ela está tão alaranjada?

— Ah, pensei que ela podia ter sido pintada por aliens ou algo assim, mas, pelo que a Sadie Lee falou, tem alguma coisa a ver com poluição.

— Puxa... Acho que prefiro a teoria dos aliens.

— Eu também. Escuta, levando em conta que você parece ter feito alguma coisa muito estranha comigo...

— Como assim?

— Bom, eu não tenho o hábito de comprar bonecas de porcelana.

Dou risada.

— Acho justo que você me encontre mais uma vez antes de ir embora — ele continua.

— Eu queria muito... mas quando?

— O que acha de eu passar por aí depois do casamento? A Sadie Lee comentou que a festa acaba antes da meia-noite. Planejei uma coisa muito legal.

Penso em meus pais. Eles não vão me deixar sair por Nova York depois da meia-noite com um cara que acabei de conhecer.

— E não se preocupe, não vamos sair do hotel — Noah acrescenta, como se lesse meus pensamentos.

— Eu adoraria — respondo, tão depressa que as palavras se fundem numa só. Aperto o cobertor em torno do corpo e imagino que estou nos braços de Noah.

— Até amanhã, então — ele fala baixinho.

— Sim. A gente se vê amanhã

— Boa noite, Penny.

— Boa noite, Noah.

Desligo o celular e respiro fundo. Depois olho para a linha do horizonte de Nova York e para a lua. Estou me sentindo muito diferente, e não é só por ter conhecido Noah ou por estar nesta cidade. É porque, pela primeira vez, sinto que minha vida é minha de verdade, que estou no comando do meu destino. Não estou mais reagindo ao que todo mundo faz ou diz. Noah é meu incidente incitante, e finalmente estou escrevendo meu próprio roteiro.

# 25

Quando acordo na manhã seguinte, tenho aquela sensação de manhã de Natal. Como se soubesse antes mesmo de abrir os olhos que alguma coisa muito boa vai acontecer, antes de lembrar o que é. E então, em segundos, tudo volta à memória. Noah. Vou ver o Noah. Abro os olhos e vejo a boneca ao meu lado. Devo ter esbarrado nela durante a noite, e agora ela está de lado sobre o travesseiro, olhando para mim.

— Bom dia! — falo para ela, porque estou tão agitada que converso até com uma boneca. — Dormiu bem?

Imagino que ela responde: "Não, na verdade dormi muito mal, porque meus olhos não fecham. Como você dormiria se não pudesse fechar os olhos?"

Tudo bem, preciso levantar.

Tomo uma ducha, depois sento na cama com as pernas cruzadas e uma toalha enrolada na cabeça e abro o laptop. Fico nervosa enquanto espero o blog carregar. E se os leitores acharam o último post bobo e exagerado? E se tiver algum comentário negativo?

Mas eu não precisava ter me preocupado. Todos os comentários são mais legais que antes, muitos deles com emoticons de coraçõezinhos vermelhos e pedidos de mais detalhes sobre o Garoto Brooklyn.

Estou prestes a ir ver se Elliot acordou quando recebo uma mensagem de texto. *Por favor, por favor, tomara que seja o Noah,* imploro em silêncio. Vou pegar o celular, quando vejo a boneca olhando para mim de onde a deixei sobre o travesseiro. "Ah, por favor", imagino que ela diz. Respiro fundo e tento manter a calma, mas, assim que vejo que a mensagem é dele, a agitação e os arrepios recomeçam.

Sonhei que estava te levando pra passear em NY e cada lugar que a gente visitava virava um bolo. O que será que isso significa?! N

Respondo rapidamente:

Que vc foi atingido pela maldição do Dia do Mistério Mágico...? Mas deve ter sido demais. Imagina o Empire State transformado em bolo!

Já olhou pra fora?

Não, por quê? A lua ficou verde?

Vou até a janela e puxo a cortina. Flocos de neve caem do céu. Os prédios parecem ter sido salpicados com açúcar de confeiteiro.

Uau, que lindo!

É, agora parece Natal! Ótimo dia pra vc, a gente se vê à meia-noite!

Pra vc tb!

***

No começo acho que este vai ser o dia mais longo e chato da história, porque estou ansiosa demais para encontrar Noah, mas na verdade o casamento é bem divertido. Com os convidados chegando, a suíte vai ficando cada vez mais com cara de *Downton Abbey*. Os homens estão muito bonitos de terno preto e cinza e cabelo penteado para trás. As mulheres estão lindas. Cada vestido inspirado na década de 20 é uma obra de arte, todos de cetim, rendas e bordados, em tons discretos de lilás, esmeralda e ameixa. Até as crianças estão usando trajes de época, parecendo bonecas de porcelana com todos aqueles babados e botas amarradas. Impossível não sentir uma pontinha de inveja quando olho para o meu traje de serviço, um vestido evasê preto e engomado, com um avental branco ainda mais engomado por cima.

O fotógrafo profissional faz algumas fotos posadas dos padrinhos e dos convidados, e eu ando por ali com minha câmera muito menor fazendo fotos espontâneas. Consigo closes adoráveis de detalhes de alguns vestidos e uma foto muito fofa de duas daminhas cochichando. Então, quando alguém anuncia a chegada da noiva e todos os convidados se sentam, tiro uma foto muito romântica de Jim no fim do corredor, com uma expressão que revela uma intensa mistura de nervosismo, expectativa e beleza enquanto espera Cindy aparecer.

No fim, eles desistem do sotaque britânico na hora de fazer os votos, o que me deixa muito contente. Os votos são lindos e repletos de emoção. Eles acrescentaram detalhes divertidos, como Cindy prometendo não reclamar quando Jim assistir a jogos de beisebol, e Jim prometendo aprender a gostar de reality shows. Quando a cerimônia termina, estou derretendo de emoção.

Os convidados se dirigem à outra sala para o desjejum, e minha mãe me puxa de lado. Seus olhos brilham, e ela exibe um largo sorriso.

— Pen, você não sabe! Fui convidada para organizar uma festa temática. Aqui em Nova York!

— Quê? Quando?

— Na semana que vem. — Ela olha para a mesa principal. — Sabe a dama de honra, aquela grandona com muito cabelo?

— Sei.

— Então, ela faz trinta anos um dia antes da véspera de Ano-Novo, e me pediu para organizar uma festa com o tema "mods e roqueiros".

— Uau! Mas... a gente vai embora amanhã. Como você vai fazer a festa? — Tenho o horrível pressentimento de que minha mãe vai ficar aqui e que vamos passar o Natal em casa sem ela.

— Ela se ofereceu para pagar nossa estadia até o Ano-Novo. E também vai pagar a taxa de mudança de data do voo. Essas pessoas são muito ricas, Pen. Dinheiro não é problema para elas.

Fico parada tentando processar a novidade.

— Vamos passar o Natal aqui?

Minha mãe assente.

— Sim. Conversei com o seu pai e ele concordou.

Ao primeiro sinal de entusiasmo, minha mente começa a procurar razões para isso não ser realmente possível, porque é bom demais para ser verdade.

— Mas... e o Tom? E o Elliot?

— O Elliot pode ficar — minha mãe explica, sorrindo. — Bom, espero que possa; tenho que ligar para os pais dele. E o Tom vai ficar bem. Hoje de manhã ele me mandou uma mensagem perguntando se podia passar o Natal com a Melanie e a família dela.

Agora estou tão animada que quero dançar a conga no caminho para a sala de jantar. Mas não danço, porque as possibilidades de desastre são enormes.

Vou passar o Natal e o Ano-Novo em Nova York. Vou poder ver o Noah. Minha vida não poderia ser melhor.

— E a Sadie Lee nos convidou para passar o Natal com ela no Brooklyn — minha mãe acrescenta, provando que eu estava errada. Minha vida pode melhorar e acabou de ficar um trilhão de vezes melhor.

***

Elliot e meu pai se juntam a nós para a recepção à noite. Elliot está incrível em um terno vintage com gravata. Olho de novo para meu uniforme e suspiro. Não é o que eu teria vestido para encontrar Noah — eu me sinto desleixada, mas pelo menos estou de acordo com o personagem. Todos se reúnem em círculo quando Cindy e Jim começam sua primeira dança como marido e mulher. Cindy agora usa um lindo vestido de melindrosa da década de 20, de cetim azul-claro cintilante, e o tecido muda de cor com as luzes que brilham, como uma pedra lunar. Quando a banda toca os primeiros acordes de "Unchained Melody", minha pele se arrepia com as lembranças do dia anterior, quando vi Noah pela primeira vez em cima daquele palco escuro. Faltam só três horas para a meia-noite. Olho para o relógio enfeitado na parede e me sinto ainda mais parecida com Cinderela, só que, no meu caso, espero ansiosa pela meia-noite, em vez de temer sua chegada.

— Penny, por que você não trocou de roupa? — minha mãe cochicha no meu ouvido.

Olho para ela.

— Como assim? Que roupa eu devia ter colocado?

Minha mãe franze a testa.

— Eu te falei sobre o vestido. Eu não te falei sobre o vestido?

Olho para ela sem entender.

— Ai, meu Deus! Eu estava tão ocupada que esqueci completamente. — Ela segura meu braço. — Lá embaixo, no meu quarto, tem um vestido para você.

— Que tipo de vestido?

Ela sorri.

— Você vai ver.

— Mas não tenho que estar de acordo com o tema?

— E vai estar. — O sorriso de minha mãe é ainda mais misterioso quando ela me entrega o cartão que abre seu quarto.

— Tudo bem.

Viro para sair e aproveito para fazer uma foto rápida de uma das daminhas engatinhando embaixo da mesa, segurando uma coxa de frango.

***

Assim que entro no quarto dos meus pais, começo a rir. O lado do meu pai está praticamente vazio, exceto pela biografia de algum esportista em cima do criado-mudo e a mala encostada na parede. O lado da minha mãe parece ter sido varrido por um tornado. Um furacão de roupas e cosméticos. Atravesso o caos e me aproximo da cama.

Lá, esticado sobre as cobertas, tem um lindo vestido de melindrosa, de seda verde-esmeralda com uma bela franja de contas prateadas na bainha. A faixa de cabeça é do mesmo material e está ao lado do vestido, e os sapatos são um par de Mary Janes pretos. Não acredito que seja para mim realmente, mas há uma etiqueta no cabide: PARA PENNY.

Estou tão agitada que mal consigo respirar. Mas, é claro, minha velha voz interior tem que se manifestar. *E se não servir? E se ficar ridículo?* No entanto, quando pego o vestido, não consigo imaginar que possa ficar ridículo em alguém. Tiro o uniforme e ponho o vestido. O tecido é tão macio que provoca um arrepio quando toca minha pele. Fico admirada ao ver meu reflexo no espelho. O vestido tem um caimento perfeito e me faz parecer adulta e... bem, *interessante*, como uma estrela de cinema antigo. Calço os sapatos e dou uma olhada no cabelo. Prendi os cachos em um coque para combinar com o uniforme, mas agora o penteado não funciona.

Solto o coque e pego uma escova em cima da penteadeira. Faço duas tranças e as prendo para cima, depois coloco a faixa. Finalmente, aplico um pouco de delineador líquido e mais rímel. Um toque rápido de pó, uma borrifada de perfume e estou pronta. Paro na frente do espelho para uma última olhada.

De repente lembro o dia em que estava me arrumando para ir encontrar Ollie, como me sentia nervosa e insegura. Agora olho para mim e não consigo não sorrir. É difícil acreditar que tenha se passado só uma semana — parece que foi uma vida inteira. Eu me sinto uma nova pessoa. Pego minha bolsa e caminho em direção à porta.

# 26

Quando volto para a suíte nupcial, encontro meus pais e Elliot sentados em torno de uma mesa, em um canto da sala de recepção.

— Querida! — diz minha mãe.

Meu pai abre a boca.

— Você está...

— Melindrosástica! — Elliot declara.

— Obrigada. — Dou uma volta, e a franja de contas na bainha do vestido voa ao meu redor. Depois me sento com eles. — Muito obrigada, mãe.

— Minha menininha está crescendo — meu pai comenta, melancólico.

— Pai! — respondo com o rosto vermelho.

— Bom, preciso ligar para os meus pais de novo — Elliot avisa. — Cruzem tudo o que puderem para eles me deixarem ficar para o Natal.

Minha mãe e eu cruzamos os dedos, e meu pai fica vesgo.

— A Sadie Lee me contou que o Noah vai passar por aqui mais tarde para te ver — minha mãe fala quando Elliot se afasta.

Faço um sinal afirmativo com a cabeça.

— Hum, acho melhor eu conhecer esse Noah — meu pai decide.

— Você vai conhecer — minha mãe responde. — Vamos passar o Natal com ele.

O comentário é suficiente para provocar um coro de anjos em minha cabeça. Meu celular vibra, e vejo uma notificação de mensagem. É de Noah.

Alguma chance de sair + cedo da festa? Normalmente eu não gosto de despedidas longas, mas dessa vez vou abrir uma exceção. (Eu disse que vc está me fazendo agir de um jeito estranho!) N

Cedo quanto?

Cedo agora?

Vc já chegou?!

Já, estou no estacionamento. É só avisar e vou te encontrar na cozinha.

Meus pais estão se levantando para ir dançar.

— É o Noah — digo. — Ele já chegou. Tudo bem se eu sair agora pra ir encontrar com ele na cozinha?

— Claro — minha mãe responde.

— Traz o garoto aqui — meu pai sugere por cima do ombro enquanto leva minha mãe para a pista. — A Cindy e o Jim não vão se incomodar.

Vou até a cozinha e encontro Sadie Lee limpando uma das enormes bancadas de aço inox. Quase não a vi o dia todo, porque ela passou o tempo inteiro ali, supervisionando o preparo de todas as refeições.

— Oi — digo.

— Oi, mocinha. — Sadie Lee olha para mim com um sorriso radiante. Seu rosto está um pouco corado, e algumas mechas de cabelo grisalho escaparam do coque, mas, exceto por esses detalhes, ela ainda parece naturalmente chique. E me examina da cabeça aos pés. — Nossa, você está linda!

— Obrigada, é meu traje de noite.

— É muito bonito. Deixe eu dar uma olhada. — Sadie se aproxima para ver de perto as contas na bainha do vestido. — Parece uma foto da minha avó que tenho em casa. Ela era uma melindrosa de verdade, original. Meu Deus! O Noah não vai acreditar.

Ao ouvir o nome dele, fico vermelha e encabulada.

— Ele acabou de me mandar uma mensagem dizendo que está aqui, no estacionamento.

Sadie Lee assente e sorri.

— Eu sei, ele já está subindo.

— Obrigada pelo convite para passarmos o Natal com vocês.

— Ah, meu bem, vocês são muito bem-vindos. Eu adoro ter a casa cheia no Natal. Vai ser como... — Ela para, e imagino que esteja pensando nos pais de Noah.

— Sinto muito sobre... o acidente — comento em voz baixa, esperando não ser indelicada.

Ela sorri com tristeza.

— O Noah te contou?

— Sim.

— Ele está muito impressionado com você.

Sorrio de volta.

— Eu... também gosto muito dele.

Sadie Lee se aproxima, e a voz dela assume um tom mais urgente.

— Fico feliz que ele tenha conhecido alguém com quem pode conversar. Ele está sob...

— Oi, e aí? Ah, nossa!

Viro e vejo Noah me olhando com espanto.

— Não falei? — Sadie Lee me cutuca com o cotovelo. — Olhos mais que arregalados.

— Você está... maravilhosa! — Noah exclama, ainda parado ao lado da porta.

— Obrigada — respondo, tímida. — Você também.

Noah está usando jeans skinny preto e jaqueta de couro sobre um moletom cinza-claro. O cabelo parece mais brilhante e macio que no dia anterior, e os olhos são ainda mais cor de chocolate do que eu lembrava. Quando ele sorri, as covinhas voltam a aparecer dos dois lados da boca. Noah é tão lindo que fico em dúvida se quero abraçá-lo ou tirar uma foto dele.

— Está tudo aí? — ele pergunta, olhando rapidamente para Sadie Lee antes de olhar para mim de novo.

— É claro que sim — ela responde e pega uma cesta de piquenique embaixo da bancada.

— Eu estava pensando — Noah fala com uma voz empostada —, será que a senhorita gostaria de me acompanhar num piquenique?

— Um piquenique?

— Ãhã. Mas não é um piquenique qualquer — ele acrescenta com um brilho nos olhos.

— Ah, não? — pergunto, entrando na brincadeira.

— Não. É um piquenique ao luar.

O desânimo é imediato. Meu pai e minha mãe não vão permitir que eu saia do hotel.

— Num terraço secreto na cobertura — Noah continua. — Bem atrás desta cozinha.

— Sério?

— Sério.

Sadie Lee começa a rir.

— Seria uma honra — respondo e olho para Sadie Lee. — Por favor, você pode avisar meus pais? Eles estão na festa, provavelmente passando vergonha na pista de dança.

— É claro, meu bem. — Sadie olha para Noah com ar preocupado. — Mas ela não vai congelar no terraço com esse vestido?

— Não se preocupa, vó, eu pensei em tudo.

— Por que não estou surpresa? — Sadie Lee dá risada. — Tudo bem, divirtam-se e não fiquem lá fora muito tempo. Os pais da Penny podem pensar que ela foi abduzida.

Sadie Lee vai para a festa, e Noah e eu ficamos sozinhos.

— Então... — ele diz e se aproxima de mim com a cesta.

— Então... — Estou tão acanhada que tenho que olhar para o chão.

— Se você pudesse convidar um personagem de ficção para um piquenique, quem seria? — Noah pergunta.

Sorrio. Suas perguntas aleatórias são ótimas para quebrar o gelo.

— Augustus Waters, de *A culpa é das estrelas* — respondo. — Para poder trazer ele de volta à vida.

— Ótima resposta. Eu levaria aquele cara meloso de *Crepúsculo*, para poder matá-lo.

Dou risada e levanto a cabeça e, no momento em que meus olhos encontram os de Noah, sinto um tranco dentro de mim. É tão poderoso que quase fico sem ar.

Ele sorri e desvia o olhar.

— É bom te ver de novo.

— Não tem de quê. — Não sei por que eu disse isso. Bem, na verdade eu sei, é porque sou um Constrangimento Internacional Esperando para Acontecer, amaldiçoada pelo Deus dos Momentos Desconfortáveis.

— Não tem de quê?

— Não.

— Não é isso? Ou não tem? — Noah inclina a cabeça para o lado e sorri.

— Não... É que... não era isso que eu queria dizer. Não sei o que... — Viro um pouco para o lado, evitando que ele sofra queimaduras de terceiro grau provocadas pelo calor que emana do meu rosto. — Eu queria dizer... obrigada.

— *Não tem de quê!* — Noah fala alto, e nós dois damos risada. — Vem — ele chama e me leva para uma porta que até então eu imaginei que fosse um armário. A porta se abre para um corredor estreito, que termina em uma saída de incêndio. — A Sadie Lee me falou sobre esse lugar — ele explica. — É onde o pessoal da cozinha vai fumar. — E sorri envergonhado. — O que faz parecer que é o lugar menos glamouroso do mundo para um piquenique, mas não se preocupa. A gente faz ser legal. E, por mais que eu odeie a ideia de cobrir esse seu vestido, odiaria ainda mais se você pegasse uma pneumonia. — E tira da mochila uma jaqueta grossa.

É tão grande que me cobre quase até os joelhos.

— Hum... — Noah franze o cenho. — Por que fica muito melhor em você do que em mim?

E, sem nenhum esforço, ele desperta minha confiança, que começa a crescer.

Noah abre a porta da saída de incêndio e vamos para um terraço de concreto cercado por altas grades de metal. Ele me leva para um cantinho junto da parede, onde estende o cobertor xadrez que vi na caminhonete.

— Por favor — diz, fazendo um gesto para me convidar a sentar.

Noah senta na minha frente e abre a cesta. Pega uma garrafa térmica e duas canecas, depois dois pratos e talheres muitos bonitos e vários pacotes embrulhados com papel-alumínio. Com água na boca, eu o vejo abrir os pacotes, e um monte de canapés, morangos cobertos com chocolate e minibolos surge à minha frente. Depois, finalmente, ele pega duas velas e uma caixa de fósforos.

— Isso deve ter sido ideia da Sadie Lee — Noah comenta, sorrindo — Ela é mesmo muito romântica.

Ele acende as velas e ficamos ali sentados por um momento, um sorrindo para o outro, depois desviamos o olhar.

— Eu esperava que a noite fosse clara — Noah comenta, olhando para o céu escuro. — Tinha esperança de que a gente pudesse ver a lua de novo.

— Não faz mal. Está perfeito.

Ouço o barulho de Nova York lá embaixo, mas estamos tão longe que sirenes e buzinas são quase tão suaves quanto o canto de um pássaro.

— Eu estava pensando — ele comenta enquanto abre a garrafa térmica, de onde sai um vapor que forma espirais no ar frio. — A gente pode se escrever quando você voltar pra casa. E conversar pelo Skype, e trocar mensagens. — E suspira ao olhar para mim. — Eu queria que você não fosse embora amanhã, Penny.

Sorrio. Sadie Lee não contou que vamos ficar mais. Deixou para mim a alegria de dar a notícia, talvez?

— Não precisa ficar tão feliz com isso — Noah continua, balançando a cabeça.

— Eu não estou. — E meu sorriso fica ainda mais largo.

— Não? Imitou bem!

— Eu não estou feliz porque vou embora... Estou feliz porque *não* vou. Não amanhã, pelo menos. Minha mãe recebeu uma proposta para organizar uma festa aqui em Nova York, um dia antes da véspera de Ano-Novo. Vamos ficar até o ano que vem!

Noah fica boquiaberto.

— Está brincando?

— Não.

Ele estende os braços para mim por cima do cobertor do piquenique.

— Vem cá.

Fico de joelhos e inclino o corpo na direção dele. Assim que me aproximo, ele segura minhas mãos, e sinto um tremor de antecipação.

— E quer saber a melhor parte? — pergunto.

— Dá pra melhorar?

Assinto com a cabeça.

— O melhor é que a Sadie Lee convidou a gente pra passar o Natal com vocês!

Noah começa a rir.

— Sim, essa é a melhor parte, com certeza. — Mas a expressão dele fica séria de repente. Noah olha para mim, e sinto uma coisa estranha no estômago. — Então...

— Então... — repito com o coração aos pulos.

Ele está tão perto que vejo um respingo de tinta em seu rosto. Sua mão segura a minha com mais força, e isso me faz aproximar ainda mais dele. Nossos rostos estão a centímetros de distância. *Ele vai me beijar! Ele vai me beijar? O que eu faço?* Fecho os olhos e tento bloquear os pensamentos apavorados. E então sinto seus lábios nos meus, suaves como uma pena, e o beijo de volta. De alguma forma, milagrosamente, parece que sei o que fazer. Noah solta minha mão, me abraça e me puxa para perto. O beijo se torna mais intenso, e eu me sinto derreter.

Neste momento, meu celular começa a tocar. Noah me abraça com força, e deixo a ligação cair no correio de voz.

— Viu? Eu disse, você é meu incidente incitante — ele fala baixinho.

Assinto e nos afastamos, mas percebo que nossas pernas ainda se tocam.

— É melhor ver quem me ligou — digo, pensando que meu pai pode estar aflito achando que saí com Noah.

Mas a chamada perdida é de Elliot. Escuto a mensagem que ele deixou na caixa postal.

— *Penny! Onde você está? Sua mãe disse que você foi encontrar o Príncipe Encantado. Você pode voltar logo, por favor? Traz o Príncipe, os Brady não vão se importar. Aconteceu uma tragédia. Meus pais não me deixaram ficar. Estão me obrigando a voltar pro Natal. Sozinho! Dá pra acreditar?!* — Há uma pausa breve, durante a qual meu coração fica apertado. — *A menos, é claro... Penny, você pode voltar comigo?*

# 27

Acho que meu choque e meu horror devem ser óbvios, porque, assim que guardo o celular na bolsa, vejo Noah olhando preocupado para mim.

— O que aconteceu? — ele pergunta. — Parece que alguém acabou de te contar que o Papai Noel não existe. E ele existe, na verdade. Essa história é só um boato cruel inventado pelos adultos para estragar a nossa diversão.

Eu rio, mas é uma risada forçada.

— Era meu amigo, o Elliot. Ele vai ter que ir embora amanhã. Os pais não deixaram que ele ficasse. Querem que ele volte para o Natal.

Noah suspira.

— Que droga. — Ele pega a garrafa térmica. — Quer chá doce?

Assinto, mesmo sem saber direito o que é "chá doce". Só consigo pensar na pergunta de Elliot sobre eu ir embora com ele. Estou completamente dividida. Por mais que eu odeie pensar em Elliot viajando sozinho, odeio mais ainda deixar meus pais e Noah.

Noah me dá uma xícara de chá, e eu bebo um gole. Não é parecido com nada que eu tenha experimentado antes. É cítrico e doce, quase como uma limonada quente.

— Que delícia — digo.

— Mais uma especialidade de Sadie Lee. Na Carolina do Sul, onde ela nasceu, as pessoas bebem esse chá com gelo no verão. Ela criou a versão nova-iorquina de inverno.

Bebo mais um pouco e tento voltar ao clima do piquenique, mas é inútil. Não consigo parar de pensar em Elliot. Olho para Noah.

— Você se importa de voltarmos para a festa? O Elliot parecia muito nervoso. Ele disse que precisa falar comigo.

Vejo a decepção no rosto de Noah e me sinto muito mal. Mas não posso deixar Elliot esperando, especialmente depois de ele ter ficado tão magoado comigo ontem.

Noah move a cabeça numa resposta afirmativa.

— Claro. Mas acho melhor você ir falar com ele e eu vou pra casa.

— Não! Quer dizer, por que você não vai comigo? Não quero que você vá embora.

Ele dá risada.

— Eu não posso entrar de penetra numa festa de casamento. Além do mais, a gente vai se ver amanhã.

— Sim, mas os Brady não vão se importar. Eles são ótimos. Eu explico pra eles que você é neto da Sadie Lee e meu acompanhante.

Ele levanta as sobrancelhas e sorri.

— Seu acompanhante, é?

— Sim. Por favor, vem comigo.

Ele balança a cabeça.

— Escuta, quando eu vim pra cá essa noite, achei que seria uma despedida. Agora eu sei que você vai ficar mais uma semana, então está tudo bem. Não me importo de esperar até amanhã. Seu amigo precisa de atenção, e eu só vou atrapalhar.

— Não vai atrapalhar, você...

Noah toca meus lábios com um dedo.

— Shhh...

— Mas o piquenique...

— Podemos fazer piquenique todos os dias quando você estiver na minha casa. — Ele sorri. — Vai ver seu amigo.

Suspiro.

— Tudo bem.

— Mas antes...

Noah me puxa e me beija de novo, segurando minha cabeça entre as mãos e afagando meu cabelo.

— Uau — ele murmura quando finalmente nos afastamos para respirar.

— Que beijo! — comento, porque, é claro, não consigo fazer algo importante, como beijar um garoto, sem dizer alguma coisa constrangedora.

— Sim — Noah confirma com um brilho nos lábios. — Que *beijadora*.

Dou risada e desvio o olhar. Sei que meu rosto está vermelho, mas não me incomodo. Essa é a diferença com Noah — eu posso ser um Constrangimento Internacional Esperando para Acontecer, mas não tem importância, porque ele não se importa.

— Vem, vou te levar pra dentro — ele diz.

***

Quando volto para a festa, meus lábios ainda estão formigando por causa dos beijos. Mas, assim que vejo Elliot, o formigamento começa a desaparecer e meu coração fica apertado. Ele está sentado sozinho e parece muito triste.

— Onde você estava? — Elliot pergunta assim que me sento.

— Desculpa. O Noah quis fazer um piquenique e...

— Um piquenique?

— É, mas não se preocupa, eu...

— E cadê ele? — Elliot me interrompe e olha para a porta.

— Foi embora.

— O quê? Por quê? Ele não precisava ter ido. Eu disse pra você trazer ele aqui.

— O Noah não quis entrar de penetra.

— Mas eles não teriam se importado. Ele é neto da dona do bufê.

— Eu sei, mas... Enfim, o que aconteceu? O que seus pais disseram?

— Surtaram. — Elliot abaixa a cabeça e começa a catar migalhas imaginárias na toalha de mesa. — Disseram que eu não podia passar o Natal aqui de jeito nenhum, que não foi esse o acordo inicial... Como se isso fosse um caso de justiça em que eles estivessem trabalhando. Eles preferem que eu volte pra casa sozinho em vez de ficar aqui com vocês, porque querem a família reunida no Natal. Mas... — Elliot pausa e dá um suspiro dramático. — Eles disseram que, se você voltar comigo, vai ser bem-vinda para passar o Natal em casa.

— Ah... eu...

— Ahá, a fugitiva voltou! — meu pai exclama e se joga na cadeira ao meu lado. Ele está vermelho e ofegante. É evidente que esteve dançando muito durante minha ausência.

Minha mãe se senta ao lado dele. Ela não está tão cansada, ainda está em forma depois dos dias de grande dançarina na época do teatro.

— Penny, cadê o Noah?

— Foi pra casa.

Minha mãe franze o cenho.

— Já? Por que você não o convidou para vir ficar com a gente? Tenho certeza que os Brady não iam se importar. Ele é neto da Sadie Lee.

Caramba, se eu tiver que ouvir isso mais uma vez...

— Está tudo bem. Eu precisava conversar com o Elliot... sobre os pais dele.

— Ah, sim. — Meu pai balança a cabeça. — É uma pena. O Natal não vai ser a mesma coisa sem você.

Elliot assente e suspira, depois olha para mim.

— E aí, o que você acha, Pen?

— Não sei. — Olho para a pista lotada como se procurasse inspiração nos dançarinos. Como vou sair dessa sem magoar o Elliot?

— O que ela acha sobre o quê? — meu pai quer saber.

— Meus pais disseram que a Penny pode passar o Natal com a gente, se ela voltar comigo amanhã. — Elliot olha esperançoso para meu pai.

Encaro minha mãe, e ela levanta as sobrancelhas. Eu me concentro e tento mandar uma daquelas mensagens telepáticas entre mãe e filha, implorando para ela não me deixar ir.

— Ah, eu não sei... — minha mãe começa.

— Eu sei que a refeição pronta que eles vão servir numa bandeja não é a mesma coisa que os banquetes épicos do seu pai, mas não vai ter banquete do seu pai esse ano, né? — Elliot argumenta olhando para mim. — Vocês vão jantar no hotel.

— Mas... — começo.

— Nós não vamos passar o Natal no hotel — minha mãe explica num tom gentil. — Vamos para a casa da Sadie Lee.

Elliot arregala os olhos.

— Da Sadie Lee?

— É — minha mãe responde. — A dona do bufê que preparou o jantar do casamento. Ela nos convidou para passar o Natal na casa dela.

— Ah. Sei — Elliot diz sem emoção.

— E queremos que a Penny vá com a gente — meu pai anuncia com delicadeza.

— É, já vai ser bem ruim passar o Natal sem o Tom — minha mãe acrescenta.

Sinto uma onda de alívio. Agora não preciso dizer para o Elliot que não quero ir embora com ele; posso dizer que meus pais não deixaram.

— Tudo bem, eu entendo — Elliot diz em voz baixa.

— É só uma semana — lembro.

— Oito dias — ele corrige depressa.

— Tudo bem, oito dias. Podemos nos falar pelo Skype.

— Tem certeza que não vai estar muito ocupada? — Elliot resmunga.

— Ei, é a nossa música! — meu pai exclama ao ouvir as primeiras notas de "When a Man Loves a Woman". Ele fica em pé e estende a mão para minha mãe. — Madame, me daria a honra?

— Ah, com prazer. — Minha mãe segura a mão dele.

Eu os vejo voltar à pista de dança e sorrio. É estranho porque, até bem pouco tempo atrás, essas demonstrações públicas de afeto dos meus pais me deixavam melancólica, como se eles fossem membros de um exclusivo Clube de Casais ao qual eu nunca pertenceria. Mas, agora, ver os dois assim me faz pensar em Noah, e isso me aquece por dentro.

— Acho que vou fazer as malas — Elliot avisa, interrompendo meu transe.

— Eu te ajudo — respondo, desesperada para falar alguma coisa, *qualquer coisa* que possa fazê-lo se sentir melhor. — O que acha de improvisarmos um banquete? Tenho uma cesta com as coisas do piquenique.

— Não estou com fome.

— Nem pra comer morangos cobertos de chocolate?

— Ele trouxe morangos cobertos de chocolate?

Assinto nervosa, sem saber que tipo de reação isso vai provocar, considerando o humor de Elliot no momento.

— Fala sério, esse cara tem algum defeito?

— Deve ter vários — respondo, mesmo sem ter certeza.

— Hum... Tudo bem, então vamos.

***

O humor de Elliot só começa a melhorar depois que terminamos de arrumar a mala.

— Desculpa — ele diz e se joga na cama. — É que eu fiquei tão decepcionado por não poder passar o Natal com vocês. Mas acho que é melhor eu ir pra casa; se eu ficasse, ia ser um tremendo estorvo.

— Não ia, não. — Sento na cama ao lado dele. — Escuta, o Noah e eu vivemos separados por uns quinze mil quilômetros.

— Seis mil e quinhentos, na verdade.

— Tudo bem, seis mil e quinhentos, mas ainda é mais que um oceano... Então não é como se essa história fosse afetar a nossa amizade. É só... só...

— Um romance de férias?

— É, um romance de férias.

Mas, quando Elliot sorri e assente, um pensamento perturbador me ocorre. Essa é a primeira vez que minto para ele em todos os anos da nossa amizade.

# 28

Uma vez li um artigo de revista que dizia que todo sonho tem um significado oculto. Por exemplo, se você sonha que está subindo uma montanha correndo, mas nunca chega ao topo, significa que está estagnado em alguma área da sua vida, e sonhar que os dentes caem significa insegurança... ou que você está grávida? Não lembro. De qualquer maneira, existem pessoas, tipo médicos de sonhos, que analisam seu sonho e apontam o significado oculto. Quando acordo na véspera de Natal, me pergunto que sentido um médico de sonhos encontraria no que sonhei na noite passada. Resumindo, eu estava presa em um trem com Megan e Ollie, e, cada vez que passávamos por uma estação, o locutor anunciava em voz alta um fato constrangedor sobre mim. Então, em vez de dizer "Senhoras e senhores, em breve chegaremos à estação...", ele dizia coisas como: "Senhoras e senhores, sabiam que Penny Porter uma vez mostrou a calcinha para todo mundo?" E Megan e Ollie passavam o tempo todo sentados na minha frente, rindo sem parar. E, cada vez que eu tentava levantar para sair, eles me faziam sentar. E a cadeira em que eu estava sentada se transformou em um bolo, e acabei com o traseiro todo sujo de chocolate.

Sento na cama e acendo o abajur. Odeio sonhos. Odeio como é possível esquecer coisas e pessoas que nos magoaram, e aí um sonho traz tudo de volta. Pego a boneca de porcelana de cima do travesseiro ao lado do meu e a abraço. É estranho pensar em Megan e Ollie de novo.

Tenho uma urgência repentina de olhar o Facebook e o YouTube para ver se as pessoas ainda estão comentando o vídeo. Mas, felizmente, a realidade se impõe. Por que fazer isso comigo? Estou tão bem desde que cheguei aqui, nem tenho pensado mais nisso. Olho em volta e sinto uma pontada de tristeza. Esta é minha última manhã no Waldorf Astoria. Sei que vai parecer estranho o que vou dizer, mas me sinto muito ligada a este quarto. Foi aqui que minha vida começou a se transformar em um conto de fadas. Aqui eu finalmente percebi que posso controlar o que acontece comigo. Decido tirar algumas fotos para guardar as lembranças para sempre.

Primeiro fotografo a cama desarrumada com a boneca sobre uma pilha de travesseiros. Depois faço fotos do quarto todo, de vários ângulos. E, finalmente, fotografo a vista da janela e uma das poltronas com o cobertor em cima, lembrança da noite em que falei com Noah pelo telefone e a lua era cor de laranja. Quando termino, me sinto bem melhor. É como se olhar o quarto através da lente da câmera me ajudasse a recuperar o foco, literalmente. Megan e Ollie, a peça... tudo que aconteceu é passado. Preciso continuar focada no presente, e isso significa Nova York e Noah.

O entusiasmo cresce, e sinto um impulso de dançar. Pego o controle remoto e ligo a televisão. A MTV toca canções de Natal o tempo todo. Começo a dançar pelo quarto, a música é "Santa Claus Is Coming to Town". Danço e danço até me livrar do terrível resquício do sonho. Depois caio sobre a cama e sorrio para a boneca.

— Feliz Natal — sussurro ofegante para ela.

* * *

Felizmente, Elliot recuperou sua alegria habitual.

— Tenho um plano — ele cochicha para mim à mesa do café. — Um plano tão vil que faria o Coringa ficar vermelho de vergonha.

— O que é? — cochicho de volta enquanto espalho calda sobre as panquecas.

— O nome é "Dez Maneiras de Arruinar o Natal dos Meus Pais Cruéis" — ele começa, com os olhos brilhando. — Quando eu terminar, eles vão lamentar por eu não ter ficado aqui com vocês.

Começo a rir.

— O que você vai fazer?

— Número um? Vou dizer a eles que decidi largar a escola e morar numa comunidade hippie. Número dois: avisar que, de agora em diante, só atendo pelo meu novo nome hippie, Água da Chuva.

Quando Elliot chega ao número dez de seu plano diabólico ("Contar a eles que agora eu tenho um namorado, um americano dos Hell's Angels chamado Hank"), estamos os dois morrendo de rir. Meus pais, que estavam ocupados discutindo os planos para a festa, olham para nós.

— O que é tão engraçado? — meu pai pergunta sorrindo.

— Não sei se quero saber — diz minha mãe.

— Acredite em mim, não queira — respondo e sorrio para Elliot.

* * *

Depois do café, deixamos nossa bagagem na recepção e vamos levar Elliot ao aeroporto. Quando o táxi para no terminal, olho ansiosa para ele.

— Você vai ficar bem viajando sozinho?

Ele sorri.

— Sim, na verdade até gosto da ideia. Acho que vai me dar um ar de mistério. Posso imaginar todos os outros passageiros pensando: *Quem é esse jovem viajando sozinho? Qual será sua história?*

Dou risada e balanço a cabeça.

— Bom, você se vestiu para isso, com certeza.

Elliot usa seu terno vintage favorito, o de listras cinza, sapatos de amarrar bem polidos, relógio de bolso preso numa corrente e... o boné do New York Yankees. De alguma maneira, ele consegue fazer com que o visual seja muito descolado.

Elliot me abraça.

— Vou sentir sua falta, cara de Pen.

— Também vou.

— Aproveita bem seu romance de férias.

— Tá.

— Não, é sério. — Elliot recua um passo e olha para mim. — Você merece se divertir, depois de tudo que passou ultimamente.

Sinto a emoção crescendo.

— Obrigada.

— Vou querer saber de *todos* os detalhes assim que você voltar pra casa.

Dou risada e assinto.

— Pode deixar.

O voo de Elliot é anunciado. Vejo meu amigo passar pelo portão de embarque com um estranho misto de tristeza por ele partir e entusiasmo pelo que está por vir.

— Tudo bem? — Meu pai me abraça.

Respondo que sim com a cabeça.

— Acabei de receber uma mensagem da Sadie Lee — minha mãe conta. — Ela me pediu para dizer a vocês que acabou de fazer uma fornada de brownie e que podemos ir para lá quando quisermos.

Sinto meu celular vibrar, e meu coração dá um pulo quando vejo uma nova mensagem de Noah.

Bom dia! Vc é boa em decorar árvores de Natal? N

Sorrio e respondo:

A melhor. Venci o Campeonato de Pendurar Bolas da minha cidade. Três vezes seguidas ☺

Só três? Que vergonha! Bom, acho que serve. Vem logo pra cá, Incidente Incitante, a Bella e eu precisamos da sua ajuda.

Fico confusa quando vejo o nome Bella, mas em seguida me lembro: é a irmã de Noah.

***

No táxi para o aeroporto, eu estava focada em animar Elliot e não fiquei ansiosa, mas voltar para o hotel para pegar nossa bagagem foi bem diferente. Quando paramos no Waldorf, tenho vontade de saltar do carro e ir a pé até o Brooklyn. Entro no hotel, dou uma última olhada no saguão e digo a mim mesma para aguentar firme. *Você consegue*, penso. *Você é Mar Forte*. Mas o nome de super-heroína parece não ter o mesmo efeito sem Elliot aqui. Penso nele sentado sozinho no avião e sinto um vazio por dentro. Então me lembro do exercício que Noah me ensinou.

— Pronta, Pen? — meu pai pergunta, acompanhado de um carregador que empurra um carrinho com a nossa bagagem.

— Sim.

Assim que volto para o táxi, tento imaginar em que parte do corpo sinto a ansiedade mais forte. Como sempre, é o aperto na garganta. Fecho os olhos e tento dar a esse sentimento uma forma e uma cor. Vejo um punho vermelho agarrando meu pescoço. No começo isso me faz sentir ainda pior e quero abrir os olhos, mas me obrigo a respirar fundo e deixo o punho ficar onde está. Nada acontece. A tensão na garganta continua; não melhorou nada. Mas também não piorou. Respiro fundo outra vez. *Tudo bem*, digo para a imagem do punho vermelho. *Não me importo com você aí*. E respiro fundo outra vez. Ouço meus pais conversando com o motorista do táxi, mas estou tão concentrada que não sei o que estão falando. Tento imaginar de novo o punho apertando a minha garganta, e dessa vez ele é mais rosado que vermelho. E também um pouco menor. *Tudo bem*, repito. O resto do corpo começa a relaxar. Agora é como se eu tivesse um nó na garganta, não um punho inteiro. Respiro fundo novamente, e dessa vez é muito mais fácil. *Tudo bem*, continuo repetindo em pensamento. *Tudo bem*. Permaneço focada na imagem do nó, e ele desbota até ficar branco e depois desaparecer completamente.

— Penny, olha a ponte! — minha mãe avisa e me cutuca de leve com o cotovelo.

Abro os olhos e vejo que já estamos na Ponte do Brooklyn, quase passando pelo primeiro arco. Do outro lado do rio, o distrito se desenha sólido e marrom contra o céu claro. Meu pânico passou como uma nuvem que se move pelo céu azul.

Quando chegamos ao Brooklyn, o táxi para numa rua residencial cheia de árvores. Todas as casas têm quatro andares e são de pedra. Paramos na frente de uma delas. Uma escada de degraus de pedra termina numa brilhante porta vermelha. Uma guirlanda de azevinho e visco enfeita o centro da porta, e um Papai Noel de pedra sorri para nós no alto da escada.

— Que lindo! — minha mãe diz, expressando em voz alta o que eu penso.

Mas, quando desço do carro, minha cabeça é tomada por terríveis pensamentos. *E se eu e o Noah não nos dermos bem? E se for muito estranho passar o Natal com ele?* No entanto, antes que eu possa me torturar mais, a porta da casa se abre e uma menina sai correndo. O cabelo castanho e brilhante é tão enrolado que emoldura o rosto com cachos perfeitos. Ela olha para nós com seus grandes olhos castanhos.

— Vocês vieram pro Natal? — pergunta com um sotaque nova-iorquino muito fofo.

— Sim, viemos — meu pai confirma.

Sadie Lee desce a escada. Ela está de vestido, protegido por um avental com estampa floral salpicado de farinha.

— Olá! — diz. — Bem-vindos! Bem-vindos!

Noah aparece atrás dela, e fazemos contato visual imediatamente.

— Oi — ele diz num tom suave.

— Oi — respondo. E começo a me ocupar com minha mala para disfarçar a vergonha.

— Eu cuido disso — Noah avisa e desce a escada correndo. Quando para perto do meu pai, ele diz: — Oi, eu sou o Noah. — E estende a mão.

— É um prazer conhecer você, Noah — meu pai responde enquanto aperta a mão dele. — Sou o Rob.

Suspiro aliviada. Até aqui, tudo bem.

— Você é a Penny? — Bella me pergunta quando subo a escada atrás de Noah.

— Sou. E você deve ser a Bella.

Tímida, ela assente e sorri antes de olhar para o irmão.

— Você tinha razão — diz.

— Shhh — Noah reage instantaneamente.

— Sobre o quê? — quero saber.

— Ela parece mesmo uma sereia — Bella anuncia.

— Cara! Pensei que você soubesse guardar segredo! — Noah exclama e pisca para mim.

A casa de Noah parece ter saído de um filme americano sobre bem-estar e conforto. O hall de entrada é do tamanho de uma sala de estar. Um lindo relógio antigo ocupa o canto ao lado de uma escada larga. Noah e Sadie Lee nos levam através de um arco à esquerda até uma cozinha enorme, mas com um clima absolutamente caseiro. Inspiro o cheiro delicioso de brownie de chocolate.

— Vocês vão dormir no quarto de hóspedes — Sadie Lee diz aos meus pais. — E a Penny pode dormir no quarto da Bella.

— Mas você vai ter que dormir na cama de cima do beliche — a menina explica. — Tenho medo de dormir lá em cima e cair.

— A cama de cima está ótima — respondo e sorrio para ela.

Bella segura minha mão.

— Quer ver?

— Sim, por favor.

Olho para Noah, e ele sorri para mim.

— Tudo bem, mas não demora. Temos que decorar a árvore, lembra?

— Ah, é! — Bella grita e começa a me puxar pela mão. — Vem, vamos.

O quarto dela fica no segundo andar da casa. Bella me puxa pelo corredor até uma porta com uma placa pintada à mão, na qual se lê: FORA, ALIENS! (E PORCOS TAMBÉM.)

— O Noah fez pra mim — ela conta. — Não gosto de aliens nem de porcos, e a placa não deixa nenhum deles entrar.

— Boa ideia — respondo, fazendo força para não rir.

O quarto de Bella deve ser o maior quarto infantil que já vi. A parede principal é coberta por um mural dos personagens infantis mais famosos, de Branca de Neve e os sete anões a Dumbo e Chapeuzinho Vermelho.

— Meu pai pintou isso pra mim quando eu nasci — Bella conta ao perceber que estou olhando para o mural. — Mas agora o papai está no céu.

— Eu sinto muito por isso — digo e me abaixo na frente dela.

— Minha mãe também está lá — ela continua num tom direto. — Acho que ela pode ser um anjo.

— Tenho certeza que é.

— Essa é a minha cama. — Bella aponta para o beliche encostado na parede oposta. A cama de baixo é cercada por uma cortina.

— Que cama legal — elogio com sinceridade. — Adorei a cortina.

— Eu também gosto. Às vezes finjo que é uma cabana. Gostei da sua voz.

— Obrigada.

— Você fala que nem a princesa Kate. Eu adoro a princesa Kate.

Levo minha mala para um canto do quarto e abro para pegar uma blusa de moletom.

— Essa boneca é sua? — Bella pergunta ao ver a boneca de porcelana entre as roupas.

— É sim.

— Legaaaal! — Ela corre até a cama e mergulha entre as cortinas, depois reaparece segurando uma boneca de pano. — Essa é a Rosie — diz e aproxima a boneca da minha. — Elas podem ser amigas?

— É claro que podem. — Visto o moletom.

— Oi, sou a Rosie — diz Bella, imitando uma vozinha aguda de boneca. — Como é o nome da sua boneca? — E olha para mim.

— Ah, ela não tem nome.

— Não tem nome? — A menina arregala os olhos, como se eu tivesse cometido o pior crime contra a classe das bonecas.

— Por que você não dá um nome pra ela? — sugiro, tentando me redimir.

— Tudo bem. — Bella pensa um pouco, depois pega minha boneca. — Eu sou a Princesa Outono — diz com a voz imponente. — Outono é o apelido que o Noah usa pra você — ela cochicha. — Só que eu não podia contar. Você ama o Noah? — E inclina a cabeça para o lado.

— Ah, a gente acabou de se conhecer, então...

— Eu acho que ele te ama. Ontem à noite ele estava escrevendo uma música sobre você. Ele nunca escreveu uma música pra nenhuma outra menina. Minha avó falou que ele está todo apaixonado. Todo apaixonado quer dizer que a pessoa foi atingida pelo amor. Foi o que a minha avó me falou.

Dessa vez não consigo conter o riso. E, quanto mais dou risada, mais difícil é parar. Estou me sentindo tonta de tanta felicidade. Noah tem um apelido para mim. E estava escrevendo uma música sobre mim! E Sadie Lee disse que ele está apaixonado!

Bella também ri, tanto que os cachinhos balançam.

— Ei, o que está acontecendo?

Nós duas pulamos ao ouvir a voz de Noah, mas continuamos rindo.

— Não conta — Bella cochicha sem parar de rir.

— Não vou contar — cochicho de volta.

— Vocês vão me ajudar com a árvore ou não?

— Sim, sim, sim! — Bella grita e sai correndo do quarto.

— Parece que vocês se deram bem — Noah comenta e olha para mim, sem esconder a curiosidade.

Confirmo com um movimento de cabeça e me aproximo dele.

— Estou muito feliz por você ter vindo — ele diz.

— Eu também — respondo e, por um segundo, tenho a impressão de que ele vai me beijar. Mas Bella volta correndo e segura minha mão e a dele.

— Vamos, seus molengas!

E, quando Noah dá de ombros e sorri como se pedisse desculpas, sinto uma emoção que pode estar bem perto de ser amor.

# 29

A árvore de Natal tem a altura da sala de estar e é quase tão larga quanto a janela saliente em cujo canto ela foi montada. Os galhos são grossos e brilhantes e enchem a sala de um delicioso cheiro de pinho. Meus pais saem para fazer compras de Natal de última hora, e Noah, Bella e eu começamos a decorar a árvore com o que encontramos em um velho baú de madeira, os mais lindos pingentes e bolas de vidro que já vi.

Descubro que cada objeto da decoração tem sua história. Enquanto penduramos os enfeites na árvore, Sadie Lee fica sentada na cadeira de balanço ao nosso lado contando todas as histórias.

— Minha mãe comprou esse Papai Noel para mim quando eu tinha dezesseis anos. Aquele boneco de neve era do meu avô, ele o chamava de Stanley. Ganhei a rena numa festa da igreja, em Charleston.

Finalmente, todos os enfeites estão na árvore.

— Não esqueçam isso aqui — Sadie Lee avisa e entrega uma caixa para Bella.

— Bengalas de caramelo! — Bella grita.

A caixa está cheia de doces listrados de verde, vermelho e branco, brilhantes e com cheiro de hortelã. Com cuidado, começamos a pendurá-los nos galhos da árvore.

— Hum! — Bella se delicia, jogando um deles na boca.

— Ei, Miss Piggy! — Noah ri.

— Eu não fiz nada — a menina argumenta. — O doce caiu na minha boca.

Todo mundo começa a rir, e Noah me oferece uma bengala. Tem o mesmo gosto dos pirulitos de Brighton.

— Chegou a hora do anjo? — Bella pergunta a Sadie Lee.

— Chegou sim, meu bem.

Noah pega no baú um pacote de papel de seda vermelho. Com muito cuidado, remove o papel que protege um lindo anjo de cabelos loiros e ondulados e túnica de seda branca. Duas asas de tela dourada muito fina se abrem das costas do anjo. Noah sobe em uma cadeira e coloca o enfeite no topo da árvore. Bella aplaude, animada.

— Posso acender as luzes, vovó? Por favor?

— É claro que sim, meu amor.

Todos nós esperamos Bella engatinhar para trás da árvore.

— Feliz Natal! — ela grita, e a árvore ganha vida com as luzinhas piscando. É tão lindo que nem consigo falar.

— Feliz Natal — Noah sussurra no meu ouvido, depois passa um braço em torno da minha cintura.

Eu me aconchego nele, eufórica com o pensamento de que esse vai ser o melhor Natal de todos os tempos.

***

Só à tarde percebo que não tenho presente para dar a ninguém. Noah não se anima muito com a ideia de ir fazer compras, então vou dar uma olhada nas lojas do bairro com Sadie Lee. Compro uma vela com aroma de abóbora e sais de banho para minha mãe, um livro de culinária americana para meu pai, um livro sobre princesas para Bella e um conjunto de colheres de pau para Sadie Lee — aproveito quando ela não está olhando. Decido procurar alguma coisa para Noah em uma loja de música, imaginando que essa é a aposta mais segura para agradar alguém que tem uma pauta musical tatuada no pulso. Mas, assim que entro na loja, percebo que não sei nem de que gênero musical ele gosta. E só então penso em como ainda sei pouco sobre ele e tenho um momento de pânico. Como posso sentir coisas tão fortes por alguém que acabei de conhecer? Não faz sentido. Olho para Sadie Lee timidamente.

— De que tipo de música o Noah gosta?

Ela ri.

— Aquele garoto gosta de todo tipo de música. É sério, ele consegue tirar melodia de um apito de trem! Mas, se quer escolher alguma coisa, eu apostaria em algo antigo... em vinil. Ele adora vinil.

Vou para o fundo da loja, onde há prateleiras e mais prateleiras de discos. Olho um por um, sinto o cheiro e sorrio. É quase tão bom quanto o cheiro de livros. Quase, mas não exatamente. No fim, escolho um disco de alguém chamado Big Bill Broonzy, só porque adorei o nome. Levo o disco até o balcão para pagar.

— Excelente escolha, moça — diz o cara atrás do balcão com um sorriso largo.

— Obrigada — respondo, orgulhosa por ter entrado em uma loja de discos antigos no Brooklyn e feito uma "excelente escolha", mesmo que acidentalmente.

O sorriso dele se torna ainda mais largo.

— Bonito sotaque. De onde você é?

— Da Inglaterra.

— Fala sério! — Ele segura minha mão e aperta com entusiasmo. — Bom, acabei de ganhar o dia.

Olho para os dreadlocks grisalhos e para o crânio prateado pendurado na corrente em seu pescoço. Ele parece muito interessante.

— Você... Será que eu posso... Tudo bem se eu tirar uma foto sua?

O homem sorri de novo.

— Claro que sim, moça. Que pose quer que eu faça? — E começa a estufar o peito.

— Natural, acho que olhando pro disco seria ótimo.

Ele recria a pose e eu tiro a foto.

— Obrigada.

— De nada. — Ele me entrega um cartão da pilha sobre o balcão. — Quando voltar pra Inglaterra, pode contar pras pessoas que conheceu Slim Daniels.

— Vou contar — respondo, cheia de uma confiança recém-descoberta. Não sou mais uma colegial idiota que está sempre cometendo erros. Sou o tipo de pessoa que faz "excelentes escolhas" em lojas de discos no Brooklyn e tira fotos de gente com nomes como Slim Daniels. Nada, nem mesmo dar um passo para trás e quase derrubar uma estante, pode estragar minha felicidade.

***

Quando Sadie Lee e eu voltamos para casa, minha mãe está envolvida em um complicado jogo de princesas com Bella na sala de estar, e meu pai e Noah estão na cozinha preparando legumes para o jantar de Natal no dia seguinte. Eles estão morrendo de rir quando entramos. Isso é bom, muito bom.

— Pensei em fazer alguma coisa leve pro jantar de hoje — Sadie Lee comenta enquanto põe o avental. — Não quero exagerar antes do banquete de amanhã.

— Faz sentido — meu pai concorda. — Se precisar de ajuda, estou bem aqui.

— Seria ótimo. Eu estava pensando em fazer uma salada Ceasar com frango.

— É uma das minhas especialidades — meu pai anuncia, orgulhoso.

— É mesmo — confirmo. — Mal posso esperar.

— Ah, não — Sadie Lee olha para mim. — Acho que você não vai jantar com a gente.

— Não mesmo — Noah confirma.

— Como assim? — Olho para Sadie Lee, para meu pai e para Noah. Todos estão rindo como se dividissem uma piada interna. — Por que eu não vou jantar com vocês?

— Não queremos que você estrague o seu apetite para o grande dia — diz Noah.

— Achamos melhor você fazer um jejum nas próximas vinte e quatro horas — meu pai acrescenta.

— Quê?!

Noah começa a gargalhar.

— Calma. Você não vai jantar com eles porque hoje vai acontecer o Piquenique Parte Dois.

— Está tudo pronto? — Sadie Lee pergunta ao neto.

Noah assente e segura minha mão.

— Então, queira me acompanhar, senhorita. Vou levá-la ao seu cobertor de piquenique.

Olho para todos eles e dou risada.

— Isso foi maldade!

Acompanho Noah até o corredor e por uma escada que desce até o porão.

O porão parece nossa sala de estar em casa, com um clima bem relaxado e tranquilo. Tem dois sofás cobertos de almofadas e mantas e uma enorme TV de tela plana na parede. Duas lâmpadas de lava brilhantes borbulham sobre mesas laterais, projetando no ambiente uma luminosidade alaranjada. O porão é muito maior que a nossa sala e ocupa todo o comprimento da casa. No fundo tem uma mesa de bilhar. O cobertor xadrez está estendido no chão, na frente de um dos sofás, repleto de pratos com os mais incríveis petiscos de piquenique.

— Isso é fantástico! — eu digo e olho para Noah.

— Depois de ontem, achei que precisava apostar todas as fichas — ele responde sorrindo.

Sentamos em lados opostos do cobertor.

— Então, seu amigo chegou bem? — Noah pergunta.

De repente percebo que nem me dei o trabalho de olhar o celular desde que cheguei aqui. Elliot já deve ter pousado. Penso no celular lá em cima, dentro da bolsa, e em ir buscá-lo, mas não quero estragar o piquenique pela segunda vez, especialmente depois de Noah ter tido tanto trabalho.

— Sim, acho que sim.

— Que bom. — Ele olha para a televisão antes de olhar para mim. — Eu estava pensando...

— O quê?

— Quando os meus pais eram vivos, nós tínhamos uma tradição de Natal, e eu queria muito fazer isso com você.

— Claro. O que é?

— Sempre víamos o filme *A felicidade não se compra*.

Esse filme é um dos meus favoritos de todos os tempos, por isso a resposta é fácil.

— Eu adoraria!

Noah põe o filme e ficamos sentados no chão, apoiados no sofá, com o piquenique à nossa frente.

Sempre adorei filmes em preto e branco. Assim como fotos em preto e branco, eles parecem muito cheios de clima, muito mais dramáticos. Noah se aproxima até nossos ombros se tocarem. Não acredito que seja possível me sentir mais contente.

E nada muda até bem perto do fim do filme, quando James Stewart está sobre a ponte dizendo ao seu anjo da guarda que não quer morrer, que quer viver de novo e ver a esposa e os filhos. De repente sinto Noah se afastar de mim. Olho para ele. A luz trêmula da tela é suficiente para que eu veja seu rosto molhado.

— Noah? Tudo bem?

Ele limpa rapidamente o rosto com o dorso da mão.

— Sim, tudo bem. Deve ter entrado alguma coisa no meu olho.

Fico ali parada, sem saber o que fazer. Então me dou conta de quanto esse filme deve significar para ele.

Engatinho em volta do cobertor até ficar de frente para ele.

— É... Você está pensando nos seus pais?

Noah fica imóvel por um segundo, depois assente e abaixa a cabeça.

— Caramba, que ótima maneira de impressionar uma garota — ele resmunga. — Chorar na frente dela.

Não sei bem o que fazer. Ele levanta a cabeça e olha para mim com um meio-sorriso. Porém, assim que nossos olhos se encontram, ele desvia o olhar novamente, constrangido. Quero abraçá-lo, mas não sei se é isso que ele quer.

— Tudo bem, sério — falo e coloco as mãos em seus braços.

— Achei que eu ia ficar bem — Noah começa a falar, ainda de cabeça baixa. — Achei que ia ser legal ver o filme de novo...

— É a primeira vez que você vê desde...?

Ele confirma com um movimento de cabeça. Quero consolá-lo, mas não encontro as palavras certas. O que ele passou é terrível, forte demais, e tenho a sensação de que não há palavra no mundo que poderia ajudar.

Noah suspira.

— Foi uma ideia idiota.

— Não foi. A ideia foi linda.

— Você acha? Por quê?

— Porque é um jeito de lembrar dos seus pais e... e manter os dois vivos no seu coração.

Na tela, James Stewart agora corre pela neve e grita "Feliz Natal!" para tudo e todos.

— Minha mãe sempre começava a chorar feito um bebê nessa parte — Noah conta com uma risadinha triste. — E meu pai sempre secava as lágrimas dela com beijos.

Sem pensar, me inclino para frente e começo a beijar o rosto de Noah. Sinto as lágrimas salgadas em meus lábios.

— Está tudo bem — sussurro quando o abraço com força. — Tudo bem.

# 30

— Penny! Penny! Ele veio!

Ao ouvir a voz de Bella, sento assustada na cama e esfrego os olhos, tentando enxergar alguma coisa na escuridão. De repente, o raio de luz de uma lanterna encontra meu rosto e me faz piscar.

— Ele veio! — Bella repete. A luz da lanterna desvia do meu rosto e ilumina o dela, que me espia de cima da escada, na extremidade da minha cama.

— Quem veio?

— O Papai Noel, lógico.

— Ah. — Deito outra vez e sorrio para o teto.

— Acorda! Temos que ver o que ele trouxe!

— Tudo bem. Já vou.

Enfio a mão debaixo do travesseiro para pegar o celular e ver que horas são. Cinco e meia da manhã! Também vejo que tenho uma nova mensagem de texto e suspiro aliviada. Ontem à noite, quando peguei o telefone, Elliot havia mandado três mensagens dizendo como tinha sido o voo de volta para casa e quanto ele odiava os pais. Fiquei me sentindo muito mal por ter demorado tanto para responder. Mas, quando abro o aplicativo, vejo que a mensagem é de Ollie.

Feliz Natal, Penny! Espero que esteja legal aí em NY. Ansioso pra te ver qdo vc voltar. Ollie

O quê? Por que o Ollie está me mandando mensagem? E por que está ansioso para me ver? Lembro as fotos na praia. Provavelmente ele quer mais fotos para o perfil. Tanto faz. Recoloco o celular debaixo do travesseiro.

— Vamos, preguiçosa! — Bella chama da sua cama, e sinto as cutucadas embaixo do meu colchão.

— Tudo bem, tudo bem.

Desço a escada e espio por entre as cortinas em volta da cama de Bella. Ela está sentada de pernas cruzadas, iluminando com a lanterna duas meias esticadas na sua frente. Assim que vejo os volumes misteriosos dentro das meias, sinto a velha e conhecida animação. Acho que a gente nunca cresce o suficiente para superar o Papai Noel.

— Eu não esperava ganhar nada esse ano — Bella me conta quando me sento na cama.

— O quê? Por que não?

— Porque eu fiz uma coisa muito feia na escola — ela cochicha — e pensei que o Papai Noel tinha visto, mas acho que ele não viu.

— Ah. Bom, tenho certeza que o Papai Noel não se importa se você fizer alguma coisa errada de vez em quando. É muito difícil ser bonzinho o tempo todo.

— Nem me fala! — Bella responde com um suspiro dramático que me faz sentir vontade de adotá-la.

Depois de esvaziar nossas meias — a minha estava cheia de doces coloridos, bolinhas de óleo de banho com aroma adocicado e um lindo anjo de vidro —, consigo convencer Bella a voltar para a cama. Mas, quando deito na escuridão, minha cabeça fica a mil e não consigo pegar no sono. Estou incomodada com a mensagem de Ollie e preocupada por Elliot não ter respondido até agora. Já é meio-dia na Inglaterra, por isso é bem estranho que ele não tenha mandado nenhuma mensagem de feliz Natal. Espero que ele não esteja bravo por eu ter demorado para responder ontem à noite.

Noah ficou se desculpando pela noite passada. No fim, fui forçada a lembrar que entrei em pânico ao lado dele uma hora depois de termos nos conhecido, então estamos empatados. Mas a verdade é que não tem como comparar as duas coisas. Quando você chora na frente de alguém, quando mostra seu lado mais vulnerável, demonstra que realmente confia na pessoa. É muito estranho porque, mesmo que eu ainda não saiba muito sobre Noah, em algum nível muito profundo é como se o conhecesse desde sempre. Será que é disso que as pessoas falam quando mencionam uma alma gêmea?

Tenho um impulso repentino de escrever um post no blog. Levanto da cama sem fazer barulho e vou buscar meu laptop na mala. Bella está encolhida na cama, dormindo profundamente, abraçada ao ursinho novo que Papai Noel lhe trouxe. Puxo o cobertor sobre ela, depois volto para a cama e acesso o blog.

**25 de dezembro**

## Você Acredita em Almas Gêmeas?

Oi, pessoal!

Feliz Natal!

Espero que, onde quer que estejam e com quem estiverem, seu Natal seja ótimo.

Muitos de vocês pediram que eu escrevesse mais sobre o Garoto Brooklyn, e estou mesmo precisando de conselhos, então lá vai.

Eu sempre pensei que a ideia de almas gêmeas — a ideia de que existe alguém por aí feito para você — é muito legal e romântica, mas nunca imaginei que aconteceria comigo.

Tipo, eu podia imaginar que em algum lugar, no meio de sete bilhões de pessoas no planeta, poderia existir um garoto certo para mim, mas, com a minha sorte, ele devia morar no meio da floresta Amazônica, ou num deserto na Etiópia, e nossos caminhos nunca se cruzariam.

Aí eu conheci o Garoto Brooklyn.

E aconteceu a coisa mais estranha.

Só o conheço há alguns dias, mas, em vários aspectos — nos *mais importantes* —, é como se eu o conhecesse desde sempre.

Ainda não sei de que banda ele mais gosta ou qual é seu sabor preferido de sorvete, mas sinto que posso contar tudo para ele.

E sei que posso chorar na frente dele e mostrar meu lado mais fraco, e ele não vai me julgar.

E sei que ele pode chorar na minha frente e me mostrar o seu lado mais fraco, e também não vou julgá-lo — isso só me faz gostar dele ainda mais.

É muito difícil tentar descrever como me sinto. A melhor maneira de explicar é que, quando estou com ele, tenho a sensação de ter conhecido a pessoa que combina comigo.

Como a Cinderela e o Príncipe Encantado.

Ou a Barbie e o Ken. (*Hum, não sei se esse é um exemplo tão bom, mas vocês entenderam.)*

**Alguém aí consegue se identificar com o que estou dizendo?**
Algum de vocês já se sentiu assim?

Acham que ele pode ser minha alma gêmea?

Posso ter tido realmente a sorte de encontrar a pessoa feita para mim? E sem ter que me meter numa floresta tropical ou num deserto?!

Por favor, deixem seus comentários.

Com muito amor,

**Garota Online, saindo do ar xxx**

PS: Caso ainda não tenham percebido, continuo aqui — em Nova York! Vamos ficar até o Ano-Novo. E estamos hospedados na casa do Garoto Brooklyn! Contos de fadas realmente acontecem ☺

# 31

Depois de postar no blog, estou quase pegando no sono quando assusto com um alerta de mensagem. A primeira coisa que penso quando pego o celular é que Elliot respondeu. Mas a mensagem é de Noah

O Papai Noel veio?

Ah, sim, a Bella e eu esvaziamos as meias às 5h30! ☺

Cara! Não acredito que vcs abriram as meias sem mim! Me encontra na cozinha.

Evidências de que Noah é minha alma gêmea:

1. Eu posso chorar na frente dele.
2. Ele pode chorar na minha frente.
3. Cada vez que o vejo, é como se mais uma parte de nós se encaixasse.
4. É como se a gente combinasse. (*Feito cortinas, mas muito mais romântico!*)

5. Quando ele me pede para ir encontrá-lo na cozinha logo cedo, não entro em pânico por estar sem maquiagem e descabelada. Simplesmente continuo com meu macacão de leopardo-das-neves e vou para a cozinha.

Na cozinha, Sadie Lee e meu pai estão unindo forças culinárias, e o cheiro é delicioso. Noah está sentado à mesa redonda no canto, usando boné de beisebol e moletom. Assim que me vê, ele abre aquele sorriso cheio de covinhas e puxa a cadeira ao seu lado.

— Feliz Natal, Penny! — diz quando eu me sento. — Adorei o visual.

— Obrigada. Achei que macacão de leopardo-das-neves seria perfeito para o look natalino. — Dou risada. — Feliz Natal.

— Penny! — Meu pai e Sadie Lee se afastam do fogão para me cumprimentar. — Feliz Natal!

Se este dia fosse um filme de Natal, esta manhã seria aquele trecho com uma montagem de várias cenas muito felizes, com "Jingle Bells" tocando ao fundo. Todo mundo rindo, brincando e comparando os presentes que ganhou em torno da mesa do café da manhã. Noah e eu construímos uma "princesa de neve" no quintal para Bella. Meu pai aparece para a guerra de bolas de neve. Minha mãe está ajudando Sadie Lee a descascar mais ou menos um milhão de couves-de-bruxelas. O momento só não é totalmente perfeito porque ainda não tive notícias de Elliot. Tentei ligar para ele mais cedo, mas minha ligação foi direto para a caixa postal. Já mandei quatro mensagens de texto. São duas da tarde em Nova York, o que significa que já é noite em Brighton. Por que ele passou o dia todo sem me desejar feliz Natal?

Quando Noah e eu arrumamos a mesa para o jantar, olho meu celular pela enésima vez.

— Está tudo bem? — ele pergunta.

— Sim. Só estou um pouco preocupada porque não tive nenhuma notícia do Elliot hoje. — Devolvo o celular ao bolso e continuo arrumando os guardanapos ao lado dos pratos.

— Ele não pode estar só curtindo o Natal?

Dou risada.

— Não com os pais que ele tem. O Elliot sempre diz que os pais dele não sabem o que significa a palavra *diversão*.

Noah coloca o saleiro e o pimenteiro em forma de Papai Noel no centro da mesa.

— Tenho certeza que logo ele vai mandar notícias.

De repente percebo que, desde que cheguei aqui, não vi Noah usar o celular.

— Você nunca usa o celular? — pergunto e imediatamente me arrependo pela invasão de privacidade.

— Estou em desintoxicação durante o Natal — ele responde rindo.

— Como assim?

— Desintoxicação de internet e celular. Você devia tentar algum dia. É libertador.

Franzo a testa. Por mais que a experiência do vídeo da Calcinha de Unicórnios do Inferno tenha sido horrível e dolorosa, não consigo imaginar a vida sem internet e sem meu celular.

— Tenta, eu te desafio — Noah insiste. — Fica longe do celular por um tempo.

Dou risada.

— Tudo bem, mas se eu começar a me coçar ou apresentar sintomas de abstinência, desisto imediatamente.

— Tudo bem. — Ele fica sério por um momento. — Às vezes eu odeio a internet, sabia?

Paro de arrumar os guardanapos e olho para ele.

— Por quê?

Ele suspira.

— Não é...

— Terminaram? — Minha mãe entra na sala segurando uma taça de vinho. Seu cabelo está solto sobre os ombros, e o rosto está radiante. É muito bom vê-la tão relaxada.

— Quase — diz Noah.

— Abram caminho, abram caminho... Peru chegando — meu pai avisa ao entrar na sala com a ave assada em uma baixela de prata.

Desligo o celular e me sento à mesa.

***

O jantar de Natal é tão delicioso que decidimos fazer uma doação para caridade cada vez que alguém disser "hummm". É como uma versão culinária desses cofrinhos que ficam em cima dos balcões das lojas esperando doações. Quando terminamos a sobremesa — *as* sobremesas, eram quatro —, contamos vinte e sete dólares.

— Hora dos presentes! Hora dos presentes! — Bella grita e pula da cadeira.

Todos nós nos entreolhamos.

— Acho que não consigo me mexer — Noah comenta e se reclina na cadeira. — Parece que tenho uma melancia dentro da barriga.

— Eu também — diz meu pai e olha para minha mãe. — Acho que você vai ter que me carregar nas costas, querida.

Ela ri.

— Sem chance!

No fim, vamos todos para a sala de estar, onde Bella já está dividindo em pilhas os presentes deixados embaixo da árvore.

— Tenho muito mais presentes que você — ela me avisa num tom solene. — Mas tudo bem, porque eu sou criança, e outro dia falaram na televisão que o Natal é para as crianças, não foi, vovó?

Sadie Lee dá risada.

— Sim, meu amor, falaram.

— E se eu ganhar alguma coisa que não gostar, eu dou pra você, tudo bem? — Bella segura minha mão e a aperta com força.

— Você é muito gentil — respondo com a mesma seriedade. — Mas tudo bem, eu não me importo, sério.

Ela sorri e volta para a pilha de presentes.

Noah e eu somos as últimas pessoas a trocar presentes. Quando o vejo desembrulhar o disco, sou tomada de assalto pela dúvida. E se ele odiar? E se eu fiz a escolha errada? E se Slim Daniels errou e não foi uma "excelente escolha"? Mas, pelo sorriso dele ao tirar o disco da embalagem, acho que acertei.

— Como você sabia? — Ele olha para mim com espanto. — Eu adoro a música desse cara. Quero esse álbum há séculos! — E olha para a avó, como se perguntasse alguma coisa.

— Eu não disse nada para ela — Sadie Lee fala sorridente.

Noah e eu nos olhamos, e adiciono mentalmente "saber exatamente o que comprar para ele de presente de Natal" à minha lista de evidências de almas gêmeas.

Depois de cheirar o disco, Noah me dá um presente embalado com a mesma quantidade de papel e fita adesiva.

— Desculpa, embrulhar presentes não é um dos meus pontos fortes — ele avisa.

— Tudo bem — respondo e tento rasgar o papel, mas é impossível, porque a fita adesiva cobre quase tudo. — Hã, alguém tem uma faca?

No fim, com a ajuda da parte pontiaguda de um abridor de garrafas, consigo abrir o pacote. É um lindo livro de capa dura com fotos antigas em preto e branco de Nova York.

— Achei que por você ser fotógrafa... — Seu olhar carregado de expectativa me faz perceber que ele quer muito que eu goste do presente. — Se você preferir fotografia moderna, posso levar pra trocar. Eu...

— Não, é perfeito. Fotos em preto e branco são as minhas favoritas. São como pequenos momentos de história capturados para sempre.

Nós nos encaramos, e sinto de novo aquela proximidade, aquela sensação de que já nos conhecemos. Sinto uma forte urgência de beijá-lo, mas estamos cercados pela família, a minha e a dele.

Como se lesse meus pensamentos, Noah fica em pé.

— Quer um refrigerante? — pergunta.

Pelo menos é o que eu acho que ele disse. A vontade de beijá-lo é tão grande que nem escuto direito. Movo a cabeça aceitando a oferta e o sigo para fora da sala. Felizmente, os outros estão tão envolvidos com os presentes que nem percebem.

Quando chegamos ao hall, Noah para ao lado do relógio antigo. O grande pêndulo parece bater no ritmo do meu coração acelerado.

— Penny, eu... — ele começa.

Noah olha dentro dos meus olhos e, pela primeira vez, não me sinto constrangida a ponto de ter que desviar o olhar.

— Penny — ele repete e segura meu rosto entre as mãos.

Então a gente se beija, e é como se o meu corpo todo, o mundo todo se transformasse numa imensidão de estrelas brilhantes.

# 32

Durante o restante do dia de Natal, Noah e eu aproveitamos todas as oportunidades para mais beijos secretos. É como se tivéssemos inventado um novo jogo, uma versão beijoqueira de esconde-esconde. Quando vou para a cama, estou zonza de felicidade. Esse foi o melhor Natal de todos, exceto por... Dou mais uma olhada no celular. Nenhuma mensagem de Elliot.

Na manhã seguinte, acordo com batidas suaves na porta do quarto. Desço a escada do beliche. Bella dorme na cama de baixo, encolhida entre Rosie e a Princesa Outono, os cachos espalhados sobre o travesseiro como um halo. Vou abrir a porta na ponta dos pés.

Noah sorri do outro lado.

— Vai se vestir, vamos sair — ele sussurra.

— O quê? Mas... que horas são?

— Quase sete.

— Da manhã?

— Sim, da manhã! Põe alguma coisa quente. E pega a câmera. Te espero na cozinha.

Visto calça jeans, meu moletom mais grosso, calço as botas e desço para a cozinha. Noah está parado perto da bancada, guardando dois cantis na mochila. O cheiro maravilhoso de café torrado domina o ambiente.

— Pronto, vamos — ele diz assim que me vê.

— Pra onde?

— Hoje é a única manhã do ano em que Nova York realmente dorme — ele explica, deixando um bilhete sobre a mesa da cozinha. "Fomos dar uma volta. Voltamos logo. N & P." — Acho que é o momento perfeito para você conhecer algumas das atrações daqui. — Ele segura minha mão. — Quero que você saiba mais sobre o lugar onde eu nasci. Além disso, achei que você ia gostar de tirar fotos sem um monte de gente na frente.

Sorrio para ele.

— Obrigada.

Lá fora a manhã é perfeita. Uma fina camada de neve cobre tudo e espalha um silêncio típico. Noah me mostra a escola onde ele estudou, seu café favorito e a loja aonde a mãe o levava todos os sábados para gastar seus trocados com gibi e doces. Depois ele me leva ao parque local. Além de um homem passeando com o cachorro, somos as únicas pessoas ali, e nossas pegadas são as únicas no tapete de neve. Noah senta em um dos balanços, e sua expressão se torna distante.

— Meu pai dizia que, se a gente balançasse bem alto, poderia ser lançado para o espaço — ele conta em voz baixa. — E eu acreditava! — Ele ri. — Cara, eu balançava que nem louco pra chegar até lá. — E olha para mim. — Por que a gente acredita em tudo que os nossos pais dizem?

Sento no balanço ao lado da dele.

— Porque amamos nossos pais? Porque queremos acreditar? Quando eu era criança, minha mãe me dizia que os brinquedos ganhavam vida todas as noites, quando eu ia dormir. De manhã, quando eu acordava, ia olhar dentro da minha cabana e eles estavam sempre em posições diferentes das que eu tinha deixado.

— Sua cabana?

Dou risada.

— É. Eu tinha uma cabana feita de cobertores ao lado da cama. Era meu lugar preferido pra brincar. Ali eu me sentia protegida e segura. Minha mãe devia ir lá toda noite pra mudar os brinquedos de lugar. Acho que é bom quando os pais dizem coisas assim para os filhos. Faz a vida ficar mais... mágica.

Noah assente.

— Acho que sim. Mas quando o que eles dizem não se torna realidade... — Ele para de falar, e um ar de preocupação surge em seu rosto.

— Aí a gente tem que procurar outra coisa mágica em que acreditar.

Noah olha para mim e sorri.

— É, eu gosto dessa ideia. — Ele aproxima seu balanço do meu. — Eu acredito em você, Penny — diz, olhando dentro dos meus olhos.

— Eu também acredito em você.

Nós nos encaramos por um segundo, e Noah deixa o balanço voltar ao lugar.

— Vamos ver até que altura conseguimos ir — ele sugere.

Não somos lançados para o espaço, mas subimos o suficiente para enxergar o outro lado do parque e o telhado da casa de Noah.

Quando finalmente voltamos à terra, estamos corados e rindo.

Ele corre até uma gangorra e pula em cima dela.

— Sou o rei do castelo! — grita. Ele está tão feliz e tão lindo que pego minha câmera imediatamente.

— Preciso tirar uma foto sua! — grito. — Você está muito engraçado.

— Ah, engraçado não era bem o efeito que eu queria — Noah responde, sério.

— Não? — Tiro uma foto. — Que efeito você queria?

— Ah, não sei. — Noah pula de cima da gangorra. — Pensativo? Misterioso? — Então para na minha frente. — O tipo de cara que você pode querer, sei lá, beijar?

Meu coração começa a bater tão depressa que sinto as costelas vibrando.

— Ah, você também é tudo isso — respondo.

Noah me encara.

— Sério?

— Sério.

O silêncio do manto de neve nos envolve como um cobertor. E, quando ele afasta o cabelo do meu rosto e se inclina para me beijar, é como se fôssemos as únicas pessoas acordadas e vivas no planeta.

***

À tarde, finalmente recebo uma mensagem de Elliot. Assim que a leio, fico com o coração apertado.

> Feliz Natal. Espero que tenha sido bom.

Olho para a tela. Só isso? A falta de pontos de exclamação, emoticons e beijos me faz pensar imediatamente que alguma coisa está muito errada. Preciso ligar para ele. Enquanto os outros estão vendo *O mágico de Oz*, subo para o quarto de Bella e sento na minha cama. Felizmente, dessa vez ele atende.

— Elliot, qual o problema?

— Como assim, qual o problema?

— Sua mensagem foi tão... seca.

— Bom, se você tivesse passado o Natal do inferno com os pais do inferno, talvez também estivesse meio seca.

É um alívio pensar que ele pode estar irritado com os pais, não comigo.

— Por que você não me ligou de volta? Nem mandou nenhuma mensagem?

O silêncio é longo. Tão longo que chego a pensar que a ligação caiu.

— Eu não quis atrapalhar — Elliot finalmente resmunga.

— Atrapalhar o quê?

Outro silêncio prolongado.

— Você disse que era só um romance de férias.

Agora é minha vez de ficar quieta.

— Ele... Eu... É... Eu não sei o que é.

— Você parece ter muita certeza de tudo no post do blog.

— Não, eu não tenho. Por isso postei no blog, porque não tenho certeza, porque estou confusa.

— Então você prefere falar sobre isso com milhares de estranhos do que comigo?

— Não! É que... você não está aqui.

— Não... não estou.

— Ah, El, por favor.

— Escuta, a gente conversa sobre isso quando você voltar, tudo bem?

— Tudo bem. Até a semana que vem, então.

— Isso. Até.

Quando desligo, meus olhos ficam cheios de lágrimas. Por que as coisas nunca dão totalmente certo? Por que, mesmo quando alguma coisa realmente incrível acontece, algo horrível tem que acontecer também? Eu nunca briguei com Elliot — nem perto disso. E agora parece que o estou perdendo sem nem saber por quê. Então, penso em algo terrível. E se ele não quiser mais ser meu amigo quando eu voltar para casa? Estarei a milhares de quilômetros de Noah e sem meu melhor amigo. Não terei ninguém. Abraço o travesseiro e começo a chorar.

— Não fica triste — diz uma voz esganiçada e aguda. Quase morro de susto. Eu me debruço sobre a beirada da cama e vejo Princesa Outono pendurada na escada do beliche. Bella aparece atrás dela e sobe até minha cama. — Toda vez que você ficar triste, precisa pensar em três coisas felizes pra espantar a tristeza — ela me diz, acomodando Princesa Outono a seu lado. — O Noah me falou isso uma vez, quando fiquei triste por causa da minha mãe e do meu pai.

— É uma ótima ideia — respondo e enxugo as lágrimas.

— Então começa. — Bella olha para mim.

— O quê?

— Quais são as três coisas que fazem você ficar feliz?

— Você — respondo imediatamente. — Você me deixa muito feliz.

Ela sorri.

— Tudo bem, essa é a primeira. O que mais?

— Estar aqui, nesta casa.

Ela assente.

— E a terceira?

— O Noah — murmuro com o rosto vermelho.

— Você também faz o Noah ficar feliz.

Olho para ela.

— É mesmo?

— Ah, é. Ele estava de mau humor na semana passada, mas depois que te conheceu ficou todo sorridente de novo.

— Ah, que bom.

Quero perguntar por que ele estava de mau humor, mas não sei se é apropriado.

— Você também me deixa feliz — Bella continua, acanhada.

— Ah, obrigada.

— E faz a Princesa Outono feliz... Não é, Princesa Outono?

Bella levanta a boneca.

— Ah, sim — ela diz com uma vozinha estridente, balançando a boneca. — Ela me deixa muito feliz, mesmo sem me dar um nome.

Olho para Bella e dou risada. Tudo vai ficar bem. Vou resolver as coisas com Elliot assim que chegar em casa. Mas, por enquanto, tenho que aproveitar ao máximo meu tempo com Noah, Bella e a Princesa Outono.

**31 de dezembro**

# É a Pessoa, Não o Lugar

Uma vez, quando minha família decidiu passar o dia num lugar chamado Cow Roast e a gente percebeu que, apesar do nome épico — "vaca assada" —, não tinha muita coisa lá além de uma fileira de casas, um bar (que estava fechado) e um posto de gasolina, meu pai falou uma coisa muito legal. Ele disse que não importa como é um lugar, o que importa é com quem você vai a esse lugar. Se as pessoas quiserem aventura, qualquer lugar pode ficar divertido. Naquele dia, fizemos Cow Roast ficar divertida brincando de esconde-esconde num bosque próximo e conhecendo uma senhora que nos convidou para tomar chá e comer bolinhos.

Apesar de Nova York ser um dos lugares menos tediosos do mundo, ver a cidade com o Garoto Brooklyn a tornou ainda mais legal. E o mais estranho é que, desde que cheguei, eu não visitei nenhum ponto turístico. Em vez disso, o Garoto Brooklyn tem me levado a todos os seus lugares favoritos secretos. Ontem fomos até uma praia em New Jersey e, apesar de deserta por causa do inverno, ela era mágica. Escrevemos nosso nome na areia, bebemos chocolate quente em cantis térmicos e tirei fotos lindas de um calçadão. *E* eu sobrevivi à viagem de carro — ida e volta — sem ter um ataque de pânico!

Em outra noite, visitamos uma galeria de arte chamada Framed, porque o Garoto Brooklyn soube que tinha uma exposição de fotografias muito legal lá. O tema da exposição era esperança, e todos os fotógrafos fizeram interpretações totalmente diferentes do tema. Minha foto favorita foi a de uma garotinha com o rosto colado na vitrine de uma loja de brinquedos. Mas a melhor coisa da exposição foi ter ido com o Garoto Brooklyn, porque ele é amigo do dono da galeria, e fomos à noite, quando o lugar estava fechado para o público. (*Para mim, isso foi ainda mais legal, porque ninguém viu quando eu tropecei numa corda no chão. A corda era parte de uma obra de arte moderna chamada* A cobra. *Pessoalmente, acho que ela deveria chamar* O perigo para a saúde e a segurança.)

Então, meu pai estava certo — o que realmente importa é a pessoa com quem você vai a um lugar. O Garoto Brooklyn me mostrou um lado pessoal e muito particular de Nova York, que eu nunca teria descoberto sozinha.

E vocês?

As pessoas com quem vocês estiveram já fizeram um lugar se tornar realmente divertido e interessante?

Desejo a todos um Ano-Novo muito divertido — com pessoas muito divertidas!

**Garota Online, saindo do ar xxx**

# 33

Antigamente, as pessoas falavam sobre o tempo como se fosse uma pessoa. Costumavam chamá-lo de Pai Tempo. De acordo com Elliot, Pai Tempo era um homem velho, com uma longa barba branca, que carregava uma ampulheta para todos os lugares. Sou da opinião de que ele também tinha um senso de humor cruel. Pensa bem. Sempre que alguma coisa horrível acontece com você — como ficar de recuperação em álgebra, ou fazer uma obturação no dente, ou cair no palco e mostrar a calcinha —, o tempo passa tão devagar que cada segundo parece uma hora; mas, sempre que acontece alguma coisa muito legal — como se apaixonar pela primeira vez —, o tempo passa tão depressa que uma semana parece durar um piscar de olhos.

É manhã da véspera de Ano-Novo. Amanhã nós vamos embora. Vamos embora e eu vou deixar aqui a pessoa por quem acho que me apaixonei. Desde o Natal, a lista de evidências de que Noah é minha alma gêmea só cresceu. Não escrevi mais nada sobre isso no blog, porque não quero irritar Elliot novamente. Mas, na minha cabeça, a lista agora inclui coisas como:

- Nós dois adoramos ler livros que acabam com reviravoltas matadoras.
- Ele me leva a lugares especiais que eu nunca encontraria sozinha.

- Sei exatamente aonde eu o levaria, se algum dia estivéssemos juntos em Brighton.
- Ele adora minhas fotos e acredita que posso expor meu trabalho em uma galeria.
- Quando diz isso, ele me faz sentir talentosa, confiante e forte.
- Ele também odeia selfies.
- Nós dois adoramos creme de amendoim crocante.
- Ele me faz dizer coisas como "nós dois adoramos creme de amendoim crocante"!

E amanhã vou deixá-lo aqui, sobrevoar um oceano inteiro, voltar para os meus supostos amigos falsos e o meu melhor amigo, que mal tem falado comigo. Deitada na cama, olho para o teto e sinto a tristeza como um enorme vazio.

Incapaz de continuar assim, levanto e desço a escada. Atravesso o hall e ouço a voz de Sadie Lee na cozinha.

— Você não acha que devia contar para ela?

— Não! — A voz de Noah é tão firme que me faz parar. — Não quero estragar tudo. Está sendo tão legal...

— Bom dia, Penny! — Dou um pulo, viro e vejo meu pai no alto da escada. *Argh!* Ouço o ruído de uma cadeira na cozinha, e Noah aparece na porta em arco.

— Oi, Penny. Oi, Rob. Querem panquecas?

— O papa é católico? — meu pai pergunta e desce a escada.

Eu me obrigo a sorrir para Noah, mas, quando me junto a ele na cozinha, não consigo parar de pensar no que ouvi. Sobre o que eles falavam? Sou eu a "ela" a quem Sadie Lee se referia? E, se sou eu, o que ela acha que Noah deveria me contar?

A dúvida me atormenta o dia todo, contribuindo para aumentar a tensão da partida amanhã. Enquanto me dedico à horrível tarefa de fazer a mala, começo a rever tudo mentalmente, procurando pistas de que Noah esteja escondendo alguma coisa de mim. Durante todo o tempo que passei nesta casa, não vi nenhum amigo dele. E ele também não parece ter tido contato com ninguém, mas eu sei que está tentando ficar longe do celular. Ainda não tenho certeza do que ele vem fazendo nesse ano de intervalo. Noah falou alguma coisa sobre um emprego de meio período em uma loja no centro da cidade, mas usou o verbo no passado. Sento sobre a mala e suspiro. Lá vou eu de novo, procurando coisas negativas em vez de focar o positivo. Noah me levou à galeria de arte. E lá me apresentou a alguns amigos. Ele não teria feito isso se tivesse alguma coisa para esconder. Não sei nem se era de mim que Sadie Lee estava falando. O fato é que só tenho mais algumas horas em Nova York, e não posso estragar esse tempo com meus medos idiotas.

À tarde todos sentamos à mesa da cozinha para jogar Monopoly. Quer dizer, todos menos Bella, que senta embaixo da mesa para brincar com suas bonecas.

— Animada para a Times Square hoje à noite, Pen? — meu pai pergunta enquanto distribui o dinheiro. Ele sempre é o banqueiro quando jogamos Monopoly. E sempre ganha. Não tenho muita certeza de que esses dois fatos não estejam relacionados.

— Sim — respondo, mas a verdade é que não estou nada animada. Vamos à Times Square para comemorar a chegada do Ano-Novo, mas, assim que o relógio der meia-noite, vamos passar do ano em que conheci Noah para o ano em que vou ter que deixá-lo. Sinto uma imensa vontade de chorar e começo a observar as diferenças que existem no tabuleiro do jogo americano como uma maneira de me controlar. Mas é difícil manter o interesse no fato de que todas as estações se chamam "ferrovias" quando seu coração está a ponto de se partir. Noah segura minha mão embaixo da mesa. Olho para ele e sorrio.

— Tudo bem? — ele me pergunta movendo os lábios.

Respondo que sim com a cabeça.

— Eu estou vendo vocês de mãos dadas — Bella cantarola embaixo da mesa.

Noah e eu trocamos um olhar e damos risada.

— Sabe, eu estava pensando... — ele diz a Sadie Lee. — Por que não vão vocês para a Times Square, e eu fico cuidando da Bella?

— Não preciso de ninguém cuidando de mim — Bella protesta. — Não sou um bebê!

— Tudo bem, eu fico fazendo companhia para a Bella — Noah se corrige. — Você merece uma noite fora, vó.

Sadie Lee olha para ele. Eu olho para ele. Por que Noah está se oferecendo para cuidar da irmã em nossa última noite juntos?

— Mas e a Penny? — pergunta Sadie Lee.

*Sim, e eu?*, quero gritar.

— Bom, talvez ela queira ficar comigo cuidando da Bella. — Noah olha para mim, esperançoso.

Meu sorriso é instantâneo. Passar minha última noite em casa com Noah é muito mais interessante que ser esmagada pela multidão na Times Square.

— Fazendo companhia! — Bella grita, corrigindo o irmão.

— Fazendo companhia — Noah repete.

— A Penny não vai querer perder a Times Square na noite de Ano-Novo — Sadie Lee opina, olhando para mim.

— Eu não me importo — declaro. — Na verdade, eu prefiro ficar.

— Prefere? — Meu pai olha para mim com as sobrancelhas levantadas.

Rezo por um milagre do Deus dos Pais Ingênuos.

— Você está preocupada com a multidão? — minha mãe pergunta, apreensiva.

Quase nem respiro. Meu pedido foi atendido tão depressa?

— Sim — respondo, e não é exatamente mentira; odeio multidões.

— Talvez seja melhor ficarmos todos em casa esta noite — minha mãe diz. — Temos que acordar cedo para embarcar amanhã.

— Não! — eu praticamente grito. E paro um instante para me acalmar. Não quero estragar tudo. — Eu me sentiria muito mal se vocês ficassem aqui por minha causa. E, de qualquer maneira, não precisam se preocupar. Eu vou ficar mais feliz cuidando da Bella.

Bella sai de baixo da mesa e parece muito brava.

— Eu não sou um bebê! — ela diz olhando para mim e põe as mãos na cintura.

Dou risada e a coloco sentada sobre o joelho.

— Eu sei que não. Desculpa. — Bella se aconchega, e eu a abraço.

— Vou sentir saudade de você, Penny — ela diz.

— Também vou sentir saudade de você — respondo com um falso sotaque americano.

Todo mundo ri, e meu pai começa a assentir.

— Tudo bem, então, se você tem certeza — ele diz.

Olho para ele e sorrio.

— Sim, tenho.

Acho que nunca tive tanta certeza de nada em toda minha vida.

***

Quando meus pais, Sadie Lee e sua amiga Betty saem para ir à Times Square, Noah pergunta a Bella o que ela gostaria de fazer.

Ela inclina a cabeça para o lado e pensa por um segundo antes de responder:

— Podemos brincar de princesas?

Noah dá risada.

— Ai, cara. Quem eu posso ser? A princesa Noah?

Bella balança a cabeça.

— Não, seu bobo. Você é o famoso príncipe Astro do Rock.

— Ótimo papel — digo e assinto para Noah em sinal de aprovação.

— Certo — ele responde sem se impressionar.

— A Penny é a princesa Outono, e eu sou a princesa Bella, a Terceira.

Noah olha para mim e levanta as sobrancelhas.

— O que aconteceu com Bella, a Primeira e a Segunda?

— Foram mortas por um porco alien.

Mordo o lábio inferior para não rir.

— Vai buscar o violão, então — Bella diz a Noah, e de repente percebo que não o vejo tocar desde o dia em que nos conhecemos. — Penny, você tem que se vestir como uma princesa.

— Acho que não tenho roupa de princesa.

— E o vestido? — lembra Noah. — Aquele que você usou na festa do casamento.

— Ah, é.

Corro para o quarto dos meus pais e encontro o vestido na mala da minha mãe. Dessa vez não ponho os sapatos nem a faixa de cabeça. Fico descalça, com os cabelos caindo soltos sobre os ombros.

Quando volto para a sala de estar, Noah está sentado na beirada do sofá tocando um lindo violão preto com o braço branco-perolado.

— Ok, ainda maravilhosa — ele diz ao me ver.

— Ah, obrigada, príncipe Astro do Rock.

— De nada, princesa Outono.

Bella, que agora usa um lindo vestido roxo de cetim, olha para mim e bate palmas.

— Isso vai ser muito divertido! — Então olha para Noah. — Toca a música da Penny.

— Que música?

— *Aquela* — Bella insiste e olha para o irmão, muito séria. — A que você escreveu sobre ela, você sabe... — cochicha alto.

Noah fica vermelho.

— Ah, não, eu não posso, ainda não está pronta. Que tal a do *Frozen*? A Bella viu esse filme umas setenta milhões de vezes — ele me conta, sorrindo.

A menina bate palmas.

— Isso! Canta "Let It Go", por favor!

Noah toca alguns acordes no violão, depois começa a cantar.

Bella dança pela sala com seu ursinho de pelúcia.

— Adoro essa música — ela me diz ofegante.

E, conforme Noah continua cantando, eu também me apaixono pela canção. A voz dele é linda, macia e rouca. O tipo de voz que faz a gente prestar atenção. Olho para ele e vejo que está me encarando intensamente enquanto canta. Ele está cantando para mim? Usando a letra para me dar um recado? Quando chega na parte sobre superar os medos, ele olha diretamente para mim e sinto um arrepio nas costas.

— Dança comigo — Bella pede e me puxa do sofá.

Seguro as mãos dela e começamos a girar e girar, mais e mais depressa. É como se a voz de Noah nos carregasse, e isso me faz sentir poderosa, invencível, destemida e livre. E completamente apaixonada.

# 34

Depois de duas horas cantando, dançando e representando os elaborados roteiros envolvendo lindas princesas, príncipes roqueiros e invasões de porcos alienígenas, Bella está cansada.

— Acho que alguém precisa ir pra cama — Noah comenta e deixa o violão de lado.

— Não! — ela grita, mas é um protesto automático, e acaba deitando a cabeça no meu colo.

— O que acha de a Penny ler uma história pra você, enquanto eu arrumo tudo aqui embaixo?

Bella se levanta imediatamente.

— Sim!

Noah olha para mim e sorri.

— Não tem pressa — ele diz. — Tenho que ajeitar algumas coisas aqui.

Assinto e pego a menina no colo.

— Vamos, princesa Bella, a Terceira.

Acomodo-a na cama e ajeito a Princesa Outono no travesseiro ao lado dela.

— Vou ficar muito triste quando você for embora — ela fala com a voz cansada.

— Eu também vou ficar triste — respondo e afago seu cabelo. — Eu estava pensando... talvez a Princesa Outono deva ficar com você.

Bella arregala os olhos.

— Sério?

Sorrio.

— Sim. Acho que ela vai ficar mais feliz aqui.

Ela concorda, movendo a cabeça.

— Acho que você tem razão. Assim, cada vez que eu ficar triste porque você foi embora, posso brincar com a Princesa Outono.

— Exatamente. — Acomodo a boneca ao lado de Bella e começo a lhe contar uma história sobre o príncipe William e a princesa Kate, sobre o dia em que eles tiveram que resgatar a rainha de uma invasão de porcos alienígenas. Depois de um tempo, ela pega no sono. Beijo sua testa e estou quase saindo do quarto quando Noah entra.

— Bom trabalho — ele sussurra ao ver a irmã dormindo. — Só quero dar um beijo nela. Te encontro no porão.

Assinto, e uma estranha sensação de medo e excitação me invade. Finalmente, Noah e eu vamos estar juntos e sozinhos.

Quando desço até o porão, vejo luzinhas piscando no fundo do aposento. Primeiro penso que são luzes de uma árvore de Natal, mas a forma é diferente. Passo pelos sofás e vejo que vêm da mesa de bilhar. Mas não parece mais uma mesa de bilhar, porque há cobertores de cima a baixo dela e luzinhas contornando toda a volta.

Ouço Noah descer a escada atrás de mim.

— Eu construí uma cabana pra você — ele diz. — Lembrei o que você disse sobre ser seu lugar favorito quando era criança, onde se sentia segura e... — Ele para, aparentemente constrangido.

Meus olhos se enchem de lágrimas.

— Foi uma ideia boba? — Noah pergunta, olhando para mim. — Ah, droga, você está chorando. Foi uma ideia idiota. Desculpa, eu...

— Não — interrompo. — Foi uma das coisas mais legais que alguém já fez por mim.

Ele sorri.

— Sério?

— Sério. — Olho para ele. — Obrigada por me escutar. Por lembrar do que eu disse.

Noah franze o cenho.

— Por que eu não lembraria? — E segura minha mão. — Espera até ver o que tem lá dentro.

Rindo, eu o sigo até a cabana. Ele pendurou um cartaz manuscrito em um dos cobertores.

CABANA DA PENNY. NÃO ENTRE!
... a menos que você se chame Noah.

Ele afasta dois cobertores e me convida para entrar com um gesto. Eu me ajoelho e entro engatinhando. O chão está coberto de almofadas de cores diferentes, e as beiradas estão enfeitadas por um fio de luzes coloridas e piscantes. Em um canto tem uma bandeja de torta de frutas secas feita por Sadie Lee e, em outro, uma jarra de limonada e dois copos.

— Isso é incrível — falo enquanto Noah engatinha atrás de mim.

— Tem certeza? — Ele olha para mim com muita intensidade, como se tentasse ler meus pensamentos e se certificar de que estou dizendo a verdade.

— Sim! É muito melhor do que as cabanas que eu costumava fazer. As minhas nunca tiveram luzinhas, por exemplo.

Noah sorri.

— Ou um... — paro, envergonhada.

— Um o quê?

Ele me encara. Estamos tão próximos que posso sentir seu hálito no meu rosto.

— Um belo príncipe. — Olho para as almofadas.

— Penny?

Volto a encará-lo. Agora ele está sério.

— Sim?

— Eu gosto muito de você.

— Também gosto muito de você.

— Não, estou dizendo que gosto de você *de verdade*. Gosto tanto que pode até ser...

Continuo olhando para Noah e o encorajo a continuar.

— ... amor — ele sussurra.

Seguro suas mãos e olho para a tatuagem.

— Eu gosto tanto de você que pode até ser amor também.

Ele ri.

— As falas não saem tão fácil nem nos filmes.

Também dou risada.

— Não. Mas a facilidade é supervalorizada.

Ele me abraça.

— Estou muito triste porque você vai embora — ele sussurra no meu ouvido.

— Eu também — e apoio a cabeça em seu ombro.

— Mas não acaba aqui, sabia?

Levanto a cabeça e olho para ele. O cabelo emoldura seu rosto numa confusão de ondas. Luto contra o impulso de tocá-lo.

— Vou dar um jeito de ir te ver na Inglaterra, e você pode voltar pra cá sempre que quiser. A gente pode conversar online também. Estou disposto até a dar um tempo na minha desintoxicação de internet por você — Noah confessa, sorrindo.

— Estou lisonjeada.

— É bom que esteja.

E depois ele me beija. Beijos leves como asas de borboleta na lateral do meu pescoço. Depois no rosto, nas pálpebras, na ponta do nariz, até que, finalmente, nossos lábios se encontram. E nosso beijo é tão apaixonado e cheio de significado que não quero que acabe nunca. Mas alguma coisa começa a apitar. Eu me afasto de Noah e olho assustada para ele.

— O que é isso?

— Desculpa, é o meu relógio. Programei o alarme para a meia-noite, pra não perdermos o Ano-Novo. — Noah me abraça novamente. — Feliz Ano-Novo, Penny.

— Feliz Ano-Novo, Noah — respondo, na expectativa de que os votos se tornem realidade.

Noah me puxa delicadamente para baixo até nos deitarmos sobre as almofadas, e, enquanto ele me abraça, peço ao Pai Tempo que tenha piedade e congele todos os relógios do mundo para que nossos beijos durem para sempre.

# 35

É oficial. Eu odeio o Pai Tempo. Eu o odeio mais do que os valentões da escola, as provas e até picles de cebola. No fim, Noah e eu temos cerca de uma hora juntos antes de todo mundo voltar para casa. Uma hora que voou como um nanossegundo. Mas eu descobri um pequeno consolo. Sempre que fecho os olhos e lembro o que aconteceu, minha pele começa a formigar onde Noah me tocou, e é como se eu estivesse com ele outra vez. Posso não ter sido capaz de parar o tempo, mas pelo menos consigo voltar à cabana. É o que estou fazendo agora enquanto espero meus pais desceram para o hall com a bagagem. Sentada sobre minha mala, fecho os olhos e lembro como Noah afagou meu cabelo e deslizou os dedos pelas minhas costas.

— Uma moeda por seus pensamentos.

Abro os olhos e vejo Noah do outro lado do hall, olhando para mim.

— Eu estava pensando na cabana. — Meu rosto fica vermelho.

— Eu também. Não consigo parar de pensar nisso. — Noah se aproxima e segura minhas mãos. — Por que você não desce lá e se esconde? Eu falo pros seus pais que você foi abduzida por porcos alienígenas e que eles podem voltar pra casa sem você.

Meu sorriso é triste.

— Eu queria poder ficar.

Noah me abraça e encosta a minha cabeça em seu ombro. O encaixe é perfeito. *Nós* somos um encaixe perfeito. Isso é tão injusto.

— Vai ficar tudo bem — ele cochicha no meu ouvido. — Vai ficar tudo bem.

Vai? Como é possível, com a gente vivendo tão longe um do outro?

No caminho para o aeroporto, sinto como se tivesse uma bola de tristeza crescendo dentro de mim, como um tumor. Meus pais estão no carro de Sadie Lee com Bella, e eu estou na caminhonete de Noah. Ele nem precisa comentar as manobras que faz no trânsito. Estou sofrendo tanto que nem consigo entrar em pânico.

Quando paramos em uma vaga no estacionamento do terminal, Noah se vira para mim.

— Escuta, Penny, tudo bem se eu não entrar com vocês? Eu não sou muito bom com despedidas em público. Prefiro dizer o que tenho pra dizer aqui, agora, enquanto somos só nós dois.

Sinto uma pontada de decepção.

Ele enfia a mão no bolso interno da jaqueta e pega um CD.

— Tenho uma coisa aqui. É algo que fiz... pra você.

Pego o CD e olho para ele, esperançosa.

— É... a música que a Bella falou?

O rosto de Noah fica corado.

— Talvez. — Ele ri. — Tudo bem, é. Eu gravei no meu computador, a qualidade não é das melhores, mas quero que você leve o CD. Quero que você saiba o que eu sinto.

Olho para o aparelho de som na caminhonete.

— Posso ouvir agora?

Noah ri e balança a cabeça.

— De jeito nenhum! — E aperta a caixa em minhas mãos. — Deixa pra ouvir quando estiver em casa. Assim vai ser como se você recebesse uma mensagem minha assim que chegar lá.

A dor dentro de mim começa a diminuir um pouco, e seguro a mão de Noah.

— Obrigada. Ah, mas eu não tenho nada pra deixar com você.

— Você já me deu muita coisa. — Ele afaga minhas mãos. — Não tem ideia de quanto. A verdade é que, antes de eu te conhecer, as coisas estavam um pouco...

Ele para de falar quando Sadie Lee estaciona na vaga atrás de nós.

— Não importa. — Noah suspira e segura meu rosto com uma das mãos. — Penny, eu gosto tanto de você que pode até ser amor.

— Eu gosto tanto de você que pode até ser amor também. — Meu coração se enche de esperança. O amor não supera tudo? Não é o que diz a canção? E, se ele supera tudo, o oceano Atlântico deve fazer parte do pacote.

Ouço o barulho da porta do carro de Sadie Lee. O tempo está acabando. Noah me puxa e nós nos beijamos.

— Eu disse que eles se amam — Bella fala em voz alta do lado de fora da caminhonete.

* * *

Durante o voo, eu me apego àquela última conversa com Noah como se fosse uma tábua de salvação. Cada vez que fico ansiosa ou aborrecida, lembro quanta coisa aconteceu desde que saí da Inglaterra. Parece até que quem está voltando para casa é outra pessoa, totalmente diferente de mim. Mas dessa vez não preciso fingir que sou outra, não preciso de um alter ego de super-heroína — basta ser eu mesma. Cada vez que o avião passa por uma zona de turbulência, faço uma lista mental de tudo o que mudou em mim desde que viajei: aprendi a controlar meus ataques de pânico, fui a fotógrafa semioficial de um casamento americano, comprei um disco no Brooklyn, passei meu primeiro Natal nos Estados Unidos e... me apaixonei. *Eu me apaixonei!* E mesmo vendo diante de mim o aviãozinho luminoso na tela se afastando cada vez mais da América, cada vez mais de Noah, ainda me sinto bem. De algum jeito, sinto que vamos fazer isso dar certo.

Quando aterrissamos na Inglaterra, meu alívio por voltar em segurança se une ao meu novo sentimento de confiança e, apesar de exausta, nunca me senti tão determinada. Vou esclarecer as coisas com Elliot.

Vou economizar o que ganho trabalhando na Felizes para Sempre para pagar uma passagem para Nova York. Não me importo com aquele vídeo estúpido nem com Megan e Ollie. Despi minha antiga vida como alguém se despe de uma pele velha. Eu a imagino afundando em algum lugar no meio do oceano Atlântico.

Finalmente chegamos em casa, pouco depois da meia-noite. Tudo parece diferente. Desconhecido. A decoração de Natal parece triste e monótona, e a casa está gelada.

Meus pais vão preparar um chá, e eu subo direto para o meu quarto. Preciso ouvir o CD de Noah. Sento na cama e imediatamente ouço batidas. Elliot! Prendo a respiração e espero para decifrar o código. Duas batidas, seguidas por mais duas, seguidas por três: "Eu — te — amo". Sinto o alívio inundar meu corpo. Desde o Natal não voltamos a trocar mensagens. É o período mais longo que passei sem nenhum contato com Elliot. Antes que eu responda, ele bate de novo. "Posso ir aí?" Bato rapidamente o código para "Sim, vem agora".

Posso ouvir o CD mais tarde. Antes preciso resolver tudo com Elliot. Ouço a porta da casa dele e deito na cama olhando para o teto. Ouço meu pai abrindo a porta para ele, as vozes abafadas. Os pés de Elliot na escada. Minha vida se encaixando de volta em seus antigos padrões. Conto os segundos até a porta do meu quarto se abrir. Um, dois, três, quatro...

— Penny! — Elliot entra, ofegante. — Desculpa. Eu estava morrendo de saudade. Você está... Nós estamos... Tudo bem?

Sento e sorrio.

— Claro que sim.

— Ai, graças a Deus! — Ele senta na ponta da cama. — Desculpa por ter sido tão chato. Mas você não tem ideia da pressão. Foi um inferno. Adivinha o que os meus pais me deram de presente de Natal?

Dou de ombros.

— Ingressos para a temporada de rugby. Rugby! Eles sabem que eu odeio rugby. Odeio muito. — Elliot levanta as mãos em desespero. — Por que dar pro único filho um presente que ele odeia? Por quê? E eles acharam que seria uma boa ideia fazer um fondue de queijo na ceia de Natal. Quer dizer, hello! Anos 70 chamando... eles querem a cafonice de volta.

Balanço a cabeça, incrédula.

— Ai, Elliot.

— Eu sei. Não tem recuperação. Nem esperança. — Ele olha para mim e suspira. — Vai em frente.

— O quê?

— Conta tudo sobre o Príncipe Encantado.

— Sério? — Estudo seu rosto procurando sinais de que talvez ele esteja brincando.

Ele sorri.

— Sim, sério.

Conto uma versão diluída da minha semana com Noah, deixando de fora qualquer coisa que possa deixar meu amigo enciumado. Quando termino, olho para ele com ar nervoso.

A expressão de Elliot é indecifrável.

— Mas o que você está sentindo? Agora que sabe que vocês não vão se ver de novo?

— Vai dar tudo certo. A gente vai dar um jeito.

Elliot franze a testa.

— Como? Ele está em Nova York, e você em Brighton.

— Sim, eu sei. — Faço um esforço para me manter positiva. — Mas a gente pode se visitar.

Ele assente, mas tem alguma coisa em seu olhar que sugere dúvida e abre uma fenda na minha armadura de positivismo.

Nós dois ficamos em silêncio, e eu começo a me arrepender de ter contado qualquer coisa.

— Você tem uma foto dele? — Elliot pergunta.

Respondo que sim com a cabeça, pego a câmera na bolsa e procuro a foto de Noah no parque.

— Essa foi no dia seguinte ao Natal, quando ele me levou pra conhecer o bairro.

Elliot estuda a foto e eu estudo o rosto dele, procurando um sinal de aprovação. Quero muito que ele goste de Noah, que me apoie. Ele assente uma vez.

— Muito bom — diz, mas percebo uma certa tensão. — Ele me parece familiar. Devem ser as maçãs de Johnny Depp. — E me devolve a câmera. — O que você acha de ir comigo até a cidade amanhã? Resolvi comprar uma camisa xadrez para combinar com o meu chapéu de caubói.

E é isso. A conversa sobre Noah está encerrada. Elliot continua falando sobre achar que é hora de americanizar o visual, e eu me sinto desapontada. Seu melhor amigo não deveria ficar feliz quando você conhece alguém? Não deveria querer saber tudo sobre o cara? Não entendo qual é o problema de Elliot. Especialmente agora que estou em casa, e a milhares de quilômetros de Noah.

Estou a milhares de quilômetros de Noah.

Quando estou prestes a ser engolida por uma onda de tristeza, meu celular avisa que tenho uma mensagem. Elliot ainda está falando, e eu pego o telefone na bolsa e abro a mensagem.

> Espero que tenha chegado bem. Mas queria
> que vc estivesse aqui. Saudade, Incidente
> Incitante

Sorrio aliviada.

— Quer que eu vá embora? — Elliot pergunta, olhando para o telefone.

— O quê? — respondo distraída, já imaginando a resposta que vou dar para Noah.

— Quer que eu vá embora?

— Ah. Bom, eu estou cansada... da viagem.

Elliot levanta.

— Tudo bem. Te vejo amanhã.

— Tá bom.

Assim que ele sai, digito a resposta para Noah.

Sim, cheguei bem, mas com muita saudade,
tb queria estar aí. Vou ouvir o CD xx

Acendo a vela de laranja e canela que Sadie Lee me deu de presente de Natal e também as luzinhas. Meu alerta de mensagem soa de novo.

Ai, ai! Espero que goste

Abro a caixa e pego o CD. De repente tenho um ataque de ansiedade. Imaginei uma balada envolvente, mas e se for alguma coisa dançante e bobinha? E se for sobre como eu adoro creme de amendoim crocante? *Se controla*, digo a mim mesma enquanto ponho o CD no aparelho e aperto play. Não precisava ter me preocupado. Desde o primeiro acorde de violão, sei que a música é bonita. Quando me recosto na cama, vejo um papelzinho dobrado dentro da caixa do CD, que desdobro conforme Noah começa a cantar. No alto da página, tem o título "Garota de Outono". Embaixo, a letra. Eu a leio enquanto Noah canta.

*GAROTA DE OUTONO*

*Garota de Outono*
*Você mudou o meu mundo*
*Tornou o meu inverno dourado*

*Quando eu estava perdido*
*Você me fez encontrar*
*O seu sorriso amoroso*
*Transformou a minha vida*

*Garota de Outono*
*Você mudou o meu mundo*
*Fez a lua brilhar âmbar*

*E agora está longe*
*Longe de mim*
*Fecho os olhos*
*E ainda vejo*
*Seu cabelo de pôr do sol*
*Sua pele cintilante*
*Os braços que eu quero*
*Sentir em torno de mim*

*Garota Outono*
*Você mudou o meu mundo*
*Você mudou o meu mundo*
*Você mudou o meu mundo*

Quando a música acaba, todo o meu corpo brilha como a vela de laranja e canela. Noah escreveu isso para mim. Ele escreveu essas palavras bonitas para mim. Sobre mim. Pego meu celular e mando uma mensagem para ele. No fim exagero nos beijos, porque sei que ele não vai se importar.

Amei! Obrigada ☺ xxxxxxxx

Ele responde imediatamente.

Sério?

Sim!!! É linda xxxx

Assim como você

Estou me preparando para responder quando ele manda outra mensagem.

O mais lindo incidente incitante em toda a
história dos incidentes incitantes

Idem xxx

Naquela noite, antes de dormir, ponho a música de Noah no modo repetição e me imagino na cabana, nos braços dele, cercada pelo brilho aconchegante das luzinhas. Pela primeira vez em séculos, não tenho pesadelos.

**2 de janeiro**

## FELIZ ANO-NOVO!

Oi!

Espero que todos tenham tido um ótimo Natal.

Então, eu voltei para casa. E como um novo ano está começando, pensei que seria divertido escrever um post sobre resoluções de Ano-Novo.

No avião de volta para casa, li um artigo de revista que dizia que devemos escolher apenas três resoluções de Ano-Novo, porque assim é maior a chance de realmente cumprir o que prometemos.

E é verdade!

Eu acreditava tanto em resoluções de Ano-Novo que escrevia páginas e mais páginas delas, e depois, em fevereiro, quando só havia cumprido uma (*e nunca era a de comer menos chocolate*), eu me sentia mal e nem me dava mais o trabalho.

Então, neste ano, serão só três resoluções, e acho que seria muito legal se vocês também escolhessem três coisas e postassem nos comentários. Depois a gente pode acompanhar o progresso de todo mundo, como no post sobre o medo.

Vamos começar. Este ano minhas três resoluções são:

**Número Um: Ser feliz**

**Número Dois: Enfrentar meus medos**

**Número Três: Acreditar em mim**

Tudo bem, só percebi uma coisa quando estava digitando.

Se não fosse pelo Garoto Brooklyn, eu não estaria postando essas resoluções. A verdade é que ele já me ajudou a começar a realizar uma delas.

Sinto MUITA saudade dele neste momento, mas os comentários de vocês no meu post anterior me ajudaram de verdade.

Muito obrigada a todo mundo que disse que as coisas vão dar certo entre nós. Se eu pudesse acrescentar uma resolução extra, seria acreditar nisso também.

E obrigada a todo mundo que postou sobre as pessoas divertidas que tornaram interessantes os lugares mais estranhos. Adorei saber disso.

E a todos que me pediram para postar uma foto do Garoto Brooklyn, sinto muito, mas algumas coisas devem se manter privadas. Espero que entendam.

Feliz Ano-Novo para todo mundo — vou esperar ansiosa para ler as resoluções de vocês!

**Garota Online, saindo do ar xxx**

# 36

Assim que posto no blog, sento na frente da penteadeira e começo a me arrumar para sair com Elliot. É quase meio-dia, e meus pais foram ao supermercado fazer uma megacompra, porque não tem comida em casa. Tom voltou, está lá embaixo fazendo um trabalho de última hora para a faculdade. Tudo à minha volta está retornando ao que era antes de Nova York... mas eu não.

Com a música de Noah tocando ao fundo, olho para o meu reflexo no espelho da penteadeira. Aparentemente sou a mesma pessoa — as mesmas sardas no nariz e o mesmo cabelo avermelhado —, mas o modo como eu me vejo é totalmente diferente. Parece um pouco aquela situação em que você assiste a um filme com uma reviravolta maluca no final e descobre que o mocinho era, na verdade, o bandido. Mas, no meu caso, a reviravolta foi descobrir que eu não sou feia nem ridícula, afinal. Descobri que as coisas que eu achava feias em mim me fazem parecer o outono — e o pôr do sol. Não preciso mais esconder minhas sardas com uma camada de base. Não preciso prender o cabelo para esconder a cor vermelha. Posso deixá-lo solto e mostrar para todo mundo.

Enxergar a mim mesma pelos olhos de Noah me ajudou a ver a verdade. Olho para a foto dele, presa no alto do espelho. Eu a imprimi logo que acordei, porque assim posso vê-lo sempre que quiser.

— Obrigada — sussurro para o rosto sorridente dele.

Pego a escova para arrumar o cabelo quando ouço o alerta de mensagem do celular. Meu primeiro pensamento é em Noah, mas, quando abro a caixa de mensagens, meu coração fica apertado. É da Megan.

Oi, Penny! Já voltou? Seria legal contar as novidades bjs

Olho para a tela e percebo que este é um daqueles momentos decisivos. Se eu realmente mudei, tenho que provar com atitudes, começando bem aqui, com Megan. Clico em responder e digito:

Não, obrigada

Quando escuto o ruído de notificação, meu coração bate tão forte que tenho a sensação de que vai sair pela garganta.

O quê?!!!

Respiro fundo e começo a digitar:

Não quero contar as novidades pq não tenho nada pra te contar

Fico ali sentada, batendo com os dedos na superfície da penteadeira e esperando a resposta. Imagino Megan jogando o cabelo para trás dos ombros e fazendo biquinho. Ela parece tão boba agora... tão infantil. É como se viajar para o outro lado do mundo me ajudasse a ver tudo com clareza; é como se eu tivesse uma visão panorâmica da minha vida e de tudo que é preciso mudar. O celular apita.

Não acredito nisso! E depois de tudo que eu fiz por vc!

O quê?! Fico olhando para o telefone. Tudo que ela fez por mim? Dessa vez digito a resposta sem nenhum nervosismo. Agora o que eu sinto é raiva.

Tipo postar aquele vídeo no Facebook e ficar sempre me pondo pra baixo? Eu posso viver sem esse tipo de amizade, obrigada. Não fala + comigo

Aperto enviar e, apesar de minhas mãos tremerem muito, sinto um grande orgulho. Então percebo que acabei de realizar minhas três resoluções de uma vez só. Enfrentei o medo da Megan, acreditei em mim mesma e isso me deixou incrivelmente feliz. Atualizo a página do blog e vejo que já tenho dois comentários.

Oi, Garota Online,

Feliz Ano-Novo!

Minhas três resoluções são:

1. Ter orgulho da minha aparência

2. Ler mais livros

3. Diminuir o açúcar

Bjs, Amber

Posto rapidamente uma resposta:

Obrigada, Amber. Boa sorte — especialmente com o açúcar! Xx

Vou descendo a página até o próximo comentário e o que vejo me paralisa.

Só tenho uma resolução para este ano: garantir que não vou colocar o mundo virtual à frente do real.

Mas não é o comentário que me faz sentir mal, é o nome do usuário: Waldorf Feroz. Elliot postou no meu blog. Ele nunca posta no meu blog. É como um acordo tácito que temos desde o começo para garantir o anonimato. E ele está falando de mim. Olho para a tela, tentando entender por que ele escreveria aquilo. Deve ser porque eu postei de novo sobre o Noah. Mas o que ele quer que eu faça, se continua agindo daquele jeito esquisito quando eu falo no assunto? Pelo menos os meus leitores me apoiam. Pelo menos eles querem me ouvir falar sobre isso.

Ouço a campainha tocando lá embaixo. Elliot não devia chegar antes da uma. Sinto uma pontinha de esperança. Talvez ele tenha se sentido mal pelo comentário no blog e tenha vindo mais cedo para pedir desculpas.

Ouço a voz de Tom e a de outro homem, depois o som de passos na escada e batidas na porta do meu quarto. Deixo o laptop em cima da penteadeira e respiro fundo, tentando me preparar mentalmente enquanto digo:

— Pode entrar.

Mas nem a respiração mais profunda poderia ter me preparado para o que acontece em seguida. A porta se abre e Ollie entra no quarto.

— Ollie!

— Oi, Penny. — Ele transfere o peso de um pé para o outro com desconforto e passa a mão no cabelo loiro e bagunçado. — Espero que você não se importe por eu ter vindo desse jeito. Seu irmão... ele me disse pra subir.

— Ah. — Olho para ele por um momento sem saber o que dizer. Por que ele está aqui, na minha casa? Parece sem jeito e envergonhado, como se também não soubesse bem o que está fazendo aqui. — Entra, senta — falo finalmente, apontando uma poltrona.

Ollie se aproxima da cadeira e fica parado. Ele parece realmente constrangido e segura um pacote embrulhado em papel de Natal. Ele me vê olhando para o pacote e estende as mãos.

— Eu... hã... trouxe um presente.

— Sério? — Quase não consigo controlar o choque. Pego o embrulho e o deixo sobre a cama. — Quer sentar?

Ollie senta na poltrona.

— Você parece tão diferente — ele diz —, está ótima. Não que não fosse ótima antes, é claro.

Tudo bem, o que está acontecendo? Então tenho uma sensação horrível. Megan o mandou aqui? Isso tudo é parte de um plano de vingança por causa das mensagens? Não pode ser. Ollie chegou muito rápido. E parece muito tímido.

— Obrigada — resmungo.

— Então, você se divertiu?

— Sim, foi incrível. — Pensar em Nova York e em Noah me acalma. Essa situação é muito estranha, mas posso lidar com ela.

— Que bom. — Ollie olha para o chão. — Escuta, eu... O motivo que... Eu quis te ver antes de voltar para a escola pra te pedir desculpa.

Olho para ele.

— Por quê?

— Pelo que aconteceu depois da peça. Não que eu tenha postado aquele vídeo, compartilhado ou algo assim — ele acrescenta depressa.

Assinto, lembrando o comentário dele sobre achar o vídeo fofo.

— Mas eu sinto muito pelo que aconteceu. E por você ter se afastado da escola por isso.

Estudo seu rosto em busca de algum sinal de que ele possa estar mentindo, mas Ollie parece absolutamente sincero e preocupado de verdade.

— É que... eu gosto de você, Penny.

Agora estou de boca aberta com o choque.

— Preciso ir ao banheiro.

Não sei por que eu disse isso... Bem, na verdade, sei sim. Eu tenho que sair dali por um momento para tentar entender tudo que está acontecendo. Mesmo assim...

— Ah. Tudo bem. — Ollie recua um passo.

— Já volto. — Antes que ele possa dizer mais alguma coisa, saio correndo do quarto.

Quando estou trancada na segurança do banheiro, começo a andar de um lado para o outro, o que é bem difícil num espaço de um metro e oitenta.

Ollie gosta de mim. *Passos, passos.* Como assim, ele gosta de mim? Tipo, *daquele* jeito? Ah, não! Deixo escapar um gemido quando penso na minha conversa com Noah. Tudo mudou de verdade desde que voltei de Nova York, porque durante anos sonhei com Ollie dizendo alguma coisa assim para mim. Passei muitas noites acordada, imaginando cenários em que Ollie dizia que gostava de mim. Mas nunca, jamais acreditei que isso fosse acontecer. E nunca, jamais pensei que, se por algum milagre isso acontecesse, eu não ia sentir... nada. Todos os cenários que eu imaginei acabavam com um beijo. Mas conhecer Noah me fez perceber que meus sentimentos por Ollie eram só uma paixonite boba. Não tinham base na realidade, só existiam nas minhas fantasias.

Mas isso não é uma fantasia. É muito real, e tenho que lidar com a situação imediatamente. Lavo o rosto com um pouco de água fria e olho para o espelho do banheiro. *Você consegue,* digo a mim mesma.

Quando volto para o quarto, Ollie está sentado na minha cama, o que é bem preocupante.

— Por favor, não vai me dizer que você também é apaixonada por ele — ele comenta e aponta a foto de Noah presa ao espelho.

— Quê?

— Noah Flynn. A Megan não para de falar nele e naquela música idiota, "Bridge". Eu sempre digo que ele é louco pela Leah Brown, mas a Megan não acredita.

Como no momento que antecedeu o acidente de carro, tudo começa a acontecer em câmera lenta. Seguro o encosto da cadeira para me equilibrar.

— O que você disse?

Ollie aponta a foto de novo.

— Noah Flynn, o cantor Você também é apaixonada por ele?

# 37

Olho para Ollie e tento me controlar. O mundo não acabou de virar do avesso e de cabeça para baixo. Deve haver alguma explicação para isso.

— Eu... conheço o Noah.

Ollie sorri.

— Sei, tá bom.

— Conheço mesmo. A gente se conheceu em Nova York.

Sento na frente da penteadeira, com a cabeça a mil. O que Ollie quis dizer com "você também é apaixonada por ele"? E por que ele falou que Noah é louco pela Leah Brown? A Leah Brown é uma pop star megafamosa.

Ollie se inclina para frente e parece muito impressionado.

— Sério?

Assinto.

— Uau, a Megan vai morrer de inveja quando você contar. Como ele é? — Agora ele me encara de olhos arregalados, como se eu tivesse contado que conheci o presidente.

— Ele foi... é... muito legal. Mas não entendi o que você disse antes... sobre ele e a Leah Brown...

— Ah, eles estão namorando. Parece que ele escreveu uma música para o próximo disco da Leah, alguma coisa assim.

Ollie fala de um jeito tão casual que quase dou risada. Isso é ridículo. Inacreditável. Ou não é? Sinto um horrível desconforto quando a conversa que ouvi entre Noah e Sadie Lee surge na minha cabeça. Era isso que ela dizia que Noah devia me contar? Não pode ser. Isso é demais. Noah nunca poderia ser famoso, ter uma namorada, muito menos uma namorada linda e famosa no mundo inteiro, sem que eu soubesse. Ollie deve estar fazendo confusão. Deve ser coincidência.

— Você tem certeza que é ele? — pergunto.

Ele se levanta e analisa a foto.

— Sim, absoluta. A mesma tatuagem no pulso. — E vira para olhar para mim. — Por que está me perguntando? Se você conheceu Noah Flynn, deve saber que é ele.

— Sim, eu... — De repente me dou conta de que Noah nunca falou seu sobrenome. — Eu... não estou me sentindo muito bem — digo e me sento na cama.

— Ah, não. — Ollie toca meu ombro, o que me faz recuar.

— Sério, acho melhor você ir embora.

— O quê? Mas... você estava bem um minuto atrás.

— Sim, mas agora não estou. — Não ligo se sou grossa. Só preciso que ele saia daqui. Tenho que ir a fundo nessa história.

— Ah. Tudo bem. Mas eu ia... Queria perguntar se você...

Como Noah pode ser um cantor famoso? Não faz sentido. Mas, de um jeito horrível, faz. A voz incrível. A música que ele compôs para mim. Mas por que ele escreveria uma canção como aquela para mim, se tem outra pessoa?

— Quer sair pra comer uma pizza ou alguma outra coisa?

— Quê? — Olho para ele horrorizada.

— Está tudo bem, Penny. Eu sei o que você sente por mim. Faz anos que eu sei. A Megan me contou.

Muito bem, agora sei que estou enrolada numa história de terror que só piora a cada reviravolta.

— E acho que estou... acho que posso finalmente estar sentindo a mesma coisa.

*Finalmente?* Sério?

— Você precisa ir embora — falo num tom brusco.

— Tudo bem, mas isso é um sim? — Ele me encara, esperançoso.

— Não! É um não. Desculpa. Por favor, você pode ir embora?

Ollie me encara por um momento de terrível silêncio.

— Certo — diz secamente. — Te vejo na escola, então.

— Tá. — Não consigo pensar direito quando praticamente o empurro para fora.

Assim que ele sai, sento na frente do laptop, saio da página do blog e jogo o nome "Noah Flynn" no Google. Isso deve ser um engano idiota. Não sei como ou por quê, mas Ollie deve estar enganado.

— Ah, não! — Cubro a boca com a mão ao ver a avalanche de resultados. Tem uma imagem perto da segunda ocorrência. Noah segurando um violão. Clico no link e sinto o estômago revirar.

"Sony contrata a sensação da internet Noah Flynn", anuncia a manchete. Clico no artigo, dominada pelo medo e pela incredulidade. Aparentemente, há cerca de dois anos, Noah começou a postar músicas no YouTube. Ele acabou atraindo mais de um milhão de assinantes para o canal. Então, há dois meses, a gravadora Sony o contratou. Sinto uma explosão de orgulho ao ler o que disse um executivo do selo sobre o "talento bruto" de Noah e como ele estava animado para produzir seu primeiro disco.

Mas em seguida lembro o que Ollie falou sobre Noah e Leah Brown. Isso não pode ser verdade, certamente. Leah Brown é uma celebridade. Viaja em jatinhos particulares, é a atração principal de grandes festivais e lota estádios. Tom e os amigos a viram no Festival de Isle of Wight no ano passado. Com as mãos trêmulas, digito "Noah Flynn" e "Leah Brown" na caixa de busca. Uma página de resultados enche a tela, a maioria de sites americanos de fofoca. Todos de aproximadamente um mês atrás, e todos anunciando a mesma coisa: Noah Flynn e Leah Brown estão juntos. Estou tão tensa que mal consigo respirar. Mais ou menos na metade da página, encontro um resultado que tem o link do Twitter de Leah Brown.

Relaxando com @noahflynn em Venice Beach

Clico na página com o coração disparado. Seu post mais recente deseja aos fãs um feliz Ano-Novo. E tem outro divulgando seu novo single. E depois... Estremeço ao ler.

Feliz Natal @noahflynn ansiosa pra te ver quando voltar de LA Bjs

Continuo descendo a página. Não consigo parar, por maior que seja a dor.

Com meu amor @noahflynn na festa de Natal da Sony

Esse post tem uma foto de Leah Brown atrás de Noah, com os braços em torno dele. A data é do dia anterior àquele em que o conheci. Ver a imagem me faz sentir ânsia de vômito.

Abro o perfil de Noah no Twitter em busca de mais evidências incriminadoras, mas ele só postou três vezes, sempre sobre o contrato com a gravadora. Olho para a foto dele em meu espelho e sinto lágrimas quentes e furiosas inundarem meus olhos. Como ele pôde fazer isso comigo? Como foi capaz de mentir tão friamente e de um jeito tão convincente, se o tempo todo ele tinha namorada? E não uma namorada qualquer, mas uma famosa no mundo todo e loucamente apaixonada por ele. E como Sadie Lee permitiu que ele fizesse isso comigo?

Meu celular dá o alerta de uma nova mensagem. Fico apavorada pensando que pode ser de Noah. O que vou dizer para ele? O que vou fazer? Pego o celular com as mãos trêmulas. Mas a mensagem é de Elliot.

Não estou a fim de ir pra cidade. Acho que
vou ficar em casa e fazer a lição de
matemática bj

Olho para a tela. Ele nem se desculpou por ter postado aquele comentário no meu blog. Não quer me ver. Aposto que ia querer, se soubesse das últimas novidades. De repente sinto uma raiva que me domina. É melhor mesmo que o Elliot não queira ir para a cidade. Assim eu não preciso contar para ele o que aconteceu e ver sua cara de satisfação. E em seguida sinto que o chão começa a desmoronar debaixo dos meus pés. Toda a força que eu reuni enquanto estava longe começa a se dissolver.

Vou para a cama, me encolho embaixo do edredom e começo a soluçar. Não consigo parar, porque penso em mais e mais coisas, mais evidências de que Noah estava mentindo para mim. A garota que olhava para ele quando fomos ao antiquário pegar a tiara. O que ela falou ao telefone? "É sim"? É sim o quê? É ele sim? E o jeito como começou a andar em nossa direção quando entramos na caminhonete. E como Noah saiu apressado. Ele percebeu que a garota o havia reconhecido? Mas depois ele me levou àquele café e me apresentou para os amigos dele. Por que ele faria isso, se era tudo mentira? Mas até isso adquire um significado ainda mais sinistro agora. Quando a mulher que encontramos no corredor do café disse "bom trabalho", ou algo assim, ela devia estar se referindo ao contrato com a gravadora. Não tinha nada a ver com o fato de ele ter arrumado uma namorada. Ele mentiu para mim descaradamente.

O choque e a vergonha me fazem sentir febril, mas não consigo interromper a enxurrada de terríveis constatações. O jeito como ele interrompeu Antonio no café e saiu correndo de lá assim que terminamos de almoçar. É horrível pensar em como fiquei feliz por imaginar que ele quisesse passar mais tempo sozinho comigo, mas tudo foi só um jeito de proteger sua mentira. Penso nele me abraçando na cabana escura e em como aquele momento foi especial para mim, e então a vergonha dá lugar à fúria.

— Mentiroso! — grito e levanto da cama. Vou até a penteadeira, arranco a foto do espelho e a rasgo em mil pedaços. — Mentiroso! Mentiroso! Mentiroso!

Sento no chão e choro. Cheguei a pensar que tinha escapado da minha maldição; que eu podia ser eu mesma, ser amada e aceita. Mas tudo não passou de uma mentira, uma falsidade. E eu postei no blog sobre isso! Contei ao mundo inteiro que estava apaixonada e que tinha conhecido minha alma gêmea. Onde eu estava com a cabeça?

Passo as horas seguintes encolhida na cama. Incapaz de me mexer. Sem conseguir fazer nada além de chorar no travesseiro. Felizmente, meus pais acham que estou dormindo para descansar da viagem, por isso me deixam sozinha.

Finalmente, quando o dia se torna noite e meu quarto fica escuro outra vez, sinto que posso enfrentar o mundo de novo. Bem, meu quarto, pelo menos. Afasto o edredom e olho para a escuridão. A verdade é que, por mais que eu queira, não posso ficar na cama para sempre. Preciso enfrentar o que aconteceu. Ligo o celular, e o som de notificação de mensagem é imediato. Mensagem de Noah. Sinto um arrepio gelado percorrer meu corpo.

Oi, Incidente Incitante, e aí? Estou com saudade. A Bella tb. A Sadie Lee tb. Avisa quando acordar e quiser falar pelo Skype

Olho para a mensagem sem acreditar no que leio. Como ele consegue agir com tanta tranquilidade? Como pode me mandar mensagens assim quando tem namorada? Mas não sobrou energia para ficar brava. Eu me sinto completamente esgotada. Tremendo e chorando, começo a digitar a resposta.

Isso não vai dar certo, é melhor a gente não ter + nenhum contato. Desculpa

Olho para o texto com a testa enrugada. Por que eu pedi desculpa? Por que eu me desculparia? Apago o "desculpa" e mando a mensagem antes de ter tempo de me arrepender. Em seguida desligo o celular e volto para a cama.

Quando me encolho embaixo do edredom, lembro o que Bella me falou quando me viu chorando por causa de Elliot. *Toda vez que você fi-*

*car triste, pense em três coisas felizes pra espantar a tristeza.* Vasculho minhas lembranças. No fim, só consigo pensar no blog. Neste momento, é a única coisa que me faz sentir um pouco feliz. Pelo menos no blog as pessoas me entendem. Pelo menos no blog posso ser eu mesma, e todos me amam e me apoiam. Sinto uma fagulha de esperança. Amanhã vou postar sobre o que aconteceu. Não vou entrar em detalhes, só vou contar que o Garoto Brooklyn era uma mentira. Meus leitores saberão o que fazer e o que dizer. Eles vão me ajudar a superar. Eles precisam me ajudar.

# 38

Quando acordo, ainda está escuro e me sinto desorientada. Que horas são? Que dia é hoje? Em que país estou? Uma náusea horrível ferve em meu estômago. Aconteceu alguma coisa muito ruim, mas não consigo lembrar o que é.

A sensação de estar doente se espalha quando eu lembro: Noah. Fecho os olhos com força e tento voltar a dormir para esquecer tudo de novo. Mas não adianta. Lembranças horríveis invadem meus pensamentos. Noah mentiu para mim. Sobre tudo. Ele é músico profissional. Tem um contrato com uma gravadora. E uma namorada. Uma namorada que ocupava lugar de destaque na parede do quarto do meu irmão — não literalmente, é claro, isso seria bem estranho, mas em um pôster.

Tudo isso é esquisito e irreal. Sou só uma estudante de Brighton. O máximo que me aproximei de uma celebridade foi quando Elliot e eu passamos pelo Fatboy Slim no Snoopers Paradise, eu espirrei e meu chiclete foi parar no casaco dele. Não tenho envolvimento romântico com astros americanos do YouTube que, por acaso, estão envolvidos com Leah Brown. Como isso foi acontecer comigo?

Sento e olho para a escuridão. Nada foi real? Noah estava apenas me usando? Fui só uma diversão para ele enquanto Leah Brown estava fora da cidade? Não faz sentido. Ou ele é o maior mentiroso do mundo, ou existe alguma explicação. Eu me lembro da mensagem que mandei para ele. O que será que ele respondeu? Tateio em volta procurando o celular e ligo o aparelho. Tenho notificações de mensagem de texto e de e-mail. Penso no post de feliz Ano-Novo e me encolho. Depois penso em contar aos meus leitores que o Garoto Brooklyn era um grande canalha e me encolho um pouco mais.

Respiro fundo e abro a pasta de mensagens. Duas de Noah. A primeira foi enviada logo depois que eu escrevi dizendo que não queria mais falar com ele.

> Quê??? É brincadeira, né? Me liga! Não estou conseguindo ligar pra vc

A segunda foi enviada às cinco e meia da manhã — olho o relógio do celular —, menos de uma hora atrás.

> Espero que o que te pagaram tenha valido a pena. Pode ter certeza que não vai ter + nenhum contato. Eu troquei meu telefone e meu e-mail. Não quero saber de vc nunca +. Eu confiei em vc

Que diabos?! Fecho a mensagem e abro de novo para ter certeza de que não estou vendo coisas, mas está bem ali, na minha frente. Por que *ele* está tão furioso comigo? E como assim, *ele* confiou em mim? Não fui eu quem mentiu. Não sou eu quem tem uma namorada. Furiosa demais para raciocinar direito, começo a digitar uma resposta.

> VOCÊ confiou em mim?! E a minha confiança? Como vc teve coragem de mentir pra mim desse jeito? Achou que eu não ia descobrir? Ou não se importou com isso?

A adrenalina invade minhas veias quando clico em enviar. Quase imediatamente, recebo uma notificação. Mensagem não enviada. Leio de novo o que ele escreveu. Noah já mudou o número do celular. Interrompeu completamente toda comunicação comigo. Mas por quê? E então eu entendo. Ele percebeu que eu descobri as mentiras e adotou uma atitude defensiva. Uau! Perplexa, sento na cama, sem conseguir acreditar em como pude me deixar enganar. Ele deve estar preocupado com a possibilidade de Leah Brown descobrir. Como se eu fosse ligar para ela e dizer: "Oi, Leah, você não me conhece... Na verdade, sou só uma estudante de Brighton, mas, enquanto você passava o Natal em Los Angeles, eu me apaixonava pelo seu namorado em Nova York".

Raiva e indignação se transformam em tristeza. Como isso pôde acontecer? Como Noah e eu podemos estar completamente desligados um do outro depois de termos passado um Ano-Novo mágico naquela cabana? Sinto uma dor estranha e aguda no peito, como se meu coração fosse rasgado ao meio.

Tento me distrair das lágrimas que inundam meus olhos e abro a caixa de entrada de e-mail. Tenho duzentas e trinta e sete novas mensagens. E experimento uma rápida dose de felicidade. As pessoas devem estar postando suas resoluções de Ano-Novo no meu blog. Mas, quando abro a caixa de entrada, vejo que metade das mensagens é de notificações do Twitter. Sinto um desconforto imediato. Só abri conta no Twitter para compartilhar os posts do blog e seguir alguns blogs e fotógrafos. Nunca recebi tantas notificações. Clico em uma delas por curiosidade.

Tenho nojo de você @garotaonline22

O quê?! Clico em outra notificação.

WTF?!! @noahflynn traiu @leahbrown com a blogueira da Inglaterra @garotaonline22

O pânico começa a crescer dentro de mim. Quem são essas pessoas? Por que estão dizendo essas coisas? Como elas sabem?

Entro na minha conta do Twitter e começo a ler as notificações. Algumas são de leitores do blog que dizem coisas como: "É verdade? O Garoto Brooklyn é Noah Flynn?" Ou: "Quem é Noah Flynn?" Mas o resto é de desconhecidos, e são todas horríveis.

Como se @leahbrown precisasse se preocupar. @garotaonline22 é uma horrorosa

Tentando viver seus 5 minutos de fama @garotaonline22?

Odeio gente que pega e conta @garotaonline22 #semclasse

E por aí vai. Finalmente, vejo um tuíte do *Celeb Watch*, um site americano de fofoca.

Quando a gata sai: Noah Flynn pegou a blogueira inglesa @garotaonline22 enquanto Leah Brown estava fora da cidade

Clico no link para o site e, horrorizada, leio o artigo.

## *CELEB WATCH* EXCLUSIVO!

Enquanto Leah Brown passava o Natal em LA com os pais, parece que seu novo amor, Noah Flynn, encontrou outra pessoa para beijar embaixo da guirlanda de visco: a blogueira inglesa Penny Porter, mais conhecida como Garota Online.

Olho para a tela com um horror crescente. Eles sabem o meu nome. Como sabem o meu nome?

Dando a ele o apelido de Garoto Brooklyn, Penny tem postado no blog durante esse tempo contando sobre Noah, sem se importar com o fato de ele estar atualmente envolvido com Leah Brown. Parece que algumas pessoas fazem qualquer coisa por um momento sob os holofotes. Bem, não gostaríamos de estar no lugar de Noah quando Leah voltar para a cidade!

Tem cinquenta e seis comentários a esse post. Leio o primeiro.

Que vagabunda!

Alguém respondeu ao comentário.

Não acredito que tenha sido por dinheiro. Acho que ela parece ser uma pessoa até doce. Ele que é o vagabundo, traiu a namorada que estava fora da cidade.

Sim, mas ela devia saber que ele tinha namorada.

Como eles sabem que tipo de pessoa eu pareço ser? Olho de novo o artigo e vejo que incluíram um link para o meu blog. Clico no link e ele me leva ao primeiro post que escrevi sobre Noah. Releio minhas palavras com uma sensação horrível, agora que sei a verdade. Olho os comentários mais recentes.

É, mas o Príncipe Encantado não era um traidor e a Cinderela não era uma vaca.

Atordoada de medo, desço a tela e leio mais do mesmo. Dois leitores do blog postam: "Isso é verdade?" E, finalmente, no fim da página, encontro um comentário da Garota Pégaso.

Querida Penny,
Sei que provavelmente você não se importa com o que eu penso, mas eu tinha que dizer alguma coisa. A razão para o fim do casamento dos meus pais e para a minha mãe ter começado a beber foi que o meu pai se envolveu com outra mulher. Fiquei feliz por você ter encontrado alguém e se apaixonado, mas se envolver com o namorado de outra garota não é legal.

Isso causa muito sofrimento. Desculpa, eu sei que não é da minha conta, mas tenho uma opinião muito firme sobre esse assunto e não dá para ficar quieta.

Acho que não consigo mais ler o seu blog.

Garota Pégaso

Outra notificação de e-mail. Mais cinco mensagens informando que gente que eu não conheço me mencionou no Twitter. Clico em uma delas, leio a palavra "odeio" e fecho rapidamente a mensagem.

Sento na beirada da cama e olho para o celular, tomada pelo terror. Imagino pessoas no mundo todo lendo sobre mim, postando mensagens cheias de ódio a meu respeito. Pessoas que eu não conheço. Pessoas que nunca me viram. Mas que sabem quem eu sou. Que sabem o meu nome. E conhecem o meu blog. E se descobrirem onde eu moro? E se vierem até a minha casa? Meu corpo começa a tremer e lágrimas correm pelo meu rosto. O que vou fazer? Tenho que voltar para a escola amanhã. Como vou encarar todo mundo?

Minha garganta fica apertada. Não consigo engolir. Não consigo respirar. Tenho a sensação de estar encolhendo. Mais e mais. Preciso de ajuda. Preciso de alguém para me ajudar. Mas não consigo me mexer. Meus membros pesam como pedras. Olho para a porta. Ela parece muito longe. Inacessível. O que vou fazer? Imagino uma multidão marchando pela rua em direção à minha casa. Acampando na entrada da garagem. Jogando pedras na minha janela. Brandindo cartazes com palavras abusivas. Não existe mais nenhum lugar onde eu me sinta segura. Meus leitores vão me odiar. Todo mundo vai me odiar. Lágrimas lavam o meu rosto. Eu nunca me senti tão oprimida nem tão completamente sozinha. A pressão aumenta na minha cabeça, como se uma prensa apertasse o meu cérebro. Não consigo engolir. Não enxergo. Não consigo respirar.

# 39

— Penny! Penny! O que foi? O que aconteceu? — Minha mãe entra correndo no quarto e acende a luz.

Estou encolhida no chão. Por que estou no chão? O que aconteceu?

— Rob! Rob! Corre aqui! — minha mãe grita. Ela se abaixa ao meu lado e segura meus braços. — Tudo bem, querida, tudo bem.

Agora estou chorando alto. Consigo me ouvir, mas me sinto desconectada, como se não fosse realmente eu, como se eu estivesse fora do corpo.

— Consegue sentar? — ela pergunta com delicadeza.

Ouço passos na escada.

— O que aconteceu? — meu pai pergunta. — Ah, não, Pen, o que foi?

Sinto os braços dele em torno do meu corpo, grandes e fortes. De algum jeito, encontro forças para me sentar e apoiar nele. Não consigo parar de chorar. Quero chorar e chorar até voltar a ser um bebê para não ter que me preocupar com mais nada.

— O que aconteceu? — meu pai pergunta de novo, em voz baixa.

— É...? Você teve outro ataque de pânico? — minha mãe quer saber. Ouço os movimentos dela atrás de mim, depois sinto o edredom me envolvendo.

Assinto sem conseguir falar. Estou batendo os dentes loucamente.

— O que aconteceu? — Meu pai me abraça com força. Quero ficar assim para sempre, encolhida em um casulo de pai e edredom.

Como vou explicar para eles? Noah mentiu para mim sobre tudo e agora o mundo inteiro me odeia. Ou vai me odiar, quando a notícia se espalhar.

— Não sei — resmungo. — Eu estava nervosa com a volta às aulas.

Sinto meu pai ficar tenso.

— Você encontrou mais alguma bobagem sobre aquele vídeo? Porque, se tiver mais alguma coisa, eu...

— Não. Está tudo bem. Eu é que fui boba. E estou cansada. Deve ser por causa da viagem. — Começo a arrumar desculpas.

— Hum... — Minha mãe pondera, e vejo que não a convenci.

Mas uma coisa de que tenho certeza no meio do pânico e da confusão é que não posso despejar tudo isso neles. Não posso assustar meus pais. Preciso tentar encontrar um jeito de resolver tudo sozinha.

— Quer uma xícara de chá? — minha mãe oferece.

— Sim, por favor.

— E comer alguma coisa? — meu pai sugere. — Quer que eu faça panquecas?

Aceito com um movimento de cabeça, apesar de não estar com fome.

Quando eles me acomodam na cama e eu garanto aos dois que estou bem, meus pais descem. Pego o laptop, acesso a página do blog e deleto todos os posts sobre Noah. Depois mudo as configurações para ninguém conseguir postar comentários. Imediatamente me sinto um pouco melhor, como se fechasse uma porta para os que me odeiam.

Volto à minha conta no Twitter. Já tenho mais de vinte novas notificações. Não leio nenhuma delas. Em vez disso, estudo as configurações e encontro a opção "deletar perfil". Uma mensagem aparece: "Tem certeza que quer deletar sua conta?" Clico com força no SIM. Outra porta fechada.

Vou ao Facebook e desativo minha conta, mais uma vez ignorando todas as novas notificações.

Depois fecho o laptop e olho para a parede à minha frente. Quando a névoa provocada pelo ataque de pânico começa a se dissipar dentro da minha cabeça, eu me concentro em procurar respostas. Como isso aconteceu? Quem contou sobre mim e Noah ao *Celeb Watch*? Quem contou para eles sobre o blog?

Meu primeiro pensamento é Ollie. Ele é a única pessoa que sabe que Noah é Noah Flynn. Mas eu só contei que conheci Noah. Não falei sobre tudo que aconteceu entre nós. E Ollie não tem como saber sobre o blog. A única pessoa que sabe disso é Elliot.

Sinto um enjoo esquisito. Elliot não teria feito isso. Mas ele tem agido de um jeito estranho com relação a Noah. E ontem ele postou aquele comentário ferino no blog. Nunca pensei que ele faria algo assim, então talvez... Mas Elliot não sabia sobre a verdadeira identidade de Noah. Ou sabia? Penso em quando mostrei a foto. Ele o reconheceu, mas não falou nada? Por isso mudou de assunto tão de repente? Meu Deus, Elliot divulgou a história? Olho para a parede do meu quarto imaginando Elliot do outro lado, mandando uma mensagem anônima para o *Celeb Watch*. Tudo começa a fazer sentido de um jeito horrível. Elliot ficou com ciúme de Noah e de como eu contei sobre ele no blog. Depois viu a foto, percebeu quem ele era e encontrou uma chance de estragar tudo. Deve ter cancelado nossa saída ontem porque já tinha planejado tudo. E não voltou a me procurar depois disso. Elliot nunca passou tanto tempo sem pelo menos bater na parede do meu quarto. E deve ter visto o que está acontecendo online. Penso em como ele reagiu quando a Megan postou aquele vídeo idiota da calcinha. Como ele mandou uma mensagem para me alertar e veio imediatamente. Mas, agora, ele nem se manifestou.

Quando a terrível verdade vai ficando clara para mim, sinto como se tivesse levado um soco no estômago. Primeiro Noah, agora Elliot. Noah eu acabei de conhecer, pelo menos posso atribuir o que aconteceu com ele a um terrível erro de julgamento da minha parte. Mas Elliot? Elliot e eu nos conhecemos desde sempre. Ele é meu melhor amigo. Ou era.

Estou quase começando a chorar de novo quando minha mãe entra com uma caneca de chá. Ela a deixa sobre o criado-mudo e senta na minha cama.

— Tem certeza de que não tem nada mais específico incomodando você, docinho? Alguma coisa que você queira conversar?

Balanço a cabeça, com medo de falar e deixar escapar um soluço.

— Tudo bem, você sabe que eu estou aqui, se mudar de ideia.

Assinto e concentro a pouca energia que tenho em tentar sorrir. Depois que ela sai, fico sentada e de olhos fechados até meu pai aparecer com um prato de panquecas.

— Usei a receita especial da Sadie Lee — ele fala sorrindo.

Sinto outra onda de dor quando penso em como gostei de Sadie Lee. Mas ela é só mais uma pessoa que me traiu.

Depois que meu pai desce, não sem antes me fazer prometer gritar, se precisar de alguma coisa, deixo as panquecas de lado e olho para o nada. Estou entorpecida e exausta. Só quero ficar na cama até tudo isso passar. Se é que vai passar.

Cada vez que soa a notificação de e-mail do celular, sinto uma pontada de medo. No fim, desligo o telefone e guardo o laptop no fundo do armário, enterrado sob uma pilha de roupas. Por um tempo, isso me faz sentir segura, como se ninguém mais pudesse me atingir. Mas depois começo a imaginar uma montanha de mensagens agressivas dentro do meu guarda-roupa, esperando para me envolver como uma avalanche assim que eu abrir a porta.

E novamente o pânico começa a me dominar. Mas dessa vez eu lembro o que fazer. Dessa vez eu fecho os olhos e o imagino dentro do meu corpo: uma grande bola preta de medo dentro do peito. *Tudo bem*, digo para esse medo — e para mim mesma. *Tudo bem*. E, em vez de entrar em pânico e tentar bloquear a sensação, eu me obrigo a imaginá-la bem ali, dentro de mim. Preta, densa e assustadora. Inspiro profundamente pelo nariz. E de novo.

— Tudo bem — sussurro.

E o medo começa a se encolher um pouco. E, quando ele diminui, percebo que está realmente tudo bem; ele não vai me matar. Em seguida outro pensamento aparece: o que está acontecendo comigo também não vai me matar. Sim, é aterrorizante e, sim, é tremendamente doloroso, mas não vai me matar. *Está tudo bem*. Respiro fundo mais uma vez, e o medo se encolhe de novo. Agora tem o tamanho de uma bola de tênis. E vai desaparecendo lentamente, passa do preto ao cinza, ao branco, e agora é dourado. Respiro fundo outra vez. Do lado de fora, uma gaivota grasna. Penso no mar e consigo esboçar um sorriso. *Tudo bem*. Eu consigo controlar essa sensação. Imagino que estou sentada na praia, com o corpo todo banhado pela luz dourada do sol. *Tudo bem*.

Fico sentada ali por uma hora, de olhos fechados, focada na minha respiração e ouvindo as gaivotas grasnando. Em seguida escuto alguém bater na porta.

— Pen, posso entrar? — É Tom.

Abro os olhos e endireito as costas.

— Claro.

Assim que meu irmão entra no quarto, eu sei que ele sabe. Nunca o vi com uma cara tão preocupada.

— Eu acabei de acessar a internet — ele conta e senta na minha cama. — Isso é verdade? Você e Noah Flynn...?

Abaixo a cabeça.

— Ele é o Noah de quem nossos pais estavam falando? Vocês estavam hospedados na casa dele?

Assinto, depois olho para Tom.

— Mas eu não sabia quem ele era, de verdade. Nunca tinha ouvido falar dele. Você já?

Tom assente.

— Sim. Li num site de música que ele foi contratado pela mesma gravadora da Leah Brown, e que eles estavam juntos. Ele não te contou nada?

Balanço a cabeça.

— Não! Eu nunca teria me envolvido com alguém que tem namorada.

Tom franze a testa.

— Ele mentiu pra você?

Respondo que sim com a cabeça.

— Como você descobriu? — pergunto.

— Está no Facebook, e no Twitter, e no Tumblr, e...

— Tudo bem, tudo bem.

— Você já viu o que as pessoas estão dizendo?

Repito o movimento afirmativo com a cabeça, e lágrimas quentes queimam os meus olhos.

— Eu não sei o que fazer, Tom. Estou com muito medo.

Ele segura minha mão.

— Está tudo bem. A gente vai dar um jeito nisso. Como aquele site descobriu?

— Não sei. Alguém deve ter contado.

— Mas quem?

Dou de ombros. Não posso contar a Tom que suspeito de Elliot. Não enquanto não tiver certeza absoluta.

— Bom, isso não importa, por enquanto. O que importa é divulgar o seu lado da história.

O pânico é imediato.

— Ah, não. Eu não posso. Não consigo acessar a internet de novo. De jeito nenhum.

Tom olha nos meus olhos.

— Lembra quando eu comecei o quinto ano, e aquele garoto, o Jonathan Price, começou a me infernizar e a espalhar boatos sobre mim?

— O que roubava o seu almoço?

— É. E lembra que eu fingi que estava doente e implorei pros nossos pais me deixarem faltar na escola?

— Sim.

— Um dia você me disse — Tom faz uma vozinha fina e aguda — "se você nunca mais voltar pra escola, ninguém vai saber que ele está mentindo".

— Eu disse isso?

Tom confirma, assentindo.

— Mas eu nunca falei com voz de Smurf.

Ele sorri.

— Ah, falou sim. Mas você estava certa. E, de todas as coisas que me disseram, essa foi a única que eu realmente levei a sério. Foi o que me fez voltar pra escola.

Olho para ele.

— É mesmo?

— Sim. Porque você estava certa. Se eu não tivesse voltado, se eu tivesse ficado escondido pra sempre no quarto, todo mundo teria acreditado nele. — Meu irmão sorri. — E eles nunca saberiam que pessoa incrível, talentosa e maravilhosa eu sou.

Sorrio.

— Sem falar na modéstia.

— É, isso também. Mas o mesmo vale pra você agora. Se você se esconder e deixar as pessoas falarem aquele monte de besteiras sobre você, ninguém vai saber que pessoa incrível você é.

Meus olhos se enchem de lágrimas.

— Tom!

— É verdade. Você é mesmo. Saiba que eu vou estar sempre do seu lado, mas eu realmente acho que você deve dizer alguma coisa. Contar o seu lado da história. — Tom fica sério e faz aquela cara que costumava fazer quando brincava de luta com meu pai. — Depois eu quero que você me dê o endereço desse Noah Flynn, que eu vou até Nova York, ou seja lá onde for, e mato esse idiota.

Dou risada.

— Estou falando sério, Pen... Bom, sobre contar o seu lado da história, pelo menos.

— Tudo bem, vou pensar.

— Não é só pra pensar. É pra fazer. Você vai se sentir muito melhor. Eu me senti muito melhor quando voltei pra escola e disse pro Jonathan Price onde ele podia enfiar aqueles boatos. — Tom me abraça. — Te amo, minha irmã.

— Também te amo. Por favor, não conta para os nossos pais o que aconteceu. Você sabe como eles são com essa história de internet. Não quero que fiquem preocupados.

Ele assente.

— Tudo bem. Vou adiar a minha volta pra faculdade em alguns dias, caso você precise de mim.

— Sério? Mas você não vai ter problemas por causa disso?

— Não, eu nunca tenho problemas. — Ele sorri para mim, e sou invadida pela gratidão.

Posso ter perdido Noah e Elliot, mas nunca vou perder a minha família. A melhor família do mundo.

# 40

Assim que Tom sai do quarto, pego o laptop no guarda-roupa e vou preparar um banho de banheira. Reviro meu cesto de bolinhas de óleo de banho até encontrar uma chamada Êxtase Calmante. Quando o calor da água espumante e perfumada penetra meus ossos, sinto um estranho tipo de calma. Ainda estou magoada e triste, mas não me sinto mais indefesa. Mergulho a cabeça na água e sinto o cabelo flutuar à minha volta.

*Você parece uma sereia.* As palavras que Noah disse no corredor subaquático ecoam na minha mente, me fazendo sentar. Espremo o excesso de água do meu cabelo e um coro de "comos" soa na minha cabeça. *Como ele conseguiu parecer tão legal e sincero? Como foi capaz de mentir com tanta facilidade? Como pôde fazer isso comigo?* Mas me obrigo a bloquear todas as perguntas. Não tem mais importância. O fato é que ele fez tudo isso.

Saio do banho e espalho no corpo meu hidratante preferido. Depois visto o roupão mais confortável que tenho e volto para o quarto. Acendo as luzinhas... e penso imediatamente na cabana que Noah construiu para mim na véspera de Ano-Novo. Apago as luzinhas e acendo o abajur. No vizinho, escuto à porta do quarto de Elliot bater.

Para não pensar em coisas dolorosas relacionadas a Noah, penso em coisas furiosas relacionadas a Elliot. Ele já deve ter visto o que está acontecendo online, mas ainda não bateu na parede, não ligou nem mandou mensagem. A menos que tenha tentado entrar em contato enquanto eu estava no banho. Sinto uma pontinha de esperança e vou pegar o celular no guarda-roupa. Quando vejo que não tem nenhuma mensagem, a esperança se transforma em raiva. Deve ter sido ele. Penso no que Tom me disse há pouco e sei o que preciso fazer. Não posso mais ficar escondida no quarto. Preciso ir até lá e esclarecer tudo com ele.

Somente quando estou no acesso à garagem de Elliot, percebo que não entro naquela casa há anos. Não consigo nem lembrar como é o som da campainha. Aperto o botão e escuto o *ding-dong* alto. O nervosismo me pega de surpresa. Ouço passos do outro lado e a porta se abre. O pai dele olha para mim como se eu tivesse interrompido a atividade mais excitante do mundo. Ele olha para todo mundo desse jeito, até para Elliot, o tempo todo.

— Sim? — pergunta, como se nem soubesse quem eu sou.

— O Elliot está, por favor?

Ele suspira.

— Só um momento. — E fecha a porta sem me convidar para entrar. — Elliot! — grita. — Tem alguém aqui procurando você.

Ouço a voz abafada de Elliot, mas não consigo entender o que ele diz. A porta se abre de novo e o pai dele reaparece.

— Acho que ele não pode vir agora.

— O quê? Mas...

— Obrigado. Até logo. — E é isso. A porta se fecha e ele desaparece.

Quando volto para casa e para o meu quarto, estou furiosa. Olho para a parede e lamento que Elliot e eu não tenhamos criado um código para "Eu te odeio, seu covarde idiota!". Mas não temos nada nem próximo disso, porque nunca precisamos de nada assim. Nunca brigamos. Até agora.

Sento na cama e olho em volta, desesperada. Por que Elliot faria isso comigo? Por que ele faria uma coisa tão terrível e depois fugiria de mim desse jeito? Mas ele não pode fugir de mim para sempre. Penso em ficar de plantão na janela para pegá-lo de surpresa no segundo em que ele sair de casa. Mas isso seria loucura. Penso em abrir um buraco na parede para socar a cara dele, mas isso seria ainda mais maluco. No fim, pego o celular no guarda-roupa e mando uma mensagem para ele.

Não acredito que vc fez isso comigo. Belo melhor amigo!

Aperto enviar e sinto uma nova onda de dor. *Não estou sozinha*, lembro e penso em meus pais e em Tom. *Não estou sozinha*. Mas tudo que sinto é solidão e perda.

Olho para o celular, esperando a resposta. Nada. Fico cada vez mais frustrada. Ele e Noah me magoam e depois se escondem de mim? Então eu faço a pior coisa que poderia fazer. Pego o laptop no guarda-roupa e acesso a internet.

Primeiro dou uma olhada no Twitter de Elliot para ver se tem alguma atualização recente. Não sei bem o que estou procurando. Provas de que ele esteve online, um comentário rancoroso sobre mim... Mas o último tuíte é do Natal.

Pior. Natal. De todos.

Para olhar o Facebook dele, tenho que reativar minha conta, por isso desisto e vou ver o Instagram. Nenhuma postagem desde o último dia dele em Nova York — uma selfie de nós dois tomando café da manhã, rindo sobre um pote de calda de bordo. Por um instante, queria poder me transportar magicamente para aquele momento em que a foto foi tirada, impedir tudo que deu tão errado. Mas em seguida sinto raiva. Não fui eu quem fez tudo dar errado.

E então faço uma coisa realmente estúpida. Acesso o Google e digito uma busca para Noah Flynn. Agora, todos os principais resultados têm a ver comigo. Vejo uma nova manchete do site *Celeb Watch*: "Noah Flynn entrou em depressão com a morte dos pais".

Clico no link com o dedo tremendo.

Noah Flynn deve estar muito arrependido do dia em que decidiu se envolver com a blogueira inglesa Penny Porter, a Garota Online. Outra revelação que surgiu no blog de Penny relata que Noah teve uma crise depressiva depois da morte trágica dos pais, há quatro anos. Isso poderia explicar suas escolhas nada inteligentes durante as festas de fim de ano? Ele ainda tem dificuldades para lidar com a perda? Um porta-voz do novo astro não quis fazer comentários. Leah Brown também tem guardado silêncio sobre a tempestade que cerca o casal na internet. A Garota Online deletou todos os posts que faziam referência ao "Garoto Brooklyn", mas podemos afirmar que o estrago está feito.

No fim do post tem um link para outro artigo: "Garota Online revela os lugares favoritos de Noah Flynn em Nova York". Não clico. Não posso. Estou chocada demais com o que acabei de ler. Do que eles estão falando? Que depressão? É possível simplesmente inventar esse tipo de coisa? Penso no post que escrevi sobre enfrentar os medos e em como falei sobre o exercício que Noah me ensinou. Meu rosto fica vermelho. Mas eu não disse que ele teve depressão. Nem mencionei os pais dele. Disse apenas que ele tinha perdido pessoas próximas. Olho incrédula para a tela. Como eles podem fazer isso? Como podem distorcer tudo desse jeito?

Clico para voltar à pesquisa, dividida entre sentimentos de raiva e culpa. Leio a lista de resultados até encontrar um que me enche de medo: "A garota com quem Noah Flynn traiu Leah Brown — sim, de verdade!"

Clico no link e ele me leva ao YouTube, ao vídeo em que apareço caindo no palco. Como eles encontraram isso? Não é preciso ser um gênio para deduzir. Uma busca simples com meu nome seria suficiente. O fato triste é que, além do meu blog, toda minha presença na internet antes de hoje foi aquele vídeo idiota. Milhares de pessoas comentaram. Digo a mim mesma para fechar o laptop e colocá-lo de volta no guarda-roupa, mas é como se eu estivesse em alguma missão estranha de autodestruição, então começo a descer a tela automaticamente. "Ai, que nojo" e "Que estado deplorável" são os comentários mais amenos ali. O resto é tão horrível que mal consigo acreditar no que estou lendo. Os fãs de Leah Brown começaram uma grande campanha de ódio contra mim.

— Penny, vem jantar — minha mãe chama da escada.

Eu gemo. Penso em responder que não estou com fome, mas isso só vai deixar meus pais preocupados. Então desço a escada me arrastando, com a cabeça cheia de pensamentos relacionados a Elliot. Devo tê-lo magoado de verdade para ele ter feito o que fez. Para acabar com a nossa amizade desse jeito. Vou até a cozinha e me sento à mesa.

— Tudo bem? — minha mãe pergunta, mas ela, meu pai e Tom olham para mim preocupados.

— Sim, sim. Tudo bem.

— Fui convidada para organizar outra festa em Nova York — minha mãe conta quando se senta ao meu lado. — Um Baile dos Namorados. — E olha para mim animada. — Estou tentando ligar para a Sadie Lee para ver se ela pode cuidar do bufê, mas ninguém atende.

— É claro que não — Tom resmunga.

Olho para ele, séria, e balanço a cabeça.

— Que foi? — minha mãe pergunta, curiosa.

Tom encara o prato.

— Nada.

Ela olha para mim.

— Ótima notícia, não é? Podemos ir todos juntos de novo.

*Não, não é!*, quero gritar. *É a pior notícia que você poderia me dar. Se eu pisar nos Estados Unidos neste momento, provavelmente serei linchada!* Mas consigo assentir.

Meus pais conversam entusiasmados sobre como essas festas nos Estados Unidos promoveram os negócios, e eu me concentro em comer um pouco de lasanha sem morrer sufocada. É muito estranho pensar que, quando a Megan postou aquele vídeo, eu imaginei que o fato de a escola toda ter visto a minha calcinha era a pior coisa que poderia acontecer. Mas agora o mundo todo a viu. Agora, graças ao Elliot, eu me tornei realmente viral. Como a peste negra. Ou o sarampo. Que ótimo.

Consigo comer metade do jantar antes de ser dominada pela vontade de voltar para o quarto. Felizmente, meus pais ainda estão envolvidos na conversa sobre o Baile dos Namorados, por isso não notam a comida que deixei no prato. Assim que chego ao quarto, pego o celular para ver se tem alguma resposta do Elliot, mas não tem nada.

— Que bom! — digo furiosa para a parede.

Aquela necessidade de autodestruição retorna, e começo a ver as fotos na câmera. Quando chego à de Noah, encosto o dedo no botão "deletar". Mas, por algum motivo estranho, não consigo apertá-lo. Continuo descendo até chegar às fotos do meu quarto no Waldorf Astoria. Primeiro é como se tudo fosse um sonho, como se eu nunca tivesse estado lá. Mas logo detalhes começam a chamar minha atenção. O cobertor sobre a cadeira. A lua alaranjada. Princesa Outono sobre o meu travesseiro. Aquelas coisas aconteceram. Foram reais. Mesmo que Noah estivesse mentindo, eu não estava. Eu estive naquele quarto. Eu sentei naquela cadeira. Pela primeira vez, eu senti que minha vida me pertencia.

Então eu tenho uma ideia. Tiro o cartão de memória da câmera e o introduzo no laptop, selecionando as fotos do hotel e mandando para a impressora. Depois as prendo ao espelho da penteadeira, formando uma moldura.

Olho para uma foto de cada vez. Como me senti naquele quarto de hotel só tem a ver com Noah parcialmente. A maior parte daquele sentimento tem a ver comigo. Eu escolhi enfrentar meu medo e ir a Nova York. Escolhi acreditar em mim. Escolhi confiar em Noah e me apaixonar. Eu sou uma boa pessoa. Não importa o que os outros digam sobre mim na internet. Eu conheço a verdade porque essa é a história da minha vida, não da deles. E, sim, não foi a história de amor perfeita, mas isso não significa que eu não terei uma um dia. Minha vida pode ser tudo o que eu quiser — enquanto eu lembrar que ela é minha. Não dos outros.

Vejo meu reflexo no espelho. Pareço muito, muito cansada, e meus olhos estão vermelhos de tanto chorar. Mas solto o cabelo e balanço a cabeça. Ainda amo ser ruiva. Esse amor continua presente, mesmo que as palavras doces de Noah sobre o meu cabelo tenham sido apenas mentiras. Desligo o laptop e o celular e vou para a cama.

# 41

A primeira coisa que faço quando acordo na manhã seguinte é sentar na frente da penteadeira e olhar para as fotos novamente, absorvendo as memórias positivas como uma recarga de bateria. Depois de cerca de dez minutos, estou pronta para descer. Tom já está acordado e sentado à mesa.

— Vou levar você pra escola — ele avisa assim que me vê. — E vou esperar no carro do lado de fora o dia todo, caso você precise de mim

— O quê? Você não pode fazer isso!

— Ah, posso sim.

— Mas você não vai morrer de tédio?

Ele sorri.

— Provavelmente. Vou levar o laptop e terminar o trabalho da faculdade.

Sorrio para ele.

— Obrigada.

Tom coloca o braço sobre os meus ombros

— Você vai conseguir.

***

Entro na escola recitando as palavras como um mantra. *Eu vou conseguir. Eu vou conseguir.* Tenho a impressão de que tem um luminoso sobre a minha cabeça com a palavra SILÊNCIO, porque, quando passo, as pessoas param de falar segundos depois de me verem. Mas o silêncio não me incomoda. Qualquer coisa é melhor que a agressão de ontem. Mesmo quando as pessoas se cutucam e olham para mim, não me incomodo muito. É estranho, porque passei a maior parte dos anos de escola me sentindo invisível, vivendo à sombra dos holofotes sobre a Megan. Mas isso acabou. Agora, aonde quer que eu vá, as pessoas parecem me notar. Até os alunos de outras séries parecem saber quem eu sou. Percorro o corredor da minha sala pensando em Tom do lado de fora, dentro do carro do nosso pai. Fico muito contente por não ter convencido meu irmão a ir para casa.

Assim que entro na sala, todo mundo para de falar e olha para mim. Mas tudo bem. A caminhada pela escola foi um aquecimento para este momento. E pelo menos não preciso enfrentar Megan e Ollie até a hora do teatro, porque eles estão em outra turma para essa matéria. Escolho a carteira perto de Kira e Amara. Ambas olham para mim como se eu tivesse duas cabeças.

— Oi — digo com toda calma e confiança de que sou capaz.

— Ah, oi — responde Amara. — Como você está? — Ela parece sinceramente preocupada.

— Tudo bem. — Puxo a cadeira e sento.

— Tem certeza? — Kira se inclina para mim.

Assinto e mordo o lábio. A preocupação das duas me dá vontade de chorar.

Percebo que todo mundo olha para nós e meu rosto começa a queimar. Kira puxa a cadeira para mais perto da minha.

— É verdade? Você...?

— Não. — Balanço a cabeça.

— Não? — Amara sussurra. As duas se olham.

— Não. Alguém contou um monte de mentiras para aquele site.

— Então você não é a Garota Online? — Amara pergunta.

— Sim, eu sou. Eu era. Mas o resto não é verdade. Não como estão dizendo.

— Não acredito que você é a Garota Online. Eu adoro a Garota Online — Kira declara, sorrindo. — Encontrei o blog quando estava pesquisando sobre o Snoopers Paradise no Google. Aquele post que você escreveu sobre buracos foi hilário!

— Também adorei — diz Amara, assentindo com entusiasmo.

— É mesmo? — Sinto uma onda de esperança. Elas são muito legais. Não parecem estar me julgando.

As gêmeas aproximam tanto as cadeiras que estão coladas na minha mesa.

— Então, o Garoto Brooklyn era outra pessoa? — Kira pergunta.

Respiro fundo.

— Não. Ele era... é... Noah Flynn, mas... — Luto contra a vergonha. — Eu não sabia quem ele era. O Noah não me contou que era músico, e eu nunca tinha ouvido falar dele.

— Eu também não — Amara confessa.

Kira balança a cabeça e suspira.

— Ele mentiu pra você, então?

Confirmo com um movimento de cabeça. Queria saber quanto tempo vai demorar até eu ser capaz de reconhecer esse fato sem ficar enjoada.

Amara coloca a mão sobre a minha na mesa.

— Isso é horrível.

Engulo com dificuldade. Não posso chorar agora. Não com todo mundo olhando para mim.

— Não acreditamos quando ficamos sabendo — conta Kira. — Eu falei pra Megan que você nunca faria nada daquilo. Não acreditei nem que você fosse a Garota Online. Mas aí a história toda foi parar na internet e...

— Muito bem, as festas acabaram. Um pouco de ordem, por favor. — Todo mundo olha para o professor, o sr. Morgan, parado na porta.

As gêmeas devolvem as cadeiras a seus lugares e abrem a mochila para pegar o caderno. Mas eu fico ali parada, ouvindo o eco das palavras de Kira. *Eu falei pra Megan que você nunca faria nada daquilo. Não acreditei nem que você fosse a Garota Online. Mas aí a história toda foi parar na internet... Mas aí a história toda foi parar na internet...*

Não registro quase nada durante a aula. Só consigo pensar em uma coisa: *Como a Megan sabia sobre o blog antes de a notícia ir parar na internet?* Ollie pode ter contado para ela que eu conheci Noah, mas ele não sabia sobre o blog. Por um segundo, tenho a ideia maluca de que Elliot contou, mas isso seria realmente insano. Se a Megan sabia sobre o blog e sobre Noah antes de tudo isso ir parar na internet, não pode ter sido ela quem contou para o site? A aula demora muito para passar, mas, assim que o sinal toca, corro para a mesa das gêmeas como um raio.

— Quando a Megan falou com vocês sobre o blog?

— Na terça à noite — responde Kira, guardando as coisas na mochila. — A gente estava no Costa, e ela mostrou o blog pelo celular. Ela não sabia que a gente já curtia a página!

— Espero que você continue escrevendo — fala Amara. — Quando tudo isso passar. Adoro as coisas que você escreve.

Olho para ela com um sorriso fraco.

— E o que ela disse sobre... sobre o Noah?

— Disse que ele traiu a Leah Brown com você.

— Eu respondi na hora — Kira conta com um sorriso tímido. — Disse que você nunca faria nada parecido. Não de propósito, pelo menos.

Retribuo o sorriso

— Obrigada.

— Pra ser sincera, não sei mais se gosto tanto da Megan — Kira confessa. — Fiquei muito surpresa quando ela postou aquele vídeo seu no Facebook depois da peça.

Sinto um impulso repentino de abraçá-la, mas tenho medo de chorar.

— Vamos, mocinhas. Não têm aula, lição pra fazer? — o sr. Morgan chama da frente da sala.

— A gente se vê no almoço? — pergunta Amara.

Assinto.

— Não se preocupa, vamos cuidar de você — Kira garante.

— É. Você é a Garota Online — acrescenta Amara. — Somos suas maiores fãs.

***

O brilho da minha conversa com as gêmeas dura o tempo que levo para chegar à sala de teatro: cerca de dois minutos. Quando percorro o corredor em direção à minha sala, penso em Megan e Ollie e sinto o estômago dar um nó. Estou atrasada, todo mundo já entrou, mas não vejo nem sinal de nenhum dos dois.

— Pen! — exclama o Me-Chama-de-Jeff assim que eu entro. — Como vai?

Percebo imediatamente que ele sabe e sinto vinte pares de olhos cravados em mim. Imagino meu quarto no Waldorf. Lembro que a vida é minha, não deles, e eu sei qual é a verdade.

— Tudo bem — respondo e, quando vou me sentar, sinto que isso é quase verdade.

Na hora do almoço estou ainda mais aliviada. Megan e Ollie estão em casa, doentes, e todas as pessoas que eu achava que me atormentariam sobre o que aconteceu me tratam com um respeito invejoso. Talvez não saibam como lidar com a situação, ou Leah Brown não tenha muitos fãs por aqui. De qualquer maneira, Kira e Amara são umas queridas e todos os outros me deixam em paz. Antes de voltar para as aulas do período da tarde, saio para ir ver Tom. Ele dormiu em cima do volante. Bato na janela para acordá-lo.

— O que aconteceu? — ele pergunta, imediatamente em pânico.

— Está tudo bem. Pode ir pra casa.

Ele esfrega os olhos.

— Tem certeza?

— Sim, todo mundo me tratou bem. É sério. Vai pra casa. Dorme de verdade... na cama.

Ele franze o cenho.

— Tudo bem, vou deixar o celular ligado. Se precisar de mim, é só ligar e eu volto na mesma hora.

Sorrio para ele.

— Combinado.

Vejo Tom ir embora e estou voltando para dentro da escola quando sinto o celular vibrar no bolso da jaqueta. É uma mensagem de Elliot. Meu coração dispara quando começo a ler.

Por favor, não me odeie. Meu pai confiscou meu laptop e o celular, e só agora consegui pegar tudo de volta. A gente estava brigando quando vc foi em casa, e não tive coragem de conversar com vc. Ah, eu fugi

Estudo a mensagem procurando pistas de que Elliot revelou a história sobre mim. Não encontro nada e mando uma resposta direta:

Vc contou para aquele site sobre mim, Noah e o blog?

Que site? Não, mas fiquei muito mal por causa do comentário que postei no seu blog. O clima em casa estava tão ruim que não pensei direito. E EU FUGI, FUGI DE CASA!!

Não foi Elliot. Ele não contou a história. Sinto um alívio enorme por não ter sido ele, e muita culpa por ter pensado que ele fosse capaz de fazer isso.

Como assim, fugiu? Onde vc está?

No píer

Fugiu pro píer?!!

Não!!! Eu fugi, e agora, por acaso, estou no píer. Preciso te ver bjsss

Começo a descer a rua da escola e digito uma mensagem enquanto ando.

Eu tb preciso te ver!!! xxx

Vc pode vir me encontrar? Por favor? Topo até jogar aquela droga de caça-níqueis...

Indo

# 42

Assim que vejo Elliot perto das máquinas caça-níqueis, percebo que alguma coisa está muito errada. Ele usa uma enorme jaqueta acolchoada cor de vinho, um par de galochas verdes e um chapéu de pele falsa no estilo russo, e pela primeira vez não conseguiu criar um visual estranho porém legal.

— O que aconteceu? — nós dois perguntamos ao mesmo tempo.

— Sorte! — gritamos de novo ao mesmo tempo. E nos olhamos por um segundo antes de começar a rir. Depois Elliot me abraça, e as gargalhadas se transformam rapidamente em lágrimas.

— Não consigo respirar — gaguejo, tentando afastar o rosto da jaqueta acolchoada.

— Desculpa, desculpa. — Elliot recua um passo. — Ai, Pen, desculpa.

— Por quê? — Um último resquício de suspeita surge em minha mente.

— Por aquele comentário idiota que fiz no seu post de resoluções de Ano-Novo. Fui muito imbecil, mas é tanta coisa acontecendo em casa... Preciso explicar.

Olho para ele.

— Você fugiu de casa mesmo?

Ele assente, sério.

— Sim. A partir de hoje, sou um homem da rua, alguém sem residência fixa, mais um numa nação de almas perdidas.

— Mas é inverno. Você vai congelar.

— Por que você acha que estou usando isso? — Ele aponta as próprias roupas. — Não me vesti de pescador russo por diversão. Só não quero ter uma hipotermia!

— Mas por que você fugiu?

— Meu pai disse que me deserda se eu arrumar um namorado. — Elliot olha para a máquina caça-níqueis. As luzes que piscam desenham reflexos em seu rosto.

— Quê? — pergunto, horrorizada.

Ele olha para mim. Seus olhos brilham, cheios de lágrimas.

— Ele disse que eu não vou continuar morando na casa dele se eu virar um... — Elliot desenha aspas no ar — "homossexual praticante". E ontem de manhã a situação piorou muito, e ele confiscou meu laptop e o celular.

— O quê? Mas por quê?

— Porque ele enfiou na cabeça que eu conheci alguém nos Estados Unidos e não queria que eu mantivesse contato com ele.

— De onde ele tirou essa ideia?

— Lembra a campanha que eu fiz pra estragar o Natal dos meus pais?

— Sim. Hank, o Hell's Angel?

— Exatamente. Digamos que foi um tiro no pé.

— Ah, não.

— Eu disse pro meu pai que ele não podia tirar de um adolescente o acesso à internet, que era como tirar seu direito de respirar.

— E o que ele respondeu?

— Ele é advogado. Citou um monte de leis até eu perder a vontade de viver. Acho que foi nessa hora que você tocou a campainha. Aliás, por que você não bateu na parede? E por que mandou aquela mensagem esquisita? Foi por causa do comentário no blog? Foi, não foi? Desculpa. Eu senti muita inveja, foi horrível.

Olho para ele.

— Como assim? Inveja de quê?

— Do Noah. E de você. — Elliot desvia o olhar, envergonhado.

— Por que você sentiu inveja de mim?

— Porque é tão fácil pra você. Você conheceu alguém de quem gostou e seus pais não criaram problemas. Pelo contrário, foram passar o Natal com ele! Você pode se apaixonar e viver feliz para sempre, como a Cinderela. Mas, se algum dia eu conhecer o meu Príncipe Encantado, vou ser deserdado.

— Ah, Elliot. — Eu o abraço e meus olhos se enchem de lágrimas. Durante todo o tempo que passei longe, nunca pensei que Elliot se sentisse assim e como tudo é tão difícil para ele.

— Eu me odeio por ter descontado tudo isso em você — Elliot soluça em meu ombro. — Você é minha melhor amiga. Minha única amiga de verdade, e eu não consegui ficar feliz por você. Mas eu senti muito medo, Pen. Tenho medo de perder você pra ele.

Não consigo conter uma risada sarcástica.

Ele franze a testa para mim.

— Que foi?

— Não tem perigo, isso não vai acontecer.

— Por que não? — Elliot limpa as lágrimas dos olhos e estuda o meu rosto.

Suspiro.

— Acho que você não viu nada do que aconteceu, então.

— Não vi o quê?

— Na internet?

— Não. Como eu te falei, só peguei minhas coisas de volta hoje. Eu invadi o escritório do meu pai quando ele estava no trabalho e roubei tudo de volta.

— O Noah é músico.

Elliot continua olhando para mim, sem mudar de expressão.

— Um músico famoso. Bom, famoso nos Estados Unidos e... — Paro, quase sem conseguir continuar. — E ele namora a Leah Brown.

Ele abre a boca.

— O quê? A Leah Brown das paradas?

Respondo que sim com um movimento de cabeça.

— A Leah Brown da música "Do You Wanna Taste My Candy"? Essa Leah Brown?

Eu confirmo, agora com os olhos cheios de lágrimas.

— Mas isso é loucura! — Elliot me encara, e percebo que não há nenhum sinal de satisfação em seu rosto, só choque e horror, e me sinto mal de novo por ter duvidado dele. — Ah, Pen. Ai, meu Deus. Mas como... como ele conseguiu esconder isso de você?

Conto sobre todas as pistas que estavam lá o tempo todo, mas eu não percebi. A garota no antiquário, a conversa que ouvi entre ele e Sadie Lee, o fato de Noah praticamente não ter saído comigo em locais públicos.

Elliot não para de balançar a cabeça.

— Mas e as coisas que você contou no seu blog? Sobre ele ser sua alma gêmea?

— Eu estava errada. — Um soluço se forma dentro de mim quando falo. — E agora o mundo todo sabe, porque alguém contou a história para um site de celebridades. E todo mundo sabe sobre o meu blog

— Mas como? Você contou pro Noah sobre o seu blog?

— Não. Não contei pra ninguém... além de você.

Elliot me encara.

— Espera aí. — Ele pega o celular no bolso e começa a ler as mensagens. — Você achou que fui eu!

— Só porque você era o único que sabia. Ou eu pensei que fosse..

— Mas quem mais poderia saber?

— A Megan.

Ele levanta as sobrancelhas tão alto que elas quase encostam na raiz do cabelo.

— O quê? Como ela poderia saber? Você não contou pra ela, contou?

— Não. Mas ela pode ter visto alguma coisa quando dormiu em casa aquela noite, ou talvez...

— O quê?

— Talvez o Ollie tenha contado pra ela.

Elliot franze o cenho.

— Como o Ollie saberia?

— Ele apareceu na minha casa na terça-feira. Entrou no meu quarto. Pode ter visto o blog no laptop.

Agora os olhos de Elliot quase saltam das órbitas.

— Tudo bem, de agora em diante, pode assumir que todas as minhas respostas pra qualquer coisa que você diga começam com um "PQP"!

Assinto e dou risada.

— PQP, que merda o Selfie Ambulante foi fazer no seu quarto?

— Ele apareceu pra me ver. E levou um presente de Natal.

— Um presente de Natal? O que era?

— Não sei, na verdade. Não cheguei a abrir. Foi o Ollie quem me contou que o Noah era músico. Ele viu uma foto dele no espelho da minha penteadeira e o reconheceu.

— O quê? Mas... ai, meu Deus. — Elliot agarra meu braço. — Tudo bem, desculpa, mas acho que a gente precisa sentar pra continuar essa conversa. Sentar na frente de dois milk shakes de chocolate pra eu não acabar tendo um treco.

— Choccywoccydoodah? — falamos juntos. — Sorte!

Dou o braço para Elliot, ou tento, na medida que permite a enorme jaqueta acolchoada, e caminhamos pelo píer. Apesar da brisa gelada do mar, sinto um calor crescendo dentro de mim. Meus piores medos de ontem eram todos infundados. Não estou sozinha, afinal. Tenho minha família e as gêmeas, e tenho de volta meu incrível melhor amigo.

# 43

Quando chegamos ao café, estou me sentindo ainda melhor. Nenhum cenário de pesadelo que ontem eu temia viver aconteceu. Atravessamos a cidade andando e ninguém me reconheceu, nem houve um único comentário abusivo. Se eu puder evitar a internet pelo próximo ano, vou ficar bem.

Pedimos milk shake e encontramos uma mesa no fundo. Normalmente, gosto de sentar de frente para a porta, para poder observar as pessoas, mas não hoje. Hoje, sento instintivamente de costas para o ambiente, só por precaução.

— Sabe de uma coisa, Penny, quem perdeu foi o Noah — Elliot comenta enquanto abre o zíper da jaqueta. — Com o tempo você vai superar e seguir em frente, mas, se ele é esse tipo de cafajeste, nunca vai ser feliz de verdade.

Assinto, querendo acreditar realmente nisso.

— Obrigada. Fico tão feliz por ter você. E sabe de uma coisa? Não importa o que vai acontecer no futuro, mesmo que um dia, por algum milagre, eu conheça um Príncipe Encantado de verdade, ninguém jamais vai substituir você. Eu sempre vou precisar do meu melhor amigo.

Olho para Elliot esperançosa, mas ele está carrancudo.

— Ora, ora, ora — diz, comprimindo os lábios como faz quando está muito irritado.

No início acho que ele está olhando para mim, mas depois entendo que ele olha para alguém por cima do meu ombro. Viro e vejo Megan e Ollie se aproximando do balcão, distraídos com a própria conversa. Sinto uma repentina explosão de pânico. O que vou dizer para eles? O que vou fazer? Mas não preciso fazer nada, porque Elliot já está em pé.

— Ei, Mega-linha! — ele grita para ela.

Megan e Ollie se viram e olham para nós, e nesse instante tenho certeza de que eles estão por trás do vazamento da história na internet. Assim que me veem, os dois parecem muito culpados.

— Por que não sentam com a gente? — Elliot sugere.

— Ah, não, tudo bem... Já estamos saindo — Megan responde, e parece realmente agitada.

— Engraçado, eu podia jurar que vocês acabaram de chegar. — Elliot começa a se aproximar deles. Levanto e corro atrás do meu amigo.

— Oi, Penny — Ollie murmura, sem conseguir fazer contato visual comigo.

— Você vazou a história? — pergunto, olhando para Megan. Ela também se recusa a fazer contato visual comigo. Em vez disso, olha para o chão. Dou um passo na direção dela. — Eu perguntei se você vazou a história sobre mim.

— Sobre você o quê? — Megan fala por entre os dentes. — Sobre você ter ficado com alguém que tem namorada?

— Eu não fiz nada disso — sussurro de volta. — Eu não sabia quem ele era. Eu não sabia que ele estava com alguém.

— Sei, tá bom. — Megan me olha com desprezo. — Se você não queria que ninguém soubesse, por que postou na porcaria do blog?

— O blog é anônimo. Bom, era, até você descobrir. — Olho para Ollie. — Você viu no laptop quando esteve no meu quarto, não é?

Ele não diz nada, mas seu rosto fica muito vermelho.

Olho para ele, incrédula.

— Você mexeu no meu laptop?

— Ele estava lá, aberto — diz Ollie. — Pensei em dar uma olhada enquanto você estava no banheiro.

— Não acho que você tem o direito de julgar alguém nesse momento, Penny — Megan comenta com ar superior.

— Me conta — Elliot fala para ela —, você faz curso noturno pra aprender a ser uma vaca, ou é um talento natural?

— Não tenho nada pra falar com você — ela responde, arrogante.

— Que bom, porque eu tenho muita coisa pra dizer pra você, e vai ser melhor se não me interromper. — Elliot se aproxima mais um passo, e agora seu rosto está a centímetros do dela. — Você deve ser uma das pessoas mais ineptas (procura no dicionário), insípidas (procura no dicionário) e burras (essa você deve saber) que eu já conheci. E, se não fosse pelo fato de você ter prejudicado muito, muito mesmo a minha melhor amiga, eu não desperdiçaria um único pascal (procura no dicionário) de ar com você.

Megan olha para Ollie.

— Você vai deixar ele falar comigo desse jeito?

Ollie a encara como se não entendesse.

Elliot ri.

— Ah, por favor! Ele deve estar ocupado pensando se este é um bom momento para uma selfie. — Então olha para Ollie. — Não é, aliás; é um péssimo momento. Mas, enfim... o que eu estava dizendo? — E olha de novo para Megan. — Ah, sim, você é, sem sombra de dúvida, uma das pessoas mais feias que eu já conheci.

Megan se encolhe visivelmente.

Elliot assente.

— É verdade. Você é tão amarga e falsa que isso exala dos seus poros. Como pus!

Megan deixa escapar uma exclamação abafada.

Nesse momento, a garçonete sai da cozinha carregando a bandeja com nossos milk shakes.

— Ah — ela diz ao nos ver em pé perto do balcão.

— Tudo bem. Podemos tomar aqui mesmo — Elliot anuncia —, com os nossos amigos.

Olho para ele, que pisca para mim discretamente. A garçonete deixa a bandeja em cima do balcão e volta para a cozinha.

— Pronta? — Elliot me pergunta em voz baixa enquanto pegamos os copos.

— Pronta — respondo.

Viramos com os copos na mão e jogamos a bebida em Megan e Ollie. E, se houvesse uma modalidade olímpica de arremesso sincronizado de milk shake, a medalha de ouro seria nossa. Megan e Ollie ficam parados, em estado de choque, enquanto o milk shake marrom escorre da cabeça deles.

— Tudo bem — Elliot diz para Ollie. — Agora é um excelente momento para uma selfie. — Depois olha para mim. — Acho melhor a gente ir.

— Sim. — Mas, antes de ir, eu me inclino para Megan. — Você é patética — digo. — E eu não sou a única que pensa isso.

Então Elliot e eu viramos e saímos correndo.

Não paramos de correr até chegar à estação. Seguro um lado do corpo e tento recuperar o fôlego.

— Meu Deus, isso foi épico! — Elliot arfa. — Nem as minhas melhores fantasias de vingança são tão boas!

— Você tem fantasias de vingança?

— Ah, sim. Mas não são nada comparadas com aquilo. — E de repente o rosto dele fica sombrio.

— Que foi?

— Esqueci completamente que fugi de casa. — Nós dois olhamos para um sem-teto deitado em uma soleira perto da estação. Seu rosto e suas roupas estão pretos de sujeira.

— Você não vai dormir na rua de jeito nenhum — decido. — Você vem comigo pra casa. Tenho certeza que os meus pais não vão se incomodar. Ontem mesmo eles estavam falando sobre como sentiram a sua falta depois de Nova York.

— Sério?

— É. E talvez o meu pai possa ir falar com o seu. Você sabe como ele lida bem com crises. Ele vai saber o que fazer.

* * *

Meu pai sabe exatamente o que fazer. Assim que chegamos em casa e eu conto para ele o que aconteceu, ele diz que Elliot pode ficar pelo tempo que quiser e que depois vai conversar com os pais dele. A mãe de Elliot ficou muito abalada quando leu o bilhete de despedida, aparentemente cinco páginas em A4, o que faz dele uma *redação* de despedida, na verdade — e prometeu ter uma conversa séria com o marido quando ele chegasse em casa.

Passamos a noite comendo pizza e assistindo a episódios antigos de *Friends*. De vez em quando a gente se olhava e cochichava: "Ai, meu Deus, o milk shake!", e tinha ataques de riso. É muito bom ter esse tipo de normalidade outra vez. Mas, o tempo todo, tenho consciência de uma tristeza dentro de mim que nem toda pizza e toda risada do mundo conseguem curar.

Por volta das oito horas, os pais de Elliot aparecem pedindo para falar com ele. Enquanto eles conversam na cozinha, eu espero nervosa na sala de estar. Mas ninguém grita e, num determinado momento, eles chegam até a dar risada. Elliot finalmente aparece com um sorriso nervoso no rosto.

— Vou voltar pra casa — cochicha. — Ele disse que posso ficar com o laptop e o telefone.

— Mas e...? — Olho para ele de um jeito significativo.

— Bom, parece que ele vai fazer "terapia" — Elliot desenha aspas no ar — para ajudar a aceitar a minha "sexualidade".

— Uau. Bom, pelo menos ele está tentando.

Ele ri.

— Sim, muito esforçado! — E me abraça com força. — Te amo, Pen.

— Também te amo.

Quando Elliot vai embora, preparo uma caneca de chá de camomila e subo para o meu quarto. Que dia foi esse! Penso em como me sentia no dia anterior e suspiro aliviada. Tom estava certo; foi ótimo poder encarar o mundo de novo e enfrentar Megan e Ollie daquele jeito.

Olho para baixo e vejo o presente de Natal de Ollie, aquele que ainda não abri. O que será? Pego o pacote e rasgo o papel. É uma foto emoldurada... de Ollie. Uma daquelas que fiz na praia. Não consigo segurar a risada. Que tipo de pessoa dá fotos dela mesma de presente? Penso imediatamente em Noah e nos presentes que ele me deu. A Princesa Outono, o álbum de fotos, a música. Todos eram sobre mim, não sobre ele, como devem ser os presentes. Mais uma vez, sinto aquela mistura esmagadora de dor e incredulidade. Ele parecia tão sincero, tão atencioso.

Jogo a foto de Ollie na lata de lixo e me aproximo do aparelho de som. Não faz sentido, mas não importa; o fato é que aconteceu e tenho que lidar com isso. Tiro o CD do tocador e o devolvo à caixa com a letra manuscrita. Seguro a caixa sobre a lata de lixo, mas, por alguma razão, não consigo soltar. Então, em vez disso, a enfio embaixo da pilha de roupas dentro do guarda-roupa.

Quando estou empurrando a caixa para o fundo do armário, minha mão toca o laptop. Posso afirmar que estou enfrentando o mundo, se ainda tenho medo de acessar a internet? Pego o computador e olho para ele por um momento. *Vamos lá, você consegue*, digo a mim mesma, pensando em Mar Forte.

Levo o laptop para a cama e acesso minha conta de e-mail. Desativei o Twitter, o Facebook e os comentários no blog, então quase não tenho mensagens. Mas tem uma do *Celeb Watch*. Meu estômago ferve quando abro a mensagem.

De: jack@celebwatch.com
Para: garotaonline22@gmail.com
Assunto: ÓTIMA OPORTUNIDADE DE ENTREVISTA — EXCLUSIVA

Olá!
Como você deve saber, temos publicado recentemente em nosso site sobre sua amizade com Noah Flynn, e adoraríamos contar o seu lado da história aos nossos 5,3 milhões de leitores. Por uma entrevista exclusiva para o *Celeb Watch* sobre o seu relacionamento com Noah Flynn, oferecemos vinte mil dólares e, obviamente, a exposição em nosso site daria um grande impulso ao seu perfil, sem mencionar a possibilidade de contratos de patrocínio para o seu blog.

Olho para a tela sem conseguir acreditar no que leio. Agora eles querem o meu lado da história, depois de contar toneladas de mentiras sobre mim? E eles realmente acreditam que eu aceitaria o dinheiro, depois de tudo que fizeram? Estou me preparando para digitar uma resposta furiosa, mas tenho uma ideia melhor. Saio da caixa de e-mails e acesso o blog.

**4 de janeiro**

## Do Conto de Fadas à História de Terror

Olá.

Como muitos de vocês já devem saber, nos últimos dois dias este blog e eu fomos o foco de MUITA atenção virtual.

Muita atenção negativa.

Nos últimos dois dias, completos desconhecidos postaram mentiras e mensagens agressivas sobre mim na internet.

E sites de fofoca sobre celebridades escreveram artigos sobre mim sem sequer se importar com a apuração dos fatos.

Essas pessoas não me conhecem.

Nenhum de vocês me conhece.

Nenhum de vocês conhece a verdade do que realmente aconteceu comigo.

Mesmo assim, todos vocês acreditam ter o direito de postar uma opinião ou me xingar.

Sempre fui absolutamente sincera neste blog. Este era o objetivo — ter um lugar onde eu pudesse ser eu mesma.

Tudo que escrevi aqui foi verdade.

Ou a verdade em que me fizeram acreditar.

Eu não conhecia a verdadeira identidade do Garoto Brooklyn. Sabia que o nome dele era Noah e que ele gostava de música, mas não sabia que ele era contratado de uma gravadora e, definitivamente, não sabia que tinha um relacionamento com outra pessoa.

Se soubesse, eu jamais teria me envolvido com ele.

Eu fui enganada.

Tive meu coração partido.

E, além de tudo isso, alguém descobriu sobre este blog e revelou minha identidade.

Quando tudo isso aconteceu, foi como se o meu mundo desmoronasse.

Este blog foi meu porto seguro durante muito tempo, o único lugar onde senti que eu podia falar sobre meus sentimentos mais íntimos sem ser julgada.

Mas, nos últimos dias, percebi como o mundo virtual pode ser superficial.

É um mundo onde as pessoas acham normal se esconder atrás de um computador e de um nome de usuário e dizer coisas nocivas sobre gente que elas nem conhecem.

E até sites como o *Celeb Watch* acreditam que é normal publicar uma história sem antes apurar os fatos.

Hoje o *Celeb Watch* me procurou pela primeira vez desde que começou a publicar sobre mim.

Eles querem uma entrevista exclusiva sobre o meu "relacionamento com Noah Flynn".

E me ofereceram vinte mil dólares por ela.

Também disseram que a exposição seria ótima para divulgar o meu blog.

Como se eu quisesse que um bando de mentirosos divulgasse algo sobre mim.

A verdade é que eu nunca venderia uma história sobre alguém, principalmente alguém que eu amo.

Mesmo estando muito magoada.

Então, para concluir este meu último post no blog, só tenho mais uma coisa a dizer.

**Toda vez que você posta alguma coisa online, você tem uma escolha.**

Ou pode fazer disso uma alavanca para elevar o nível de felicidade no mundo, ou pode usar como uma ferramenta para destruir essa felicidade.

Eu tentei acrescentar alguma coisa quando comecei a escrever o Garota Online.

E por um tempo parecia que isso estava funcionando.

Então, da próxima vez que você for postar um comentário, uma atualização ou compartilhar um link, pergunte a si mesmo: Isso vai contribuir para a felicidade no mundo?

Se a resposta for não, por favor, delete.

O mundo já tem tristeza demais. Você não precisa contribuir para isso.

Não vou postar mais nada aqui.

Mas, para todo mundo que contribuiu para a minha felicidade enquanto eu escrevi, muito obrigada. Nunca vou esquecer vocês...

**Penny Porter, a.k.a. Garota Online xxx**

# 44

Na manhã seguinte, acordo com Elliot esmurrando na parede o código "Posso ir aí?".

Respondo que sim, esfrego os olhos e observo o relógio digital. São seis e meia. Meu coração fica apertado. O que aconteceu agora? Ainda meio dormindo, desço a escada para abrir a porta.

— Tudo bem, eu sei que você disse que nunca mais ia escrever no blog — Elliot fala ao entrar.

— Nunca mais — confirmo.

— Sim, eu sei. — Ele balança o celular de um jeito muito animado. — Mas tem uma coisa que você devia ver.

Olho para ele.

— Tem a ver com o que aconteceu com o Noah? Se tiver, eu não quero saber.

Elliot sorri.

— De certa forma tem, mas é bom. Sério.

Suspiro.

— Tudo bem, é bom que seja. — Pego o telefone da mão dele. A tela mostra as notificações do Twitter de Elliot.

— Você tem sua própria hashtag! — ele anuncia ofegante.

— O quê?

Leio os tuítes. Todos têm no final a hashtag #AmamosGarotaOnline.

— Também tem #VoltaGarotaOnline e #QueremosGarotaOnline — Elliot anuncia, orgulhoso. — Desde que você postou ontem à noite, isso virou uma loucura.

Começo a ler os posts. Todos dizem coisas incríveis sobre como meu blog faz falta e como eu devia ignorar quem fala mal de mim. Vejo um tuíte da @GarotaPegaso.

Desculpa por ter te julgado. Por favor volta #QueremosGarotaOnline

Elliot olha para mim.

— Não é o máximo?

— É. Não. Não sei. — E é verdade, eu não sei. O que aconteceu antes me deixou com tanto medo do mundo virtual que realmente não sei se quero voltar para lá, especialmente agora, sem o anonimato da Garota Online para me proteger.

— Você disse que o mundo da internet não é real, mas em parte é — Elliot comenta. — Seu blog é real. — E aponta o feed do Twitter. — E isso é real. Eles te amam.

***

Passo a sexta-feira e o sábado pensando sobre o que fazer com meu blog, com Elliot me mantendo informada sobre a campanha das hashtags. Na manhã de domingo, acordo assim que as gaivotas começam a grasnar. No fim, decido fazer a única coisa que pode me ajudar a clarear as ideias: sair e tirar algumas fotos. Encontro meu pai na cozinha quando estou saindo.

— Vai sair? — ele pergunta, surpreso.

— Sim. Vou tirar algumas fotos na praia enquanto ainda está vazia. — Pego uma banana na fruteira e a enfio no bolso.

— Quanto tempo acha que vai demorar?

— Não sei. Uma hora, duas, talvez.

Ele franze o cenho.

— Tudo bem. E depois vem direto pra casa?

— Sim. Por quê?

— Ah, só para eu ter uma ideia do horário para começar a preparar o almoço. — E se esconde de novo atrás do jornal.

Estou virando para sair quando minha mãe aparece.

— Penny! Por que acordou tão cedo?

— Não consegui dormir mais. — Olho para ela, intrigada. — E você, por que já está acordada? Sabia que é domingo? — Minha mãe nunca acorda antes das dez aos domingos; é o único dia da semana em que ela pode dormir mais.

— Também não consegui dormir.

Dou de ombros.

— Tudo bem, até mais tarde.

— Quanto mais tarde? Aonde você vai? — ela pergunta.

— À praia, vou tirar algumas fotos. Volto lá pelo meio-dia.

— Tudo bem, avisa se resolver ir para outro lugar — meu pai pede, espiando por cima do jornal.

— Tudo bem. Até mais tarde.

Só quando já saí eu entendo que eles devem estar preocupados com meu último ataque de pânico.

Mando uma mensagem para o meu pai:

Vou ao velho píer

Acho que ele vai se sentir melhor se souber exatamente onde estarei.

***

A praia está completamente deserta quando eu chego. É um daqueles dias sombrios de janeiro, quando o mundo inteiro parece que foi pintado em tons de cinza. Mas eu gosto. Gosto de estar sozinha com o mar e sentir que a praia é meu jardim particular. Sento sobre um dos montes de seixos e vejo as ondas indo e vindo. De repente, sou tragada pela tristeza. É como se agora eu finalmente parasse de pensar em todo o resto — Elliot, meu blog, a escola, Megan e Ollie — e sobrasse na minha cabeça um espaço para as lembranças de Noah se imporem. Fico sentada ali por muito tempo, revivendo tudo que aconteceu. Não sinto mais raiva. Só tristeza. Finalmente, me obrigo a levantar. Preciso pensar em outra coisa. Alguma coisa que não cause sofrimento. Pego minha câmera e desço até o velho píer.

Eu adoro o velho píer em Brighton. Com aquela estrutura escura e envelhecida, parece ter saído de um filme assustador. E parece ainda mais cenográfico hoje, com o vento varrendo a praia e as ondas se quebrando em torno dele. Atrás de mim, ouço um assobio agudo, como alguém chamando um cachorro.

Abaixo e foco o píer, pensando em como seria legal ver o contorno pálido de um fantasma pairando sobre o lugar. Ouço o assobio de novo, agora mais longo e mais insistente. Talvez alguém tenha perdido o cachorro ou esteja apenas chamando o animal, que entrou no mar para nadar. Olho em volta, mas não vejo ninguém. Depois de um instante, noto uma mancha de cor sobre o monte de seixo onde eu estava sentada. Um lampejo avermelhado. Instintivamente, viro a câmera para lá e dou zoom.

— Mas o que...?

Pisco e olho pela lente.

A Princesa Outono está sentada em cima dos seixos. Mas não pode ser. Eu a deixei com Bella em Nova York. Começo a voltar pela praia, sentindo as pedrinhas rolando embaixo dos pés. Deve haver alguma explicação. Deve ser um engano. Porém, quanto mais me aproximo, mais certeza tenho de que é ela. Vejo o vestido azul e o branco leitoso do rosto, os cabelos dançando ao vento.

Quando estou a poucos metros do monte de seixos, paro e olho em volta. Deve ser algum tipo de brincadeira. Mas quem está brincando? E como? E por quê? Meus pais trouxeram a boneca para casa? E a colocaram ali? Mas por que eles fariam isso? Não faz sentido. Olho em volta e estudo toda a extensão da praia até o mar, mas não vejo ninguém por perto. Então, ouço o ranger das pedrinhas da praia atrás de mim e me viro.

— Ai, meu Deus!

Noah está em pé ao lado dos seixos. Devia estar escondido atrás do monte. Ele usa a jaqueta de couro, jeans preto e botas, com o capuz do moletom cobrindo a cabeça.

— A Bella disse que ela estava com saudade de você — Noah comenta e aponta para a boneca.

Não consigo dizer nada. Devo estar imaginando coisas, isso não pode ser real.

Ele dá um passo em minha direção e, instintivamente, recuo um passo.

— Preciso falar com você — ele diz num tom urgente.

— Mas... eu não entendo. — Uma rajada de vento atinge meu rosto e me faz voltar à realidade. — Por que... por que você mentiu pra mim?

Noah olha para o chão.

— Desculpa. Eu queria te contar a verdade, mas não queria estragar tudo.

O quê? Agora meu choque se transforma em raiva.

— Sim, acho que me contar que você tinha namorada teria causado esse tipo de efeito.

Noah põe as mãos nos bolsos do jeans.

— Eu não tenho namorada. Não tinha.

— Ah, não! É sério que você veio até aqui pra continuar mentindo?

— Não... não é mentira.

— É, sim! Eu vi tudo na internet. Todos os tuítes, as matérias e...

Ele me interrompe.

— É tudo mentira.

— O quê? Até os tuítes da Leah Brown sobre você?

— Sim! Principalmente isso!

Olho para ele. Como ele tem coragem de mentir tão descaradamente? E como espera que eu acredite nele?

— Como assim, principalmente isso?

Noah finalmente consegue olhar para mim.

— O último disco da Leah foi um fracasso. A gravadora entrou em pânico. Quando eu fui contratado, o pessoal do marketing decidiu planejar alguma coisa pra forjar um romance entre a gente. Eles disseram que seria bom para as vendas dos dois discos. Eu não queria, mas eles explicaram que só precisavam de algumas fotos e posts no Twitter. Eu não consegui postar nada. Odiei tudo aquilo. Pensei até em me recusar a cooperar, mas não tinha como; eu era contratado. Estava preso naquela situação. Então pensei, tudo bem, não estou saindo com ninguém. E aí você apareceu.

Olho para ele, tentando absorver tudo que acabo de ouvir.

— Então você e a Leah não...

— Não! Nunca teve nada entre a gente.

— E ela não ficou magoada com o que aconteceu?

Noah ri.

— Não. No começo ela ficou meio brava, disse que estava fazendo papel de idiota por minha causa, mas o disco começou a vender muito bem por causa disso, porque todo mundo ficou com pena dela, e ela superou bem depressa.

— Não acredito que uma gravadora obrigue alguém a fazer esse tipo de coisa.

Noah dá de ombros.

— Eu sei. Mas acontece o tempo todo.

Sinto a raiva começar a diminuir.

— Por que você não me contou?

Ele suspira.

— Eu queria te contar. A Sadie Lee insistiu pra eu te contar, mas eu fiquei apavorado.

— Por quê?

— Porque tive medo de te perder. — Ele olha para o mar. — Quem quer se envolver com um cara que finge ter namorada? E é muito difícil encontrar alguém... que não queira aproveitar para ter seus cinco minutos de fama.

Não consigo segurar a risada e, enquanto rio, sinto a esperança renascer dentro de mim. Noah está aqui. Em Brighton. Na praia, a alguns metros de mim. Ele não tem namorada. Não está envolvido com Leah Brown. Nunca esteve. Mas...

— Por que você ficou tão bravo comigo? Por que mudou o número do seu celular?

Ele começa a mover os pés com desconforto.

— Eu achei que você tinha vendido a história. Pensei que quisesse publicidade pro seu blog.

— Mas eu nem sabia quem você era. Quase ninguém ouviu falar de você aqui na Inglaterra, só o meu irmão, mas ele gosta de todo tipo de música esquisita.

— Obrigado!

— Não, eu quis dizer...

Noah sorri. E ver aquelas covinhas me faz tremer por dentro.

— Tudo bem. Eu não sabia o que pensar, acho que eu surtei. E quando todo mundo começou a falar que eu entrei em depressão depois que os meus pais... e os meus lugares preferidos foram revelados. Eu sou uma pessoa muito reservada. Eu me senti atacado.

— Sim, eu sei como é.

Ele fica preocupado.

— Como você está lidando com isso?

— Bem. Quer dizer, depois que eu passei pela desintoxicação de internet.

Ele ri.

— Então você não viu meu novo vídeo no YouTube?

Balanço a cabeça.

— Quer ver e me dizer o que acha?

De repente fico extremamente sem jeito. Noah está aqui. Ele está realmente aqui. E nada é como eu pensava. Está tudo bem. Eu acho. Sentamos sobre os seixos e Noah tira o celular do bolso. Ele abre um vídeo do YouTube e aperta play. Uma imagem dele aparece na tela.

— Ultimamente escreveram muita coisa horrível sobre mim — Noah fala no vídeo —, e, como eu não uso Twitter nem todas essas coisas, vou me expressar do jeito que eu conheço melhor. Essa canção vai ser a primeira faixa do meu novo disco. O nome é "Garota Outono" e fala da única garota que eu já amei.

Ele começa a cantar a música. A minha música.

Ao meu lado, Noah tosse e se mexe sobre as pedrinhas.

— Desculpa por não ter te contado — ele resmunga.

— Tudo bem.

— Mesmo? — Ele olha para mim.

Olho para ele.

— Sim.

— Quando li o seu último post no blog, eu me senti um idiota.

— Como assim?

— Por pensar que você pudesse ter vendido informações sobre mim. Acho que eu surtei, fiquei apavorado e não consegui raciocinar direito.

— Foi assim comigo também.

— Então...

— Então...

Ele segura minha mão. Sinto o calor, a força.

— Podemos começar de novo?

— Como amigos?

Ele balança a cabeça.

— Não, como incidentes incitantes.

Dou risada.

— Sim.

Noah sorri para mim.

— Porque, você sabe, eu não digo "gosto tanto de você que pode até ser amor" pra todas as garotas.

— Nem mesmo para Leah Brown? — pergunto, rindo.

— Nunca para Leah Brown! — Ele se aproxima de mim. — Posso te beijar?

— Sim, por favor.

Noah segura meu rosto entre as mãos.

— Cara, vocês, inglesas, são tão educadas.

A gente se beija, mas é um beijo tímido e apreensivo.

— Como você chegou aqui? — pergunto.

— De avião.

— Não, aqui na praia.

— Ah, seu pai me deu carona.

— Ai, meu Deus, eles sabiam que você vinha?

Noah assente.

— Ãhã. Eu disse que queria fazer surpresa.

— F conseguiu!

Ele olha para mim, receoso.

— Eles sabem o que aconteceu. Eu pedi para a Sadie Lee não contar nada pra eles no começo. Mas depois, quando me acalmei e percebi o que realmente tinha acontecido, eu liguei pro seu pai e perguntei se eu podia vir, e aí acabei contando tudo. Desculpa, eu achei que você já tinha contado.

— Tudo bem. Agora está tudo esclarecido. Não está? — Olho para Noah, e ele assente.

— Vamos andar um pouco? — ele diz.

— Sim, boa ideia. – Mas, quando começo a levantar, perco o equilíbrio e escorrego. Rolo de cima do monte de seixos. Se eu fosse dublê em um filme de ação e aventura, a cena teria sido espetacular, mas, no contexto de uma reconciliação romântica, parece totalmente ridícula.

— Tudo bem? — Noah pergunta lá de cima.

Levanto com o rosto vermelho de vergonha.

— Esse rolamento foi incrível! Quero tentar. — Ele dá um passo para trás e se joga de cima do monte, e nós dois rolamos num emaranhado confuso. E, à medida que rimos como dois malucos, os últimos sinais de tensão entre nós desaparecem.

— Senti tanta saudade de você, Incidente Incitante — ele sussurra.

E o próximo beijo não é nem de longe apreensivo. Dessa vez, o beijo é como voltar para casa.

# Agradecimentos

Quero agradecer a todos na Penguin por me ajudarem a escrever meu primeiro romance, em especial a Amy Alward e Siobhan Curham, que estiveram comigo a cada passo do caminho.

Muito amor para meu empresário, Dom Smales (Dombledore), que me deu todo apoio e atenção e me ajudou a ser uma mulher mais confiante, ficando ao meu lado ao longo de toda essa jornada, com seus muitos altos e poucos baixos.

Também quero agradecer a Maddie Chester e Natalie Loukianos, minha talentosa empresária e minha talentosa produtora, que me ajudaram a cumprir todos os prazos de um jeito amoroso e amigo (mesmo quando fui muito relaxada e desorganizada).

Também tenho que agradecer a Alfie Deyes, por suportar todas as noites em que decidi escrever e reler muitas e muitas vezes este livro, e por me dar carinho quando fiquei meio estressada.

Quero mencionar também minha família — meu pai, minha mãe, meu irmão, minhas adoráveis avós e meu querido avô, que me apoiaram sempre e estiveram comigo em todas as decisões, com um grande sorriso no rosto. Espero ter deixado todos muito orgulhosos.

Agradeço também a todos os amigos, novos e antigos, virtuais e reais. Cada um deles me inspira todos os dias a continuar fazendo as coisas que amo, e sou muito grata por tê-los em minha vida.

Agradeço à minha Chummy Louise, por manter um grande sorriso no rosto durante quatro anos, enquanto cumprimos de mãos dadas essa jornada maluca, nos momentos divertidos e nos mais difíceis.

Muita gente me ajudou nessa caminhada, e em algum momento abraçarei todos vocês e direi quanto são maravilhosos (mesmo que isso demore muito).

MUITO AMOR,

Zoe Sugg